ハヤカワ文庫NV
〈NV1513〉

アーマード　生還不能

〔下〕

マーク・グリーニー
伏見威蕃訳

早川書房
8958

ARMORED
by
Mark Greaney

Translated by
Iwan Fushimi
First published 2023 in Japan by
HAYAKAWA PUBLISHING, INC.
This book is published in Japan by
arrangement with
TRIDENT MEDIA GROUP, LLC
through THE ENGLISH AGENCY (JAPAN) LTD.

アーマード　生還不能〔下〕

登場人物

ジョシュ・ダフィー……………………民間軍事会社アーマード・セイントの警護員
ウルフソン………………………………同警護員。狙撃手。元SEAL チーム3
ジャン・フランソワ・
　アラール（フレンチー）………同警護員。衛生担当。元フランス外人部隊
トニー・クルーズ………………………同警護員。後部銃手。元陸軍特殊部隊第5群
ラリー・エヴァンズ（ナスカー）………同警護員。運転手。元SWAT。元ストックカーレーサー
スクイーズ………………………………同警護員。上部銃手。元第5海兵第3大隊
シェーン・レミック……………………同任務統率官。元SEAL
ジェイソン・ヴァンス…………………レミックのチームのナンバー2
マイク・ゴードン………………………アーマード・セイントの警護員
ガブリエラ（ギャビー）・
　フローレス博士…………………人類学博物館の研究者。地域アナリスト
エクトル・エレーラ……………………メキシコ内務副大臣
アドナン・ロドリゲス…………………エレーラのアシスタント
ラインハルト・ヘルム…………………国連平和活動局副長官
ミシェル・ラルー………………………国連難民高等弁務官事務所ラテンアメリカ現地管理官
オスカル・カルドーサ…………………コンサルタント。麻薬カルテルの仲介人
エル・パトロン（大親分）………………グルポ・デ・グアダラハラの頭目
ラファエル・アルチュレタ………………ロス・カバジェロス・ネグロス（黒い騎士）の頭目
エル・エスコペタ（散弾銃）……………シナロア・カルテルの頭目
ロボ………………………………………ロス・セタスの戦術指揮官
マックス・ヘンダーソン…………………航空会社の経営者
ロン（ロナルド）・デイヴィソン…………FBI 特別捜査官
ニコール（ニッキ）………………………ジョシュの妻
マンディー………………………………ジョシュとニコールの娘
ハリー……………………………………マンディーの弟

39

現在

オスカル・カルドーサは、チワワ州の山地の町シンコ・ラグリマスにある小さなホテルのレストランのテーブル席で、テキーラやビールを飲みながら、チミチュリソース（おもにアルゼンチンやウルグアイで用いられるソースで、レシピはさまざま）をまぶしたステーキという平凡な食事を独りで食べ終えた。運んできたのは六十代の落ち着いた感じの女性で、十四歳以上の住民のほとんどすべてが残忍な麻薬売買業者の手先になっている町に住み、働いていることを、まったく意に介していないように見えた。ここが長年ずっと、連邦政府の目や銃を避け、よそ者の目に触れないことを望む連中が住んでいる無法地帯だということを、カルドーサは知っていた。地元民は、生き延びるためならなんでもやる。

カルドーサは、夕食のためにビジネススーツに着替えていた。メキシコシティにいるときからの習慣だったが、好印象をあたえる必要がないことはわかっていた。見張りがついていたし、山の民は首都から来たスーツ姿の男が自分のほうを見てから目をそむけても、なんとも思っていなかった。

昨夜以来、カルドーサはアルチュレタの姿を見ていなかった。独りでホテルにいて、ただじっと待っていた。ロビーや正面の狭い庭にいるときに、衛星電話を使ってどうでもいい電話を何度かかけたが、見張りがなにもかも聞いているので、ほんとうの仕事をやることはできなかった。

午後九時前に、カルドーサはきょう二度目のステーキを食べ終えて、ネクタイのぐあいを直し、立ちあがった。笑みを浮かべ、顔を赤らめている女性に、あふれんばかりに誉め言葉をかけて、自分の部屋に向かった。

カルドーサがレストランを出ると、外のロビーに立っていた武装した下っ端三人が、壁ぎわから離れた。レストランの向かいにドアのないアーチがあり、その奥がホテルの酒場だった。そこのカウンターにいた強面《こわもて》の男たちが、カルドーサのほうを見た。カルドーサはその連中に丁重にうなずいてみせてから、階段のほうへ行った。

カルドーサの部屋は三階にあり、狭いが清潔で使い勝手がよかった。それに、広場を見おろすバルコニーがあり、国連と政府の代表が翌日の会談に使う向かいの町庁舎を視界に収められる。見張りに夜の挨拶《あいさつ》をしてドアを閉めると、カルドーサはスーツのジャケットを脱ぎ、ネクタイを緩《ゆる》めて、バルコニーに立った。山の涼しい空気を吸い、通りかかったシボレー・シルバラードのサイドウィンドウから流れてくるバンデラの曲につかのま耳を傾けた。

通りにはほとんどひと気がなかった。週末の夜のこういう時間に、メキシコの小さな町ではめったにないことだったが、住民はすべてアルチュレタと黒い騎士の冷酷な支配のもとでお祭り騒ぎをほとんど控えているのだろうと、カルドーサにはわかっていた。

カルドーサは、カルテルの町のことをよく知っていた。張りつめた暗いエネルギーがみなぎっている。絶望にかられつつ、どうにも逃げ出すことができないという雰囲気が、生活の隅々《すみずみ》にまでひろがっている。

カルドーサは溜息をつき、地元民の苦境を考えるのにそれ以上エネルギーを費やすのをやめた。そして、今後と、賭けられている物事すべてのことを考えはじめた。

あすとあさってが自分の人生でもっとも重要な日になることはまちがいない。計画が完璧に成功し、富と自由と望むものすべてを手に入れるか、それとも死んでいるか、ふたつにひとつだろう。

　時がたてば、その答が出る。

　カルドーサは、未来のことを考えた。すべて計画を立ててあるので、それは簡単だった。これが終わったときには、空路でボゴタへ行き、二日後にはブエノスアイレス行きの便に乗る。そこからまた旅客機に乗り、太平洋を十三時間半かけて横断し、タヒチ島の首都パペーテへ行く。そこで小型旅客機に乗り、ランギロア環礁へ行って、小型船に乗り換え、モツ・テタという小島まで広々とした海を九十分航海する。

　そこは地球上でもっとも美しい場所だ。カルドーサは文句なしにそう思っていた。行ったことはないが、数カ月前から調べて、そういう結論に達していた。

　モツ・テタはまったくの孤島だが、財力のある人間なら、必要とする快適な生活の便宜《べんぎ》をすべて手に入れることができる。

　カルドーサは、麻薬戦争の狂気、危険、政治、ストレスから遠く離れたところで、残りの日々、たぶん死ぬまでの月日の半分を送るはずだった。

　そこはここから遠く離れているが、そこにいると実感できるくらい近いように思えた。

　そのとき、ベッドの上でスーツのジャケットのポケットに入れてあった衛星携帯電話の着信音が鳴った。取りにいって、発信者の番号を見たとたんに、異変が起きたのだと察した。

ロス・カバジェロス・ネグロスの構成員に取り囲まれているときに、ロボからの電話に出たくはなかったが、なにが起きているせよ、ロス・セタスの戦術指揮官のロボが自分ひとりで正しい決定を下すとは思えなかった。

カルドーサは、バルコニーに出た。そこのほうが部屋のドアから遠いので、話が聞こえないことを願った。マウスピースをすばやく手で覆《おお》い、ささやき声でいった。

「もしもし《ブエノ》？」

「ロボだ」

「手短に頼む。ロス・カバジェロス・ネグロスといっしょだ。シンコ・ラグリマスのホテルにいるが、廊下に見張りがいる」

「いい報《しら》せを伝えるために電話してる」

「話してくれ」

「車列を目視してる。狭い山道を登ってて、あと五分でおれたちのところへ来る。伏撃《アンブッシュ》に絶好のチャンスだ。逃げ道がない。いまこれにけりをつけられる」

カルドーサはとまどった。「なんだと？　やつらは高速道路を離れたのか？」

「そうだ」

「あんたたちもそうなのか?」ロス・セタスには、シナロア・カルテルと黒い騎士の斥候《せっこう》を避けるために、〝悪魔の背骨〟を通る舗装道路の近くにいるよう命じてある。

「そうだ。信じられないような幸運だ。盆地の入口の曲がりくねった道を、やつらが走っているのを見つけた。おれたちの野営地にまっすぐ近づいてくる。伏撃の手配をしたし、ひきかえせないように車数台が追尾してる。やつらを殲滅《せんめつ》する」

カルドーサは、ロボとはまったく逆で、その状況によろこんでいなかった。「だめだ。それはやるな、アミーゴ。その地域から離れて、やつらがロス・カバジェロス・ネグロスと会ったあとまで待て」

「このチャンスは逃せない。おれたちがいつどこで殺すかが、どうして重要なんだ?」

「ミサイルのことがある! アルチュレタがミサイルをどこに隠しているか、突き止めなければならない。さもないと、計画全体が崩壊する。いいか、見つからないようにしろ。わたしから連絡があるまで攻撃するな。あしたか、あさってになるだろう」

「わかってないな。おれたちは荷物をまとめて逃げるようなことはやらない。道路を封鎖して、いまやつらを殺す。ロス・カバジェロス・ネグロスが、いたるところにいる。きょうも三回、見つかりそうになった」

カルドーサは、声を荒らげないようにするのに苦労していた。「待つ必要があるんだ！」

　狂喜していたロボの声が、険悪になった。「おれの仕事のやりかたを指図するな」

「そんなつもりはない、アミーゴ。指図していない。だが、攻撃は国連の車列が会談を終えてからやらなければならないんだ」

「この作戦はおれが指揮してる。おれの上官も、車両五台を破壊し、乗ってる人間を皆殺しにすることを望んでる。おれはその両方をやるつもりだ。あんたがいうミサイルは、べつの方法で見つけるさ。こんな戦術的優位を捨てるつもりはない」

「話を聞け！」カルドーサは懇願したが、ロボが電話を切った。

「くそったれ《イホ・デ・プタ》！」カルドーサはバルコニーでいった。ささやき声ではなかった。

　うしろで部屋のドアがあき、野球帽をかぶって胸にG3を吊っている男が、怪訝《けげん》な顔でカルドーサを見た。一日ずっとつきまとっている見張りのひとりだった。

「セニョール？」その若い男がいった。「問題ないですか？」

「問題ない」カルドーサは、すばやく気を取り直した。「義理の兄貴と電話で話をしていた。ろくでなしの馬鹿野郎《エル・ピンチェ・ペンデホ》だ」

　見張りがうなずいた。「おれの義理の兄貴もそうだ。おやすみなさい《ブエナス・ノチェス》」

　見張りが向きを変え、ドアを閉めた。カルドーサは、南のほうの道路を見た。山を通っている部分は暗かったが、数時間の距離のそこでまもなく戦闘が開始されるはずだとわかっていた。

それに、この時点では車両縦隊がロボの部隊に打ち勝つほうが望ましいと思っていることに気づいた。

ジョシュ・ダフィーは、透明な防弾ゴーグルの下の目をこすってから、曲がりくねった道路をゆっくり走っている前方の車列を、フロントウィンドウごしに見た。装甲人員輸送車《APC》五台は、深い山峡《ラヴァイン》、切り立った喉《ゴルジュ》（渓谷の両側の岸壁が狭まっている地形のこと）、侵食谷《キャニオン》の横を通って、〝悪魔の背骨〟伝いに進んでいた。そのすさまじく険峻な山脈には、名前がつけられている峰が一万三百九十五峰あり、そのほとんどが見えていた。

スクイーズがいった。「今夜は月も出てねえ。APCのライトの先が見えねえ」

「ナスカー？　そっちの視界はどうだ？」

「パックホース2《ツー》のテイルライトに頼ってるが、この土煙《つちけむり》じゃ――」

トニー・クルーズが、チーム無線に割り込んだ。「チャーリー1《ワン》、チャーリー4《フォー》だ。車両が六時、一五〇メートルうしろにいる。ライトを消して走ってる！」

「旋回！」スクイーズがいい、銃塔を後方に向けてまわした。

ダフィーは、無線でふたたびいった。「了解した、クルーズ。識別《ID》できるか？」

「待ってくれ。前方監視赤外線装置《FLIR》を用意する」

スクイーズがわめいた。「前方の車両の土煙で、なにも見えねえ！」

ダフィーは、無線のハンドセットを取った。「チャーリー1《ワン》からアルファ1《ワン》へ。報《しら》せる。なんらかの車両《ヴィクター》が、おれたちの六時でライトを消して走っている」

レミックが応答した。「了解。こっちの銃塔の銃手は、土煙でなにも見えないといっている。遭遇戦はおまえが指揮しろ。受信したか？」

「わかった。車列から離れたほうがいいか？」

「いや《ネガティヴ》。前方でも問題が起きるかもしれない。列を離れるな」

「了解した」ダフィーは、ハンドセットを口もとから離し、ブームマイクでチームに呼びかけた。「全コールサイン、交戦に備え防御範囲を監視しろ」

クルーズが叫んだ。「車両は二台だ！　二台ともピックアップ、ライトを消してる。距離一三五メートル。こっちと速度を合わせ、近づいてこない。見つけた……先頭車両の後部にひとり立ってる。なにをしてるか、よくわからない」

「武器を持っているか？」

スクイーズが通信に割り込んだ。「車両《ヴィクター》二台を目視。右の車の後部の男が見える。そいつが……えー……」

スクィーズが、しばし黙った。ダフィーはバックミラーでなんとかして後方を見ようとしたが、未詳の車がライトを消しているので、まったくなにも見えなかった。

そのとき、スクィーズとクルーズが、同時にマイクに向かって叫んだ。「RPG!」

携帯式発射器から放たれた対戦車ロケット擲弾《てきだん》が、クレイジーホースとパックホース2《ツー》の中間の崖面を直撃し、岩場から未舗装路に落ちてくる破片を避けるために、ナスカーがハンドルを切った。

ナスカーがアクセルを踏みつけて、前方のAPCとの距離を詰めたとき、後方でライフルが連射され、クレイジーホースの装甲された車体から銃弾が跳ね返った。

くそ、ダフィーは思った。また襲撃か。

「やつらを撃て、クルーズ。スクィーズ、四〇ミリを何発かくらわせろ!」

ダフィーは、ふたたびハンドセットで伝えた。「後方と交戦! 道路上の複数の敵車両から正確なRPG攻撃を受けている!」

フレンチーが擲弾発射器《グレネード・ランチャー》を急いで持ちあげて、若いアフリカ系アメリカ人のスクィーズに渡した。スクィーズが、Mk48を銃塔から下におろしながら、それを受け取った。フレンチーがMk48を受け取り、しっかりと抱えて、いつでも交換できるように身構えた。

だが、擲弾発射器《グレネード・ランチャー》を受け取ったスクイーズは、銃塔から外を見たとたんに車内に跳びおりて、「RPG!」とふたたび叫んだ。

クレイジーホースが後部に被弾し、強力な力に揺さぶられた。一瞬、後輪が両方とも地面から持ちあがり、つぎの瞬間にシャシーごと激しく着地した。

ダフィーの横でナスカーがいった。「一発当たったが、だいじょうぶだ」ダッシュボードを叩いた。「でかした、ベイビー」

後部でクルーズがいった。「後部の装甲に当たった。おれの銃眼に近かったぜ」

ウルフソンが、後部でフローレスのほうを向いた。ターゲットがないのでいらいらしていた。「あんたのインディオの友だちがRPGを持ってるとすると、おれたちは挽《ひ》き肉になっちまう」

フローレスは答えず、座席のあいだからうしろを見て状況を見極めようとしていたダフィーの目を覗《のぞ》き込んだ。

スクイーズが、追ってくる敵車両に向けて、擲弾を数発放った。爆発が山腹を揺るがしたが、ピックアップ二台は煙のなかを通って走りつづけていた。

クルーズが、送信するために銃撃を中断した。「効果なし、スクイーズ。もっと下を狙え」

「了解」

無線からゴードンの声が聞こえた。「ブラヴォー1《ワン》から全コールサインへ。パックホース1《ワン》は左の敵と交戦！　複数のピックアップが、斜面のオフロードにいる。掩体《えんたい》を掘って待ち伏せしてたんだ！」

こんどは、ウォーホースの指揮官が無線で伝えた。「アルファ2《ツー》から全コールサインへ。前方の道路になにかある。道路阻絶《ロードブロック》かもしれない。全員、こいつらに銃弾を浴びせてやれ！」

クレイジーホースでダフィーは、全員が気づいていたことを告げた。「L字形伏撃《エル・シェイプト・アンブッシュ》！（道路や山道のカーブで有効な伏撃。敵の進行方向と平行するL字の長い部分に複数の射手を配置して攻撃し、線形伏撃だと思わせておいてから、L字の短い部分に配置された射手も攻撃する。射線が交差し、撃破地域［キル・ゾーン］が形成される）」

40

スクイーズがさらに何発か擲弾《てきだん》を発射し、腹に響く発射音と、車列の後方で弾着して爆発する音を、ダフィーの熟練した耳が聞き分けた。

じきにクルーズが、マイクに向かって叫んだ。「やった！」

「うしろの車両《ヴィク》をぶち壊した！」スクイーズが、得意げにいった。

クルーズがいった。「おれは先頭の車両《ヴィク》のRPG銃手をやったが、まだ走ってる」

あらたに二発のロケット擲弾が、夜空を照らした。左の斜面の上方から車列に向けて撃ちおろされたのだ。二発とも車列の上を越え、右の谷間に落ちて見えなくなった。だが、三発目がショーホースのすぐ前で轍《わだち》が深く刻まれている道路に弾着し、泥と岩の破片が車列全体に当たった。

レミックがただちに送信した。「チャーリー、移動してリモーを掩護《えんご》しろ！」

「了解した」ダフィーは応答してから、指示した。「パックホース2《ツー》、後方との戦闘を交替してくれ」ナスカーにいった。「左側を走って、伏撃《アンブッシュ》とリモーのあいだにはいれ」

ナスカーがアクセルを踏みつけ、ハンドルを左にまわして道路からはずれ、凹凸《おうとつ》がもっと激しい地面に乗りあげた。APCの車体が跳ねあがって、座席に体を固定しているハーネスがひっぱられた。そのあいだ、ダフィーはチームに指示を出しつづけた。「スクイーズ、九時方向を任せる。伏撃《アンブッシュ》の敵を探せ。フレンチー、左銃眼からスクイーズを支援しろ」

「もうやってる、ボス」元フランス海軍コマンドウ将校のフレンチーが、銃眼からカービンを突き出し、防弾ガラスを透かし見ながらいった。

ナスカーが手際よくクレイジーホースをショーホースの左側に入れ、気力をくじかれそうなくらい熾烈《しれつ》な小火器の銃弾を浴びながら、横に並んで狭い山道を走りはじめた。スクイーズが擲弾を何発か発射し、あとのAPC四台の機関銃が歯切れのいい連射音を響かせて、山の高みにある森林限界めがけて銃弾をばら撒《ま》いた。

だが、数秒後にあらたな通信がはいり、恐れていたことが裏付けられた。

「こちら先頭車両のアルファ2《ツー》。報《しら》せる。前方の道路を倒木に塞《ふさ》がれてる」

レミックが鋭い声で命じた。「かまわん。乗り越えるか、よけて通れ」

「えー……無理《ネガティヴ》だ、アルファ指揮官《アクチュアル》。六〇センチの太さの木が何本もあるし、よけて通る場所がない。いくらAPCでも――」

「四〇ミリ榴弾《りゅうだん》でバラバラにできないか？」ゴードンがきいた。

「時間と弾薬がかなり必要になる。チェーンソーを持って降車し、障害物を切ってから押して通るしかない。あるいは、ひきかえすか」

レミックがふたたび命じた。「この道路では方向転換できない！　崖側を突破しよう。倒木を押してどかす！　アルファ1《ワン》からブラヴォー1《ワン》へ！」

「ブラヴォー1《ワン》に送れ」

「パックホース2《ツー》に、チェーンソーがある。ウォーホースの前に行かせて、障害物を始末するよう指示しろ」

ゴードンがいった。「了解。ダフィー、あんたの運転手に、おれの2《ツー》が左を抜けられるように、ショーホースの前に出ろといってくれ」

ナスカーがただちに前進し、小火器の銃弾がクレイジーホースの左側面につぎつぎと当たった。一発が運転席のナスカーのサイドウィンドウに命中した。ブラヴォー2《ツー》が運転するパックホース2《ツー》が、左の斜面を轟然《ごうぜん》と横切り、四五度近く傾いてから狭い道路に戻って、ゴードンのパックホース1《ワン》を追い抜き、車両縦隊の先頭のウォーホースの横で停止した。

ダフィーのうしろで、クルーズがいった。「ボス？　最後のカーブをまわったあと、うしろにいたピックアップが姿を現わさない。おれが運転手を殺したか、あるいは──」ダフィーはその推理を最後までいった。「あるいは、仲間の射線から出るために遠ざかったか」

フレンチーがきいた。「こいつらは黒い騎士か？　だったら、招待しておいて、どうして殺そうとするんだ？」

だが、ゴードンの声がスピーカーから響き、フレンチーの言葉はさえぎられた。「パックホース2《ツー》が位置についた。チェーンソーを持ったふたりが、下面ハッチから出る。ふたりには掩護がたっぷり必要だ」

レミックが、敵と味方の絶え間ない銃撃のなかでも聞こえるような大声で答えた。「了解した。敵が頭をひっこめるように、応射を強化する。チャーリー、また五〇メートル前進して、下車戦闘員《ディスマウント》の左を車体で遮掩《カヴァー》しろ。右側に行かせる車両がないから、チェーンソーを持ったふたりは、縮こまって向かいの尾根からの射撃を避けるしかない」

「加速しろ、ナスカー」ダフィーは命じた。

運転しながらナスカーがいった。「ヘイ、ボス。いいたかないけど、こういうことだよな。これはおれたちが来るのを知ってたやつが準備した伏撃《アンブッシュ》だ」

アラバマ生まれの運転手のナスカーが、パックホース2《ツー》のすぐ前で急ブレーキをかけた。

松の倒木を山道に何本も横向きに置いた障害物が、正面に見えた。

ブラヴォー・チームの武装警護員ふたりが、チェーンソーを持ってパックホース2《ツー》の車首の下から出てきて、まばらな銃撃のなかを駆け抜けるのが見えた。ふたりはすぐに伏せて、道路を塞いでいる倒木を切りはじめた。

ダフィーは、マイクに向けてどなった。「敵が頭をひっこめるように、斜面と谷の向こう側を撃ちまくれ。盛大にやれ！」

スクイーズが、擲弾発射器《グレネード・ランチャー》から何発も発射した。フレンチー、ナスカー、クルーズが、上の森林限界めがけて撃った。

ウルフソンは、盆地の向こうにターゲットがないかと探した。

戦闘が二分ほどつづいてから、ゴードンがいった。「アルファ指揮官《アクチュアル》、こちらブラヴォー指揮官《アクチュアル》。倒木を半分切った。ぜんぶ切ったらブラヴォー2《ツー》で押し通るが、あと一分かかる」

「急げ、ブラヴォー！」レミックが命じた。

敵の襲撃があらたに激しくなり、クレイジーホースの左側の男たちは、上の林の銃口炎を狙って打った。だが、敵の銃撃がいまではすべての方位から襲来していることは明らかだった。

AK‐47から放たれた一発が、すぐそばで鋼鉄の銃塔に当たり、スクイーズは首をひっこめた。「おれたちは五十人以上の敵と戦ってるし、こいつらは古いボルトアクションのライフルを持ってる麻薬密売業者や地元民じゃない。兵隊だ。狙撃ができるやつもいる！」

フレンチーが、スクイーズに軽機関銃を渡した。元海兵隊員のスクイーズが、それを使うために銃塔に戻った。

ダフィーは、クレイジーホースの右側ではターゲットを見つけられなかったので、恐ろしい光景をただ見ていた。クレイジーホースと体を露出してチェーンソーを使っているブラヴォー・チームのふたりのあいだの道路に銃弾が当たり、土くれや石が跳ねあがった。

ダフィーは怒りに任せて自分の側の重いサイドハッチをあけ、ステップに立って身を乗り出し、銃塔のスクイーズのすぐ前方でルーフごしに狙いをつけた。血眼《ちまなこ》で敵の銃撃を弱めようとして、上の木立に向けてカラシニコフで発砲を開始した。

ダフィーが山腹を見あげていると、ナスカーの声がチーム無線から鳴り響いた。

「えい、くそ！　ブラヴォーの下車戦闘員《ディスマウント》ひとりがぶっ倒れた。頭を撃たれたみたいだ！」

弾倉を交換するためにダフィーが車内に戻ったとき、スピーカーからゴードンの声が聞こえた。「パックホース2《ツー》は、ひとり斃《ダウン》れた！」ダフィーがフロントウィンドウから外を見ると、斃《たお》れた武装警護員がヘッドライトの光を浴びていた。その男は体を丸め、チェーンソーがそばに落ちていた。相棒は倒木のあいだに潜り込もうとしていた。

フレンチーが叫んだ。「ボス、おれが手当てしに行ける」

ダフィーはハンドセットをつかんだ。「ブラヴォー1《ワン》、おれたちの衛生担当が、手当てする。左側で、二〇メートルしか離れていない。前進して――」

レミックが割り込んだ。「却下《ネガティヴ》。クレイジーホースは、そこを動くな。リモーを護《まも》れるくらい近くにいるんだ。衛生担当を徒歩で行かせてもいいが、クレイジーホースには銃撃を惹《ひ》きつけ、敵と交戦してもらいたい。移動は許可しない！」

後部でクルーズが大声で不満を口にした。「どこへ行っても、おれたちが銃撃を惹きつけるんだな！　やってられない！」

フレンチーがいった。「それでも行ける。下面ハッチから降車して、障害物まで走っていき、負傷者といっしょに遮掩《カヴァー》を見つける」

胸が激しく波打っていたので、心臓発作が起きるのではないかとダフィーは心配になった。生唾《なまつば》を呑んでからいった。「フレンチー……却下《ネガティヴ》」

「却下《ネガティヴ》？　おれがいちばん近い衛生担当だし、負傷者がいるんだぞ」

「直接の銃撃を浴びながら、見通しのいい場所を二〇メートル走るわけにはいかない」

そのとき、チェーンソーを持って下車していたもうひとりの武装警護員が、無線で伝えた。「ブラヴォー8《エイト》から全コールサインへ。倒木を切った！　押し通れる！　報《しら》せる。ブラヴォー4《フォー》はＫＩＡ《戦死》。遺体をパックホース2《ツー》までひっぱっていって――」

レミックがどなり返した。「遺体を残して自分の車両に戻れ！」

「残していくわけには――」

「そうしないと轢《ひ》き殺す。ここから脱出しなければならない！」

クレイジーホースの男たちが、どなり合いながら発砲した。敵が頭をひっこめるように、銃口炎を狙うか、やみくもに撃った。だが、フレンチーは腹を立てて、カービンの床尾をフロアに叩きつけた。

「もう手の施しようがないんだ、フレンチー」ダフィーはいった。「銃眼にカービンを戻して、悪党どもを撃て」

レミックの声が、ふたたびスピーカーから聞こえた。「ブラヴォー、パックホース2《ツー》に障害物を押しのけて通り道をこしらえるよう命じろ」

「了解」ゴードンの声は自信なげだった。部下をまたひとり失ったせいで呆然《ぼうぜん》としているのだろうとダフィーは思った。だが、戦闘はまだつづいているのだ。

パックホース2《ツー》が轟然《ごうぜん》と前進した。チェーンソーを持って下車したブラヴォー8《エイト》が、斃れた同志の遺体をひきずって、倒木を押しはじめたAPCに近づこうとした。倒木はすべてなかごろを切って、横に押しのけやすくなっていた。倒木がどかされると、遺体をひきずり、チェーンソー二台を持っていたブラヴォー8《エイト》が、APCの下に潜り込み、下面ハッチからチェーンソー一台を渡し、遺体をひきずるためにまた激しい銃撃に身をさらした。

「ボス」クルーズの声が、ダフィーのヘッドセットから響いた。「六時から新手《あらて》の一台が接近してる！　坂の下、五〇メートル」

「やつらが増強部隊を呼んだようなら、だいぶ損害をあたえたんだろう」ダフィーは答えた。

車内におりて、フレンチーとウルフソンの横、フローレスのうしろで、Mk48用の二百発箱弾倉を持ちあげていたスクイーズがいった。「増強部隊？　おれたちはただの殺し屋《シカーリヨ》と戦うために来たんじゃねえのか？　殺し屋《シカーリヨ》には増強部隊なんか――」

スクイーズが一瞬、言葉を切ってから、甲高《かんだか》く叫んだ。「RPG、来襲！　南東！」

ダフィーはサイドハッチをすばやく完全に閉めた。カチリという音とともにハッチが締まると同時に、すさまじい爆発音と閃光《せんこう》がクレイジーホースを呑み込んだ。ダフィーの側のサイドウィンドウに、弾子と炎が襲いかかった。

最初は、サイドハッチに対戦車ロケット擲弾《てきだん》をくらったのかと思ったが、クレイジーホースが被弾したのではないと、すぐに気づいた。前方で倒木の障害物の向こう側にいたパックホース2《ツー》が燃えていて、車体の下から炎が噴き出した。

「なんてこった」ダフィーは小声でいった。

そのとき、パックホース2《ツー》が大爆発を起こし、ダフィーは恐怖におののいた。擲弾の弾頭によって起爆した燃料と弾薬が四方に飛び散り、車体がバラバラになって吹っ飛んだ。クレイジーホースのフロントウィンドウにひびがはいり、頭を揺さぶられて、ダフィーはノイズキャンセリング・ヘッドセットをつけていても耳鳴りを起こした。

煙と土埃《つちぼこり》がある程度収まって、フロントウィンドウから見えるようになると、生存者はいないだろうとわかった。下面ハッチに向けて仲間の遺体をひきずっていたブラヴォー8《エイト》の姿は、どこにも見えなかった。おそらく爆発で遺体もろとも斜面から投げ出されたにちがいない。

残った四台のAPCで、全員が衝撃を受けて言葉を失っているあいだ、無線が数秒間、沈黙した。

やがて、ゴードンが無線で叫んだ。「ウィリー？　クリス？」

フローレスがハーネスをはずして身を乗り出し、ダフィーの横からひび割れた防弾ガラスごしに外を見て、十字を切った。「聖母マリアさま《マドレ・デ・ディオス》」そっとつぶやいた。

銃撃が激しさを増し、車内のスピーカーから、あらたな命令やほかのAPCからの叫び声が鳴り響いた。ダフィーのうしろのウルフソンが、チーム無線で呼んだ。

「チャーリー指揮官《アクチュアル》、下車して生存者を探す」

「却下《ネガティヴ》」ダフィーはどなり返した。「全員死んでいる」

「ダフィー、おれはクレイジーホースからおりる!」

機関銃がクレイジーホースの左側を正確に掃射した。

「だめだ。やめろ! 全員死んでいる。装甲のなかにいろ」

「頼むよ。置き去りには――」

「ひきつづき盆地を見張れ! RPG射手がまだそっちにいる」

パックホース2《ツー》が前方で燃え盛り、APC四台のヘッドライトの上と光が届かない遠くをすべて照らしていた。ダフィーはパニックをふり払い、マイクに向かって叫んだ。「ナスカー、燃えている車両のうしろまで前進」チームのあとのものに命じた。「応射をつづけろ! 遺体を回収してもいいかどうかきく」

ダフィーは、ハンドセットのスイッチを入れた。「アルファ1《ワン》、パックホース2《ツー》の横でとめてもいいか? 下車して遺体を回収できる」

「却下！」レミックがどなった。「だれも下車するな！」

「四人が死んでいるんだ！」

「なにもしてやれない！　家族に遺体を届けるために、何人もの命と任務を危険にさらすことはできない！　障害物を押しのけて通り、おれと交信するな！　攻撃されているんだ！」

「しかし――」

「交信禁止！」

　スクイーズが、チーム無線でいった。「レミックのくそったれ。陸軍、遺体を回収しよう。くそ、おれがやる」

「おれもいっしょに行く！」ウルフソンがいった。「頼むよ、ダフィー！」

「却下《ネガティヴ》！　全員、持ち場を固守。伏撃《アンブッシュ》を突破する」

「車両のなかで焼かれるのをほうっておけない！」

「レミックが正しい。遺体を回収するために何人か失うわけにはいかない。それに、ここでAPCから出たら、チェーンソーに跳び込むのとおなじだ」

　スクイーズが、山腹のターゲットめがけて一連射を放ってからいった。「それじゃ、おれがこのくそ壺《つぼ》で死んでも、置き去りにするのかよ？　どうなんだ？」

「みんな黙れ！」ダフィーは、我を忘れて甲高く叫んだ。

車列が倒木の障害物の残りを押しのけて通り、カーブをまわると、たちまち銃撃が熄《や》んだ。クレイジーホースは四台の最後尾に戻り、うしろにいたピックアップが姿を消したことを、クルーズが確認した。敵は大多数が塹壕《ざんごう》を掘って、そこから射撃していたのだろうと、レミックが推測をいった。だから、すばやく移動して追撃する手段がない。ピックアップの男たちは、一台でアメリカ人を追っても勝ち目はないと判断したにちがいない。

クルーズが、全員が考えていたことをいった。「あれが黒い騎士だとしたら、国連の連中がいうように歓迎されることはないだろう」

交戦開始以来、はじめてフローレスが口をひらいた。「ロス・カバジェロス・ネグロス以外には考えられない。シナロア・カルテルもたしかに西シエラマドレにいるけれど、〝悪魔の背骨〟のこんな上のほうまでは来ないし、高速道路を離れないはずよ」

ウルフソンがどなりつけた。「どうでもいい」

だが、フローレスは話をつづけた。「あれだけの人数だから、まちがいなく黒い騎士よ。ほかのカルテルが、シナロアや黒い騎士に見つからないように忍び込んだのならべつだけど、そういう組織がここまで来たという話は、二年以上も聞いていない」

クレイジーホースの武装警護員たちは、なおも腹立たしげに文句をいいつづけた。ほとんどは恐怖の裏返しだと、ダフィーにはわかっていた。自分もおなじことを感じていた。契約警護員が一度にこれほどおおぜい死ぬのは見たことがなかったし、この任務を続行するのは完全に常軌を逸していると思った。

だが、ダフィーは自分の意見を口にせず、無駄口をたたいている部下を叱り、弾倉を交換して警戒を怠《おこた》るなと命じた。じきに全員が沈黙した。

ようやくナスカーが、マイクに向かって小声でいった。「ゴードンのやつ、哀れだな。死んだ五人は、全員、ブラヴォー・チームだった。あとはゴードンとふたりが、パックホース1《ワン》に残っているだけだ」

「ああ」ひとりごとのように、ダフィーはいった。「哀れなゴードン」

クルーズがようやく口をひらいた。「向きを変えて家に帰らなかったら、おれたちはみんな死ぬ。あれだけの人数を集められるのは、ここでは黒い騎士だけだと、フローレスがいってる。それに、おれたちが来るのを知ってるのは、黒い騎士だけだろう？」

ダフィーは、クルーズの懸念にまったく同感だったが、レミックが作戦を中止するまで、この男たちを率いていかなければならない。ダフィーはいった。「この二日のあいだに、おれたちは小さな町十数カ所を通った。携帯電話さえあれば、〝悪魔の背骨〟でおれたちが来るのを待っていたどこかの組織のやつに連絡できる」クルーズが反論する前に、ダフィーはいった。「レミックが状況を分析している。帰るのか、進むのか、レミックが判断するだろう」

スクィーズがいった。「いま帰ったら、来週からの分がもらえねえし」

「金を稼《かせ》ぐために来てるんだ」ナスカーがいった。

「そうとも」ウルフソンが相槌《あいづち》を打った。

だが、それに対してクルーズがいった。「そうかね？ ブラヴォー・チームの哀れな五人も、金を稼ぐために来たんだ。それでどうなった」

山の道路を走るあいだ、もう会話はなかった。

41

オスカル・カルドーサは、ホテルの狭いバルコニーで座っていた。そばのテーブルにはスコッチウィスキーの〈ブキャナンズ・デラックス〉が置いてある。手にしたグラスには、今夜、四杯目のウィスキーが注いであった。まずいウィスキーだとカルドーサは思っていたので、そのこと自体が異常だった。カルドーサは十八年物の〈マッカラン〉か〈ジュラ〉が好みだったが、ここで手にはいるのは十二年物の〈ブキャナンズ〉だけで、さもなければテキーラか、くそまずい〈ジャック・ダニエルズ〉しかなかった。

カルドーサはそこから、町の小さな広場の向こうにある町庁舎ごしに南西の山を見渡していた。銃声は聞こえなかったが、激しい戦闘が起きているはずだと思った。壕《ごう》を構築した兵隊《シカーリヨ》七十五人と、大型装甲車に乗った民間人の武装警護員二十一人が戦う。アメリカ人たちは切り抜けるだろうと、カルドーサは予想していたが、遭遇戦でどれほど被害をこうむるか見当がつかなかった。警護部隊の損害がはなはだしく、車列が方向転換してひきかえすことになったら、カルドーサが懸命に創りあげたものがすべて無になる。

それが自分にとってなにを意味するか、カルドーサにはわかっていたので、事態をコントロールできなくなっているという感覚に耐えがたくなっていた。

しかも、いまその感情をあらわにすることは許されない。家具を壊したり、悪態をついたり、荒々しく歩きまわったりしたら、車列になにが起きているか知っていることを、黒い騎士に悟られるおそれがある。

だから、カルドーサはじっと座り、スコッチを飲んだ。

山中のそれがすべて終わったら、まずロス・セタスのロボか、車列の情報提供者から連絡があるはずだった。戦っている双方とも、彼らが相まみえるようにカルドーサが仕組んだことを知らない。

ウィスキーのキャップを締め、グラスの中身を口に流し込んで、この時刻に自然にふるまうには、山を眺めるのをやめてベッドにはいるべきだと自分をいましめたとき、携帯電話の着信音が鳴った。カルドーサはベッドに腰かけ、廊下にいる見張りに聞かれないように毛布をかぶってから、電話に出た。

カルドーサは、できるだけ小さな声で電話の相手と話をして、告げられたことすべてを冷静に確認した。

通話を切ったとたんに、手のなかで携帯電話の着信音がまた鳴った。

最初の電話とおなじように、カルドーサは小声で応答した。

「もしもし？《ブェノー》」

「カルドーサか？」予想していたとおり、ロボだった。

「ああ」

「どこにいる？」

カルドーサはいった。「一時間前にあんたが電話してきたときとおなじところだ。シンコ・ラグリマス、ホテルの部屋。なにがあったか、話したいんだな？」

「車列と交戦した」

「つづけろ」

「十一人失った。死ぬか、負傷した。敵もそれくらい失った。もっと多いかもしれない」

「四人だけだ。あんたの対戦車ロケット擲弾《てきだん》があいていたハッチにまぐれ当たりで飛び込み、APCのなかで爆発が起きた」

「待て……どうしてそれを知ってるんだ？」

カルドーサは、高飛車な冷たい声でいった。「わたしはなんでも知っている。それに、警護チームが、あんたたちのつぎの攻撃に備えて、今後はもっと警戒するはずだということともわかっている。さらに、黒い騎士が大挙してあんたたちを狩り出すだろうということもわかっている。かててくわえて、国連は、これがべつのカルテルの仕組んだことかもしれないと思っているだろう。わたしの心配が的中した」

ロボが自信たっぷりに応じたので、カルドーサは舌を巻いた。なにしろ今夜、兵力の一五パーセントを失ったばかりなのだ。ロボがいった。「おれたちはやつらを殺す。皆殺しにする。ロス・カバジェロス・ネグロスはぜったいにおれたちを見つけられないし、移動して、もっと時間をかけて塹壕《ざんごう》を掘る。おれを信じろ。おれたちが車列と代表団を殲滅《せんめつ》する」

「前にもあんたがそういったような気がする」

「くそくらえ、カルドーサ」

カルドーサは、頬の内側をちょっと噛《か》んだ。毛布の下は暑苦しく、目から汗をぬぐった。

「シナロアのやつらに連絡しようか？　この計画からあんたたちの組織をはずそうか？」

ロボがすかさずいった。「おまえの家に行ってほしいか？　おまえの女房の喉《のど》をかき切ろうか？」

「あいにく、わたしは離婚している」カルドーサは、指の結婚指輪をぼんやりいじくった。

「殺してくれたら、大助かりだ」

「おれたちはロス・セタスなんだぞ、馬鹿野郎《ペンデホ》」

カルドーサは、馬鹿にするように鼻を鳴らした。「いや、いまのあんたは……何人だ？六十四人か？　根拠地から離れている六十四人。電話一本で、黒い騎士に虐殺されるだろう。連中の殺し屋《シカーリヨ》は何千人もいる。つけくわえるが、電話一本というのは、わたしが新しい友人のラファ・アルチュレタに電話をかけるという意味だ」

ロボが無言で怒り狂っているのがわかったが、カルドーサはなおもいった。「このあと、わたしが指示したとおりにやらなかったら、〝悪魔の背骨〟から出ることはできないと断言する。仮になんとか脱出できたとしても、わたしとロス・セタスの取り決めを破ったせいでシウダー・ファレスの幹部に殺されるだろう」

ロス・セタスの中隊長のロボが威張りくさって激しく反論するだろうと、カルドーサは予想していたが、なにも返事がなかったので、カルドーサはうなずいた。話を早く切りあげて寝たかった。「シンコ・ラグリマスの北で隠れる場所を見つけろ。道路から離れている場所だ。代表団が帰るときに連絡するから、それまで待て。どれだけ長くても待て。連絡後に交戦しろ。こんどはきちんと仕事をやれ」

「おまえなんか怖くない」

「だろうな。あんたには、わたしを怖がるような知恵はない。しかし、組織の幹部は怖いはずだ。死ぬほど恐れているはずだ。命令に背いた人間がどういう目に遭うか、あんたは見ている。ドラム缶で硫酸に漬けられるような最期を望まないくらいの知恵はあるだろう。だから、今後はわたしのいうとおりにしろ。わかったか?」

ロボがためらってから電話を切ったが、カルドーサは心配しなかった。従うはずだとわかっていた。

カルドーサの人生と、愛する物事すべての命運が、それに懸かっている。

42

アーマード・セイントの車列の残った四台が、部分的に隠れ場所があるひらけた罌粟《けし》畑を見つけたときには、午後十一時をだいぶまわっていた。そこは盆地を巻いている曲がりくねった道路を見おろす高みで、なおかつ上の山の絶壁から攻撃しようとしても、それをさえぎるような地形になっていた。そこで四台は、後部を岩壁に、フロントグリルを道路とその先の盆地に向け、ヘッドライトやそのほかの白色光をすべて消すようレミックから命じられた。夜目が利《き》かなくなるのを防ぎながらおたがいが見えるように、警護員は赤いフィルターに切り換えたヘッドランプを装着した。

ショーホース以外の三台では、暗視ゴーグルをつけた歩哨が銃塔に座り、取り付けられた軽機関銃の床尾に手袋をはめた手をかけて警戒にあたった。

暗い雰囲気だった。警護対象はそれぞれの思いにふけりながら、罌粟畑を歩きまわった。警護員たちはテントを設営し、寝袋を敷くか、食事をかき込んでいた。

ダフィーは、パックホース1《ワン》のあいたハッチの奥に座ってそっと泣いているブラヴォー・チームのひとりのそばを通った。

レミックが、道路の手前、装甲人員輸送車《APC》四台から四五メートル離れた罌粟畑にしゃがみ、アーマード・セイントの本部と電話で話をしていた。ダフィーはゴードンと話をしようと思ってパックホース1《ワン》に近づいたが、銃の手入れをしなければならないとゴードンがつぶやいて、手で追い払われたので、クレイジーホースに戻った。

スクイーズが銃塔にいて、ウルフソン、フレンチー、クルーズが野戦食《MRE》の箱をあけて出し、食べはじめた。ギャビー・フローレスは、膝《ひざ》にひろげた地図を眺め、ヘッドランプの赤い光でその小さなプリントアウトを見るのに苦労していた。

ダフィーは疲れ切っていた。フロントシートに座って目を閉じたかった。だが、フローレス博士が三十分間ほとんどずっと耳もとで話をしていたので、それから逃れるために、車内にはいらず、ナスカーといっしょにAPCの周囲をまわって、装甲された車体をくまなく調べ、ちゃんと働ける状態かどうかを確認した。

チャーリー・チームが被弾した対戦車ロケット擲弾《てきだん》一発は、後部装甲に濃い灰色の傷痕《きずあと》を残していた。クルーズが表を見るのに使う防弾ガラスの三〇センチほど下、弾着のときにあいていた銃眼のすぐ左で、装甲板が削られていた。ナスカーとダフィーは、ヘッドランプの赤い光でそれを見て、パックホース2《ツー》のように車内で爆発が起きるのを、きわどいところで避けられたのだと悟った。

「何者か知らないが、こいつらはちゃんと射撃できる」ナスカーが、正確な射撃に感嘆した。

「ああ」ダフィーは、手袋をはめた指で曲がった金属をなぞりながら答えた。

だが、装甲はクレイジーホースの後部を護《まも》った。それに、機関銃弾が当たったことを車体のあちこちのへこみが物語っていたが、フロントウィンドウも含めて、見栄えを悪くする程度の被害しかあたえていなかった。

電話を終えたレミックが、クレイジーホースのそばを通り、ショーホースでVIPと警護チーム指揮官がただちに会議を行なうと、ダフィーに告げた。フローレスを連れていってもいいかとダフィーは聞いたが、レミックは首をふり、会議の参加者に伝えるために離れていった。

五分後、ゴードンとダフィーは、リモーの車内で座っていた。サイドハッチとリアハッチを閉めてあるので、白色光を使うことができる。

ダフィーは、話し合いがはじまる前に、旧友のゴードンのほうを見た。肌が黒いにもかかわらず、ゴードンが蒼ざめ、血の気がないのがわかった。疲労困憊《こんぱい》し、打ちひしがれ、ショックに陥ってはいないにせよ、それに近い状態のようだった。ダフィーがふたたび慰めようとしても、耳にはいらないようで、M4カービンの銃口を膝のあいだで下に向け、サイドウィンドウから外を見つめていた。

ミシェル・ラルーがやはり車内にはいってきて、武装警護員たちの向かいのベンチで彼女と並んで座ったラインハルト・ヘルムと、小声で話し込んだ。メキシコ政府のエレーラ内務副大臣とアシスタントのアドナン・ロドリゲスも乗り込み、うしろのベンチに静かに座った。ロドリゲスは茶色のバックパックを持っていて、それを床に置き、ベンチの下に蹴り込んだ。

VIP四人が、同僚をまた失ったことについてダフィーとゴードンに弔意を示したが、ダフィーはそれを聞き流し、部下を五人亡くすのはどういう気持ちだろうと思いながら、ふたたびゴードンのほうを見た。

ゴードンは、自分にかけられた同情の言葉にうわの空でうなずいて感謝したが、ロドリゲスをずっと睨《にら》んでいた。ダフィーはそれに目を留めたが、ロドリゲスは気づいていないようだった。

じきにレミックが乗り込んで、ハッチを閉めた。ダフィーとゴードンは居ずまいを正し、会議に集中しようとした。

ふたたび任務統率官のレミックに四人のVIPからひとしきり弔意が述べられ、そのあとでヘルム副長官が切り出した。「どのように分析しているのかね、レミックさん。今夜、われわれを攻撃した連中について」

レミックがヘッドセットをはずし、膝に置いた。疲れた目をこすってから、短い髪をこすり、額と髪のあいだからのぞいている頭皮に汗をなすりつけた。「これは黒い騎士の仕業ではないと思う」

「まったく同感よ」喧嘩腰《けんか》でうなずいて、ミシェル・ラルーがいった。

ダフィーは、あまり発言しないつもりだったが、きかずにはいられなかった。「どうしてわかるんですか？　そのどちらにせよ」

レミックではなく、アドナン・ロドリゲスが口をひらいた。「ダフィーさん、黒い騎士がわれわれを呼んだのだし、彼らは生き延びるためにわれわれを必要としている。彼らがやるわけが――」

「では、何者だったんですか？」

エレーラ副大臣がいった。「シナロア・カルテルだ。和平調停を阻止しようとしたんだ」

ダフィーは、エレーラを見返した。「シナロアはどうやって和平調停のことを知ったんですか？　車列のことをどうして知ったんですか？　われわれのルートがどうしてわかったんですか？　これが黒い騎士の仕業ではないとしたら、西シエラマドレのそのほかの悪党どもに情報を漏らしたやつがいるはずです」ダフィーの質問は、攻撃のあとでフローレスがいったことの受け売りだったが、いいところを突いていると思ったので、代わりに疑問を投げたのだ。

ミシェル・ラルーが首をふった。「その推理はちがうと思う。シナロア・カルテルは、かつてこの山脈全体を牛耳《ぎゅうじ》っていた。いまも部隊をよこして縄張りを争っている。わたしたちはたまたまそういう部隊に遭遇して攻撃されたのよ。わたしたちが何者でなにをやっているか、知らずに襲ってきたのよ。きっとわたしたちを黒い騎士だと思ったんでしょう」

ダフィーは溜息をついて、レミックとゴードンを見たが、応援は得られなかった。「黒い騎士が重さ一〇トンの装甲人員輸送車《APC》でこのあたりを走りまわっていると思っているんですか？　彼らはわれわれが戦った相手とおなじようなピックアップを使う。それに、あれは準備された伏撃《アンブッシュ》だった。急ごしらえだったかもしれないが、自分たちの相手の戦力を正確に知っている部隊によって実行された。ただの遭遇戦ではなかった」

ラルーが、レミックのほうを向いた。「レミックさん、人的損耗《そんもう》はお気の毒だと思います。ほんとうにそう思いますけれど、率直にいって、あなたの部下は何人か、怖気《おじけ》づいているような感じですね。あなたがたは当然、戦うものと思ってここに来たのに、いざ戦いになったら、帰りたくなった。ちがいますか？」

レミックがいった。「だれも帰りません、マーム」

だが、ダフィーはシェーン・レミックに注意を向けて、なおもいった。「今夜われわれが戦ったこの集団は、最初に遭遇した間抜けどもの二十五倍くらい優秀でしたよ。あっちがシナロアだとしたら、こいつらはべつの勢力でしょう」

レミックがいった。「おれは副大臣の分析が正しいと思っているし、任務は続行する」

「せめてフローレス博士をここに呼んで、彼女の洞察を――」

「却下《ネガティヴ》」

ラルーが、ふたたび口をひらいた。「あの女は、外交のことも、平和維持活動の仕組みも、まったくわかっていない」

「しかし、この山地、住民、麻薬組織のことは知っています」

ラルーが、黙って手をふって、それを斥《しりぞ》けた。警護が問題なときですら――いや、警護の問題だからこそ――警護要員として無視されることに、ダフィーは慣れていた。VIP

たちは、自分を護ってくれる人間を過保護だと考えがちだ。それはわかっていたが、この任務ですでに五人が死んだのだから、ラルーの軽蔑するような態度は受け入れがたかった。

だが、それでもレミックは黙っていた。

ラインハルト・ヘルムが咳払いをして、ドイツなまりがあるが車内に鳴り響くような声でいった。「黒い騎士が車列を掃滅するつもりだったら、われわれが彼らのところへ行くまで待てばいいだけだ。そこでは、十二対一でわれわれが劣勢になる。そこでやればいい。わざわざ」――ダフィーのほうを見た――「きみ自身がいったように、急ごしらえの伏撃《アンブッシュ》を、山中で闇のなかで行なう理由がどこにある？」

ダフィーには、答えられなかった。

会議は数分後に終わり、決議されたのは使命《ミッション》を続行するということだけだった。ゴードンはだれにもひとこともいわずにショーホースから出て、暗いなかをパックホース1《ワン》の方向へ歩いていった。だが、レミックとダフィーが外に出てVIPたちに声が聞こえないところへ行くと、レミックがダフィーの腕をつかんだ。意外なことに、なだめるような小声で、レミックがいった。「いいか、チャーリー1《ワン》。おまえのいうとおりだ。おれたちを今夜襲ったのが何者にせよ、戦いかたを知っていた。あれは兵士か、元兵士の部隊のたぐいだ。シナロア・カルテルらしくないし、おれたちが知っている黒い騎士らしくもない。なにかべつの勢力がここにいるし、あす黒い騎士のところへたどり着くまで、おれたちに打つ手はなにもない」

レミックが、ヘッドセットをかけた。「好き嫌いはべつとして、おれたちはここで連中を生かしておかなければならない」

ダフィーは唖然《あぜん》とした。レミックは、ヴァージニア州マクリーンのリッツ・カールトンでわずか一週間前に会ったとき、残虐なカルテルの勢力範囲で命懸けの任務を行なうというような口ぶりではなかった。

だが、明らかに現在はそういう状況になっている。

ダフィーは、かすれた声で「了解」といった。ほかになにをいえばいいのか、わからなかったからだが、頭ではべつのことを考えていた。

一日千六百六十六ドルのために、異常きわまりない仕事をやっている、と。

レミックがいった。「おれたちはこれを切り抜ける、若造。信じろ」ダフィーの肩を叩いていった。「ゴードンのようすを見てこい。チームの半分以上を失ったあとで、口に拳銃の銃口を突っ込まないように」

43

ダフィーが見つけたとき、ゴードンは清潔なシャツに着替えるために、パックホース1《ワン》の蔭で抗弾ベストを脱いでいた。部下のひとり、ブラヴォー6《シックス》が銃塔にいて、さきほど泣いていた運転手のブラヴォー3《スリー》は、運転席でぐっすり眠っているようだった。ブラヴォー2《ツー》、4《フォー》、5《ファイヴ》、7《セヴン》、8《エイト》は死に、そのうち四人の遺体は道路に置き去りにされた。ゴードンはいま、ダフィーの想像を絶する地獄のような苦しみを味わっているはずだった。

「おい、あんた、話をする気はあるか?」

ゴードンが、汗と泥にまみれたシャツを脱いで、地面に投げ捨て、長袖《ながそで》でグレイの〈カーハート〉保温シャツを頭からかぶって、ヘッドランプにひっかからないように気をつけながら着た。胸掛け装備帯《チェストリグ》と抗弾ベストを持ちあげて身につけると、ゴードンはいった。

「三日間で五人だ、ダフィー。そんなのを聞いたことがあるか?」

「あんたの手落ちじゃない、ゴード。運が悪かった。だいじなのは、あんたが勝負《ゲーム》に備えてしゃんとすることだ」

「勝負《ゲーム》？〝おれたちがみんな死ぬ〟のが上がり《ゲームセット》で、おれのチームはもうすぐ勝ちそうだ」

ダフィーには、適切な言葉が浮かばなかった。そんな言葉があるとは思えなかったので、ただゴードンの背中を叩いていった。「あんたとおれは団結して、このろくでもない状況を乗り切ろう」

ゴードンがヘッドセットをかけて、マイクの位置を調節してから、装甲人員輸送車《APC》のあいたハッチから携帯無線機を取った。

「やつらは、おれたちが来るのを知ってた。攻撃の準備ができてた」

「ああ。おれもずっとそれを考えていた。三方向からの伏撃《アンブッシュ》で、ピックアップ四、五台が追撃、壕《ごう》を構築したPRK軽機関銃陣地、対戦車ロケット擲弾《てきだん》を六発以上、発射」ダフィーは、ヘッドランプの赤い光でゴードンの顔を見た。「どこをとっても、移動性の機甲部隊に対処するように組まれた部隊じゃないか？」

「そうだ。それに、おまえはさっき情報提供者のことをいった。おまえのいうとおりだと思うし、そいつはこの車列にいると思う」

ダフィーは首をかしげた。「車列のなかに？　それはどうかな？」

「クレイジーホースは対戦車ロケット擲弾を一発くらったんだろう？」ゴードンがきいた。

「ああ」

「どこに当たった？」

「後部装甲。あいていた銃眼からきわどいところではずれた」

ゴードンがうなずき、赤いヘッドランプが上下に揺れた。「おれの車両《ヴィイクル》は右側にくらった。タイヤを狙ったらしく、低いところだ。ウォーホースには、右斜《なな》め後ろの装甲板に擲弾によるでかい傷跡がある。やはりタイヤのすぐ上だ。パックホース2《ツー》は……」言葉を切った。「擲弾が下面ハッチから跳び込んだとわかってる」

「ああ」ダフィーはまたいった。

ゴードンが、携帯無線機をヘッドセットと接続し、抗弾ベストのパウチに戻した。それをやりながら、両目をダフィーに向けた。「上手な射撃だよな？」

「かなり上手だ」

「それで……」ゴードンが、パウチから噛《か》み煙草《たばこ》を出して、唇《くちびる》と歯茎《はぐき》のあいだに押し込んだ。口をぬぐってから、ゴードンがいった。「それで……おれはさっきリモーのまわりを一周した。ライフルの銃撃は受けていたが、ロケット擲弾は被弾してない。一発も」

ゴードンがなにをいおうとしているか、ダフィーは察したが、信じられなかった。肩をすくめた。「おい、マイク。戦闘がどんなものか、知っているはずだ。隣にいたやつが死んでも、かすり傷ひとつ負わないことがある。トラック十二台が何事もなく道路を走り、十三台目が簡易爆破装置《IED》を起爆することもある。この仕事では、理屈に合わないことだらけなんだ」

ゴードンが近づいて、すこし声をひそめた。「おまえにききたいことがある。夜にホテルにいたときのことだ。銃撃がはじまる直前に、ロドリゲスが自分の部屋に戻ったと、おまえはいった。そうだったのか？」

ダフィーは、意表を衝《つ》かれた。「そうだ」

「都合がよすぎるんじゃないか？　それに、会議のためにショーホースに乗るとき、やつはバックパックを持ってた。それまで警護対象四人は、暗い罌粟《けし》畑にずっと立ってた。なんのためにやつはバックパックが必要だったんだ？　それに、座ったときに、念入りにベンチの下にバックパックを押し込んだ。すべて何気《なにげ》ないふうだったが、おれは見てた。やつはおれたちに見られてるかどうかたしかめてた」

ダフィーは首をかしげた。「メキシコ内務省の副大臣のアシスタントが、敵に情報を提供していたと思っているというのか？」

ゴードンが唾《つば》を吐き、肩をすくめた。「しゃれた身なりのあの男の所持品検査をやったら、持ってないはずの携帯電話が見つかるだろうっていってるんだ」

ダフィーは、溜息をついた。納得していなかったが、いまのゴードンが追い込まれているのはわかっていた。ダフィーはいった。「レミックにその話をしよう」

マイク・ゴードンは、M4カービンの負い紐《ひも》に首を通し、銃口を下に向けて背中に吊った。「もっといい考えがある。話をする材料を見つけてから、レミックに話をしたらどうだ？」

「どういうことだ――」

ゴードンが、荒い足どりでショーホースのほうに向かった。ダフィーは一瞬、そこにじっと立っていた。

「なんてこった」とつぶやき、急いでゴードンのあとを追った。

VIP四人は、まだ巨大なAPCの車内にいて、レトルトパックの糧食を食べ、ボトルドウォーターの水を飲んでいた。ハッチがあいているので、ライトは消してあったが、内側の壁に吊るした赤い光のヘッドランプ数個に照らされ、不気味な光景になっていた。

ゴードンがなかを覗《のぞ》いた。ダフィーはうしろから近づいて、ゴードンの腕に片手をかけ、先へ進むのをとめようとした。ロドリゲスの持ち物からなにも見つからなかったら、レミックとVIPたちは手出しされたことに激怒するにちがいない。

だが、ゴードンはまともに考えられなくなっていて、ダフィーの手をふり払い、APCに乗り込もうとした。

ミシェル・ラルーが、ペットボトルの水を飲んでいたが、武装警護員ふたりがはいってくるのを見て、ペットボトルを置いた。「なんのご用？」

マイク・ゴードンがいった。「いや、マーム、通常の警護のための確認です」

ラインハルト・ヘルムが、首をかしげた。「なんだって？」

ゴードンが突然、フラッシュライトのまぶしい白色光でアドナン・ロドリゲスの目を照らした。強い光に、全員がたじろいだ。「車からおりてもらいたい。バックパックを持って」

ロドリゲスは動かなかった。車内を覗いたダフィーは、身をこわばらせてじっと座っているロドリゲスの顔に恐怖の色があるのを、即座に見てとった。

〝なんてこった〟ダフィーは思った。〝この男はなにか重大なことを隠している〟

エレーラが口をひらいた。「どういうことだ、セニョール・ゴードン？」

ゴードンは、エレーラには目もくれずにいった。「ロドリゲス、自分から出てこないと、おれがそっちへ行ってひきずり出す」

ロドリゲスがあとの三人の顔を見て助けを求め、平和活動局副長官のヘルムが口をはさんだ。「なにがあった？　この男がなにをやったと思っているんだ？」

ゴードンが、フラッシュライトの光をヘルムに向けた。「あんたには関係ない」

「この任務のことはすべて、わたしに関係がある！」

ゴードンは、フラッシュライトをまたロドリゲスに向けた。「あんたはメキシコのスパイスが利《き》いた料理が好きだろうが、ペッパースプレーを浴びたことはないだろう？」

エレーラがいった。「これは許しがたい」

ラルーが応援した。「あなた、どうかしているんじゃないの？　ライトで顔を照らすのをやめなさい！」

だが、ゴードンは引きさがらず、ダフィーはすこしうしろにさがった。アドナン・ロドリゲスがのろのろと手をのばしてバックパックをつかんだが、会議の前にAPCに持ち込んだバックパックではなかった。ゴードンはそれに気づかなかったが、ダフィーは気づいた。最初は関わりたくないと思っていたが、成り行きでひっこみがつかなくなっていた。

ダフィーは、自分のフラッシュライトで問題のバックパックを照らした。「おれたちが見たいのは、あのバックパックだ。それを持ってきてくれませんかね」

見るからに気が進まないようすで、ロドリゲスがそのバックパックを持ち、ＡＰＣから出てきた。

ゴードンが、ロドリゲスの手からバックパックをひったくり、ダフィーに渡してから、ロドリゲスを手際よく歩かせて、あいているハッチの横で車体のほうを向かせた。「両手を車体に置け」

「でも――」

「いったように、まったく通常の確認だ」ゴードンがロドリゲスの脚を蹴って股をひらかせ、手荒くＡＰＣに押しつけて、ボディチェックをはじめた。

あとの警護対象三人も下車して、説明を要求したが、ゴードンとダフィーがあまりにも決然とした態度だったので、取り合ってもらえるとは思っていないようだった。

ダフィーが赤いライトを使ってロドリゲスのバックパックのなかを調べるあいだに、ゴードンがロドリゲスのポケットを探った。

ゴードンのボディチェックでは、なにも見つからなかった。なにも見つからなかったら、すぐにレミックに罵倒《ばとう》されるだろうと思い、ダフィーは不安をつのらせたが、この無作法な行為を正当化できるようなものを見つけようとして、探しつづけた。

衣服、電子メモパッド、なにかの処方薬がはいった袋。

外側のポケットのジッパーが閉まっていた。ダフィーが握ると、なにかがはいっていたので、あけて手を入れた。

大当たり《ビンゴ》。形と感触で、衛星携帯電話だと即座にわかった。

ダフィーはそれを出した。「なにに見える、マイク？」

ゴードンが両腰に手を当ててすこしさがり、ライフルを胸の前に吊った。「〈スラーヤ・ヒューズ〉。旧モデルだが、ちゃんと使える。そうだな、ロドリゲス？」

ロドリゲスが肩ごしに携帯電話のほうを見て、困惑し、驚いているような表情を浮かべた。演技だろうとダフィーは思ったが、黙っていた。

レミックが、APCの車体をまわって、赤い光のなかに姿を現わした。エレーラ、ラルー、ヘルムは、その場面を囲んで立っていた。

「いったいどうなっているんだ？」レミックがきいた。

ゴードンがいった。「ロドリゲスがバックパックに衛星携帯電話を隠していた。それで外部に連絡していたにちがいない」

「ちがう」ロドリゲスがいった。「わたしは——」

レミックが、メキシコ政府の若い官僚を睨《にら》みつけ、ダフィーも予期していなかったような怒りをその瞬間に爆発させた。「黙れ！」携帯電話をダフィーの手から受け取って眺めまわし、エレーラのほうを向いた。「このことを知っていましたか？」

エレーラの愕然《がくぜん》とした表情は偽りではないと、ダフィーは思った。「わたしは……信じられない。アドナン？」

「ほんとうです！《レ・プロメト》 だれにもなにも連絡していない――《ノ・コムニケ・コン・ナディア・コン・レスペクト》」

ゴードンが跳びかかり、ショーホースの車体にロドリゲスを押しつけた。

「英語で話せ、くそ野郎！」

「わたしは……」ロドリゲスが向きを変えて、一団のほうを向いた。泣き出す寸前のように見えた。「わたしは……」

「おまえが、なんだ？」レミックがどなった。

「携帯電話を持ってきた。でも、メキシコシティの友だちに連絡するためだ。送信記録を調べてもいい」

エレーラが、ロドリゲスに向かっていった。「どういう友だちだ？」

大げさに顔をゆがめて、ロドリゲスがいった。「それは……女だ。恋人なんだ。妊娠している。九カ月だ。いまにも生まれる。連絡せずには――」

「きみは妻帯者だぞ」エレーラが、にべもなくいった。ロドリゲスのいうことを信じていないのは明らかだった。

また顔をゆがめた。「込み入った話です、セニョール。でも事実です。代表団に不利になるようなことはやっていません。メールで連絡をとり合って、ようすをたしかめただけです。だれとも話をしていません」

レミックが、副指揮官のアルファ2《ツー》を呼んだ。闇からアルファ2《ツー》が現われると、衛星携帯電話を渡した。「よく調べろ。触敵《コンタクト》があったとき、だれに電話したか、メールしたかを」

「すぐにやります、ボス」アルファ2《ツー》が向きを変えて、闇のなかをウォーホースに戻っていった。

「約束する」ロドリゲスがなおもいった。「この任務を危険にさらすようなことはやっていない」エレーラのほうを向いていった。「副長官、わたしが段取りをつけたことはご存じ――」

エレーラは、ロドリゲスに背を向けた。「レミックさん、わたしの謝罪を受け入れてください。こんなことが起きてはならなかった。アシスタントは問題を起こすつもりはなく、この任務の脅威でもないと思う」ロドリゲスに向かっていった。「きみがあまりにも愚かだということはべつとして」

レミックが、大きな溜息をついた。「エレーラさん、この男はあなたの補佐官ですよ。

あなたはほんとうになにも知らなかったんですか？」

「衛星携帯電話のことは、なにも知らなかった。秘密保全手順に忠実に従うことに、わたしは同意した。全員がそれを守っていたと思っていた」

つかのま考え込むようすで、レミックがうなずいた。「エレーラ副大臣、ヘルム副長官、ミス・ラルー。わたしは部下を行かせて、あなたがたの持ち物を調べさせます。もしべつの通信機器が見つかったら、この任務を中止せざるをえなくなります」

ダフィー、ゴードン、レミックもバッグを調べはじめ、そのあいだVIPたちは無言で立っていた。ギャビー・フローレスが現われ、なにが起きているのかと困惑しているのが明らかだったので、ダフィーは状況を説明した。

ロドリゲスは、APCのあいているハッチの奥に座っていた。エレーラに何度も厳しく叱られたロドリゲスには、だれも話しかけようとしなかった。

VIPたちの荷物を調べるのに、十分かかった。アルファ・チームの三人、ダフィー、ゴードンが総がかりで確認し、最後に、ミシェル・ラルーのキャスター付きダッフルバッグを調べてすべてが終了したとき、アルファ2《ツー》の声がチーム間無線から聞こえた。VIPたちには聞こえないが、アーマード・セイントの警護員と、ヘッドセットをつけていたフローレスには聞こえた。

「アルファ2《ツー》から指揮官《アクチュアル》へ」

「指揮官《アクチュアル》」レミックがいった。「なにがわかった、ヴァンス？」

ダフィーは通信に聞き入った。「ああ、ボス、メッセージを送信直後に消去するソフトウェアがインストールされてて、なにを送信したかはわからない。でも、きょう五回メッセージを送ったのはわかってる。約二時間前に」

「おなじ番号に？」

「ああ。すべて市外局番が667だ」

ギャビー・フローレスが息を呑んだので、そばに立っていたアメリカ人三人がそちらを向いた。

五メートル離れたところでなにも気づかずに座っているロドリゲスをちらりと見て、フローレスが低い声でいった。「クリアカン。シナロア州」

レミックが片方の眉をあげた。「ほんとうか？」

フローレスがうなずいた。

レミックが、ロドリゲスに向かっていった。「おまえの赤ん坊の母親はどこにいる、ロドリゲス？」

「なんだって？」

「おまえの愛人だよ。どこに住んでいる？」

「いったじゃないか。メキシコシティにいる。わたしが住んでいるところだ」

「わかった。では、シナロアのだれに連絡した？」

ロドリゲスは困惑しているようだった。さっと立ちあがり、レミックに近づいた。「なんだと？　だれにも連絡していない。シナロアのだれにもメッセージなんか――」

ゴードンが一歩進み、アドナン・ロドリゲスの顎《あご》を拳《こぶし》で殴りつけた。小柄なロドリゲスが、地面に仰向《あおむ》けに倒れた。

「マイク！」ダフィーは叫び、うしろからゴードンの体をつかんで引き離した。

ゴードンがわめき散らした。「この野郎のせいでおれの部下が殺されたんだ！　それに、まだ終わってない。今夜おれたちを襲ったやつらは、おれたちの居場所を知ってる。どこへ行くかも知ってる。部隊の人数も知ってる。おれたちの戦術も知ってる。そこで地面にぶっ倒れてるくそ野郎のせいで、なにもかも知られちまった！　そいつのせいで、おれたちはみんな死ぬ！」VIPたちのほうを指さした。「あんたたちもだ！　おれたちはみんな死ぬ！」

レミックが、ゴードンを自分のほうへ向き直らせた。怒りを隠そうともせずにいった。

「いいか、ブラヴォー1《ワン》。こいつがだれに連絡したかは、しばらく謎のままになる。おまえが殴って気絶させたせいだ！」

「こんなやつ、どうなってもいい」

レミックは、ダフィーのほうを見た。「ゴードンが二度とこんなことをやらないように気をつけろ」

「わかった、ボス」ダフィーはゴードンの両肩をつかんだが、レミックに向かっていった。

「その……任務の秘密が漏れた。中止しないといけない！　いますぐに」

レミックが首をふったので、ダフィーは愕然とした。「却下《ネガティヴ》。これは黒い騎士ではなかった。われわれが来ることと人数を、黒い騎士はすでに知っていた。情報を漏らす人間を潜り込ませる必要はなかった。ロドリゲスが話をしたのが何者であるにせよ、情報を求めていた。この任務が進められるのを望んでいないべつの勢力が、この山中にいる。あと数時間で黒い騎士の縄張りへ行けるし、あした目的地に着けば、もうだいじょうぶだ」

フローレスが、ダフィーの顔を見てからいった。「そのとおりよ。いまひきかえしたら、くぐり抜けたばかりの敵陣地に戻ることになる。どっちも勝算は低いけれど、現時点ではロス・カバジェロス・ネグロスといっしょにいるほうがましかもしれない」

レミックがいった。「わたしがロドリゲスを結束バンドで縛って、ウォーホースに乗せる。任務のあいだ、やつは先頭車両に乗ることになる」アルファ・チームのふたりに、気絶しているロドリゲスを運ぶのを手伝うよう命じた。

国連のふたりは沈黙していたが、エレーラがいった。「セニョール・レミック、わたしは反対――」

「秘密保全はわたしが担当しています。わたしのやりかたでやります。無事に会談の場についたら、そのあとで交渉に関するルールをあなたが決めればいい」

エレーラが、レミックの論理に屈した。「ああ……結構だ。しかし、なにがあったかを黒い騎士に知られないようにすることが肝心だ。政府代表団に敵のまわし者がいたと知ったら、交渉で彼らはわたしたちを信用しなくなる」

レミックが納得した。「代表団が三人ではなく四人だと、黒い騎士に伝えてあるわけですね。やつらと会っているあいだ、わたしはロドリゲスを隠しておくが、どういうことで人数が減ったかという作り話は、あなたに考えてほしい」

「問題ない。なにか考える」

レミックが、こんどはゴードンにけりをつけた。

「マイク、任務はつづいている。つまり、おまえの部下と車両を、おまえに指揮してもらう必要がある。了解したか？」

ゴードンがうなずいた。「たしかに了解した、ボス。ああしないと気持ちが収まらなかっただけだ。もうだいじょうぶだ」

レミックがうなずき、ダフィーをちらりと見た。

「こいつをどうにかしろ」

「ああ、ボス」ダフィーは、ゴードンを促して、そこから離れた。「いいかげんにしろ、ゴードン。おまえの車両に連れていってやる」ギャビー・フローレスが、あとをついてきた。

44

ニコール・ダフィーは、ノーザン《N》・ヴァージニア《V》・コミュニティ《C》・カレッジ《C》の体育館に立ち、今夜いっしょに働く女性三人に清掃用品を分配していた。プロフェッショナルらしく効率的に立ち働いていたが、意識は三〇〇〇キロメートル以上離れたところにあった。数夜前から、働いているときはいつもそんな感じだった。

もう午前零時で、午後七時以降、これが二件目の仕事だった。最初はロズリンの銀行で、チームとともに清掃した。このNVCCの仕事を終えたら、三人といっしょに三件目の現場、クリスタルシティのコンドミニアムのアパートメントへ行く。あさってに売りに出すために、その部屋をざっと点検するよう求められたのだ。

仕事が終わるのは午前六時で、子供たちがアニメを見ているあいだ、二時間ほど眠る。

ニコールは疲れ切っていたが、いま考えているのは自分のことではなかった。三人と分かれて、清掃用品が満載された用務員用のキャリーカートをひっぱって、男性用ロッカールームへ行った。恐れていたほど汚くはなかったので、ほっとして、まず鏡からはじめ、ガラスクリーナーを噴きつけて拭いた。

わたしのことは心配しないで、時間のあるときだけ電話し、任務に集中するようにと、ジョシュにいってあったが、ニコールは三時間前から、電話の着信音が鳴るのを願っていた。

これまでの二晩《ふたばん》とおなじように。

ロッカールームの清掃をはじめてから十五分後に——シャワー内で泡状の漆喰《しっくい》クリーナーをスプレーしたばかりのときに——ずっと鳴るのを願っていた電子音が右耳から聞こえた。ニコールは安物のブルートゥースのイヤホンをタップし、急いでロッカールームを出て、もっと強い信号を受信できることを期待し、体育館にはいった。

「ジョシュ？」

短い間があったので、ニコールの喜悦は不安に変わった。

「ジョシュ？　あなたなの？」

「おれだ」

前のやりとりのときよりもさらに苦しげな声だった。「なんなの？　悪いこと？」

「おれたち……今夜、熾烈《しれつ》な攻撃を受けた、ニッキ」

ニコールは、バスケットボールコートを見おろす観覧席に腰かけた。「また？」

「前とはちがう。今回は車両の追撃を受けて、L字形伏撃《エル・シェイプト・アンブッシュ》に追い込まれた。敵の人数は不明だが……あれは……五十人か六十人くらいいたにちがいない。装備、正確な射撃、有能さが、軍隊なみだった」

「なんてこと、ジョシュ。損耗《そんもう》は？」

「おれとおれのチームに被害はなかった。アルファ・チームと警護対象もだいじょうぶだった」ジョシュが間を置いて、携帯電話に向けて息を吐いた。「ハッチがあいていたブラヴォー・チームの装甲人員輸送車《APC》一台がロケット擲弾《てきだん》を被弾した。マイクのチームが四人失った」

ニコールはすでに涙ぐんでいたが、いまは涙が流れ落ちていた。悲しみと心痛。苦悶と不安。鼻をすすって涙をこらえようとした。「これで五人戦死《KIA》。ジョシュ、ジョシュ、そこから逃げ出さなければいけない」

「もっと悪化している。メキシコの外交官のひとりが、携帯電話を隠し持っていた。そいつがこっちのシナロア・カルテルに連絡していたんだと、おれたちは考えている。そいつらは、陸軍が来て黒い騎士を根絶やしにすることを狙っているんだ」

「警護対象すら信じられないの？」ニコールは胸を張って、背すじをのばした。声が大きくなり、体育館に鳴り響きそうだった。「帰ってきて。いまひきかえして帰ってくるっていって」

「まだ護《まも》らなきゃならない人間がいる。だいいち、戻ろうと思っても、おれたちは戻れない。ひきかえせば、せっかく切り抜けた危地に舞い戻ることになる」

「それじゃ、前進するとどうなるの？」

「正直いって、いまはわからない」

「即応部隊《QRF》はいつ来るの？」

ジョシュは答えなかった。「ジョシュ？　QRFよ。レミックが呼んだんじゃないの？　そっちに向かっているんでしょう？」

ジョシュはまだ答えず、息遣いだけが聞こえていた。

「派遣部隊の二〇パーセントを失ったのよ。お願い、答えて。QRFは来る途中――」

ジョシュがさえぎった。「ニッキ。QRFはいない。おれたちだけだ」

ニコールの胸を締めつけていた痛みが、胃におりていった。息が苦しくなり、体育館の床を歩いていたが、奈落の底を覗《のぞ》き込んでいる心地だった。「どういうこと？　あなた、いったじゃないの――」

「メキシコ陸軍を呼ぶことはできるが、ヘリコプターでは来られない。山のどこかに携帯式地対空ミサイル《SAM》がある」

「SAM? 西シエラマドレに?」

「ああ。だから、陸軍が陸路で来るのに、丸一日かかるし、陸軍が来たら黒い騎士が攻撃し、いっしょにいるおれたちも掃討される。だから応援なしでいくほうがいいんだ」

「ジョシュ……これが異常だとわかっているはずよ。あなた――」

べつの声が聞こえたので、ニコールはしゃべるのをやめた。おそらくAPCのスピーカーから聞こえる無線通信だと、すぐに気づいた。

「アルファ指揮官《アクチュアル》から全指揮官《アクチュアル》へ。黒い騎士《BK》に会う前に、明朝、北へ約五時間移動することになると、エレーラがいま知らされた。警備を交替して、部下をすこし眠らせろ。〇五三〇時に朝のブリーフィングをやる」

「もう切らないと、ベイビー」ジョシュが、電話でいった。

マイク・ゴードンがうわの空で「ブラヴォー1《ワン》、受信した」というのが、遠くから聞こえた。

「ジョシュ、話して。わたしにどうしてほしい?」

「チャーリー1《ワン》、受信した」ジョシュがレミックに応答してから、電話に戻った。「子供たちにキスして、おれたちのために祈ってくれ。愛している」

「ジョシュ、待って。あなたならできる。できるとわたしは思う」

だが、ジョシュはすでに電話を切っていた。

四十五分後、ニコールは部下の清掃員のところに戻っていなかった。NVCCの図書館でコンピューターの前に座り、グーグルマップをひらいて、メモ帳に書き留めていた。アーマード・セイントの幹部社員の名前をすでに検索し、世界各地における同社の業務の芳《かんば》しくない評判についての報告を読んだ。

もっと情報を集めようと知恵を絞っていたときに、ふと思いついたことがあった。見込みはかなり薄いが、メキシコ西部、カルテル、国連について不足している知識を補ってくれるかもしれない人物を、ニコールは知っていた。

名前をググると、目当てのものが見つかったので、メモ帳に電話番号を書いた。

数秒後に電話をかけ、相手の住んでいるところでは午後十時を過ぎていたが、二度目の呼び出し音でその相手が出た。

「ヘンダーソン航空、マックス・ヘンダーソンです」

「マックス？　ニッキ・ダフィーよ」

短い間があった。「ニッキ……どなたですか？」

「ああ、ごめんなさい。ニコール・ダフィーよ」

もっと長い間があった。「よくわからない……バーかどこかで会ったのかな？」

考えが先走りしていてうまくいかないと、ニコールは気づいた。「ごめんなさい。マーティン大尉だといえば、思い出してくれるかしら」

こんどは相手がすぐに答えた。電話をかけてきたのが知り合いだとわかって、ほっとしているようだった。「イエス、マーム。すみません。あんまり久しぶりだったので。元気ですか？」

「元気よ。あなたは？」

「順調ですよ。連絡してくれてうれしいですね。まだヴァージニアにいるんですか？　そっちは午前零時すぎでしょう」

ニコールは答えた。「去年、ブルネッティ准尉と話をしたの。彼はまだ大隊にいるのよ」

「ああ、おれも数カ月前にスコッティにばったり会いましたよ」

「あなたがエルパソにいると聞いたの。前にいっていた航空会社を立ちあげたのね」

「あなたの情報は正確ですよ、マーム。五機あります——まあ、リースですがね。エルパソとツーソンから飛ばしてます。パイロットを八人雇い、おれも操縦します。国《D》土安《H》全保障省《S》、商務省《コマース》、麻薬取締局《DEA》、国務省《ステート》と契約して、中米から南米まで業務を行なっています。古き悪しき時代のアフガニスタンやイラクでの攻撃ヘリ《ガンシップ》とはちがいますが、これもひとつの暮らしです」ヘンダーソンは明らかに成功していることが自慢で、それを話すのが楽しそうだった。

「すばらしいわね。あなたと話ができたのは正解だわ」

「ほんとうに？　どういうことで？」

「近ごろメキシコでなにが起きているか、あなたなら情報を知っているかもしれないと思ったのよ。とくに西シエラマドレ山脈のこと」

ヘンダーソンが、口笛を鳴らした。「おれはあそこでは飛びませんよ。統治されていない中間地帯《ノーマンズランド》ですからね。黒い騎士の縄張りで、シナロア・カルテルがそいつらと戦ってて、陸軍がその山脈に部隊を派遣し、とてつもない事態を引き起こそうとしてる」

「ええ」ニコールは低い声でいった。「そうだと聞いている。ちょっと情報を探しているの。陸軍の計画はどうなのか、そこの実力者はだれなのか、といったことよ」

「夏休みの旅行計画を立てるつもりですか？」ヘンダーソンが、冗談をいった。

「滅相もない。国連の和平提案のこと、なにか知っている？」

ヘンダーソンが、つかのま考えた。「いや。聞いたことがないですが、おれは一介のパイロットですからね。仕事に必要なときはべつとして、だれかの情報産物《インテリジェンス・プロダクト》を覗き見するようなことはやりません。裏チャンネルでやっているようなことは、あなたとおなじで、ニュースで知るだけですよ」

ニコールは、小さなテーブルを指で叩いた。「あなたはメキシコのどこへ飛ぶようにいわれるの？」

「そのときによります。おれはグランドキャラバンを操縦して、あさってエルモシジョへ行きます。三文字局（CIA、FBIなどの部局）のために貨物を運ぶだけです」咳払いをした。「いったいどういうことですか？」

「ジョシュのことなの。メキシコで国連のために契約仕事をやっているの」

「すごい」間を置いてから、ヘンダーソンがいった。「まさか……西シエラマドレじゃないでしょうね？」

「あいにくそうなのよ」

「たいへんだ。独りじゃないでしょうね」

「独りじゃないけど、第3歩兵師団《サードID》といっしょでもない。アーマード・セイントの仕事をやっているの」

ヘンダーソンが、低く口笛を鳴らした。「どうしてそんなことを？」

ニコールは目を閉じた。「彼はがむしゃらになっているのよ、准尉《チーフ》」

「まいったな」さっきよりも長い間があった。「いいですか、おれはダラスに知り合いがいて、そいつはアーマード《A》・セイント《S》のアメリカ本部に勤務してる幹部で、雇用や解雇を担当してると思う。ASの現地での任務について質問できるかもしれないが、あなたのご主人が知らないことがわかるとはかぎらない」

「ジョシュが知っていることと、わたしが知っていることは、おなじじゃないかもしれない」ニコールは溜息をついた。「現状について、ジョシュは正直に話していないんじゃないかと思う。数日のあいだに契約警護員五人が殺された。前進するほうが安全だと、ジョシュはいうけど……」

「でも、あなたはいまもニコール・マーティン大尉で、夫が危険にさらされているのに家にじっとしてはいられない」

ニコールは、目をぎゅっと閉じた。「なにが起きているのか、知る必要があるのよ」

「わかります、マーム」ずっと年上のヘンダーソンがいった。「よろこんで聞き込みをやりますよ」

ニコール・ダフィーは一分後に電話を切り、ロッカールームにひきかえした。漆喰《しっくい》をこすってきれいにするのに集中できるかどうか、自信がなかった。

45

夜が明けたとき、小規模な野営地の上の大気には、死の亡霊が漂っていた。銃塔の見張りは疲労と戦い、前方で明るくなる盆地に目を向けていたが、昨夜の恐ろしい光景が頭を離れなかった。警護員たちが野営を撤収し、VIPたちがテントのなかで目を醒《さ》ました。またしても暖かい食事なしで、硬い地面で一夜を過ごしたあとだった。

ゴードンは、生き残りの武装警護員ふたりとともに陣容を立て直し、ダフィーはフローレス博士を避けて、ほとんど独りでいた――フローレスが絶え間なく口にする悲運の予言は、いまもっとも聞きたくない事柄だった。

アーマード・セイントの残された装甲人員輸送車《APC》四台は、荷物を積んで午前六時に出発準備が整った。それとほぼ同時に、チームリーダー三人が朝のブリーフィングを終えた。

ダフィーがクレイジーホースに戻ると、フレンチーが保温容器を差し出した。

「おはよう、ボス。ガスストーヴでコーヒーをいれた。インスタントでまずいが、カフェインはある」

「まずいコーヒーなんかない」ダフィーは保温容器を受け取り、ゆっくりと飲んだ。「ああ、あるんだな」

「どういたしまして」

そのときは、スクイーズが銃塔にいたので、ダフィーは呼び寄せ、クレイジーホースのボンネットのそばにあとの五人を呼んだ。まわりに全員が集合すると、ダフィーはいった。

「よし、みんな、ギャビー、おれはレミックと話をした。十分後に出発する。目的地に午前十一時ごろに到着する」

「目的地はどこだ?」ウルフソンがきいた。

「エレーラが黒い騎士と話をした。この道を北へ走り、東へ折れて、数キロ先のシンコ・ラグリマスという町へ行く。ゆっくりはいっていって、広場沿いに駐車し、待つ」

「なにを待つんだ?」クルーズがダフィーにきき、スクイーズがすかさず答えた。

「たぶん、ケツにロケット擲弾《てきだん》をくらうのを待つのさ」

ダフィーはスクイーズを無視してつづけた。「どこかの時点で、黒い騎士の幹部が現われる。アルチュレタには大人数の警護がついてくるだろうが、まだなんともいえない。その連中が到着したら、広場の向かいの町庁舎でVIPが黒い騎士と会談する」

ダフィーは、フローレスのほうを向いた。「この町のことを、なにか知っているか？」

フローレスがうなずいた。「シンコ・ラグリマスは、かなり北のチワワ州にある。何年も前に、学生のころに一度行った。小さな町にかわいらしい広場がある。コロニアル様式よ。喉《ゴルジュ》の奥だけれど、〝悪魔の背骨〟の上のほうにある。四方を岩の断崖に囲まれている。侵食谷《キャニオン》の縁から約一五キロメートル」

「どういう侵食谷《キャニオン》だ？」フレンチーがきいた。

それに対して、フローレスが笑みを浮かべた。「あなたが見たこともないような美しい侵食谷《キャニオン》よ。深さ二四四〇メートル」

ナスカーが口笛を鳴らした。「二四四〇メートル？　一マイル半以上だ」

クルーズが口をひらいた。「ギャビー、どうしてシンコ・ラグリマスと呼ばれてるんだ？」

「まったく知らない」

クルーズは、チームの全員に向かっていった。「五つの涙という意味だ。町の名前にしては奇妙だ」

「蠱惑的《こわくてき》じゃないか」ナスカーが冗談をいった。

ダフィーは、きょうのチームの責務に注意を戻した。「町だから、戦いになったときに防御しなきゃならない方角が多い。レミックは、どんな場合でもおれたちが突進して対処できるようにしろといった。戦いになったら、アルファがVIPを車両に戻し、おれたちは急いで戦場から離脱する。了解したか？」

フローレスがいった。「黒い騎士に攻撃されたら、戦車四台では護《まも》り切れない」

ダフィーは溜息をついた。「戦車が四台あれば、最初いい戦いができる。ギャビー、これは戦車じゃないんだ」フローレスの発言を帳消しにしようとしていった。「おれたちはだいじょうぶだ」だが、あまり説得力のない口調だとわかっていた。

46

通行不能に近い道路を走るのに五時間かかったが、クレイジーホースの車内で揺さぶられていた七人には、それが五日間に思えた。昨夜の伏撃《アンブッシュ》や、車列の内部の人間から敵がリアルタイム情報を得ていたことや、血に飢えている麻薬カルテルが支配する危険地帯に向かって前進していて、この先どうなるかわからないせいで、暗く深刻な雰囲気だった。装甲人員輸送車《A P C》四台の警護員十七人はかなりの破壊力を備えているが、黒い騎士との本格的な戦いでは、最終的に自分たちの武器には風に向かって小便をする程度の力しかないことを、全員が承知していた。

上下に揺られているせいで眠りそうになったが、ダフィーは眠気と戦い、フレンチーがいれたまずいコーヒーを飲み干して、がんばりつづけた。両目で防御範囲と道路そのものを監視し、ナスカーが居眠りしたときにはすぐに反応できるように身構えた。

午前十一時過ぎに、ナスカーが前方のなにかを指さした。「確認してくれ、ボス」

ダフィーはナスカーの視線をたどり、パックホース1《ワン》の車体が跳ねあがって、車列がずっと走ってきた轍《わだち》の残る未舗装路から、真新しいように見える舗装道路に乗り入れるのを見た。

「平らな道路だ」ナスカーがいった。「ふつうの道路だ。これまで一分もお目にかかったことがなかった」

フロントシートのふたりのすぐうしろに座っていたギャビー・フローレスがいった。

「ありがたいわ。何日もずっと揺さぶられていたし」

その道路に乗ると、クレイジーホースの走りかたがなめらかになり、まもなくレミックが、町がすぐ前方にあることを無線で伝えた。

フレンチーの隣に座っていたスクイーズが、すぐさまハッチをあけた。

それと同時に、無線で伝えた。「48のところへ登る。どこかのやつが――」

「了解」ダフィーはさえぎった。「落ち着け。これからは、おれたちがなにかはじめたら、相手方に始末されるはめになる」

「だけど、ここで応射せずに撃たれっぱなしになるのはごめんだぜ」

「だれもそんなことはいっていない。いいから、トリガーから指を遠ざけて、見えるものを報告しろ」

「たしかに了解、イレヴンB」

くそったれ、とダフィーは思った。汚れたフロントウィンドウごしに、朝のぎらつく陽射しのなかで目を凝らした。銃塔の上部銃手のことは念頭になく、この一件の相手方のことを考えていた。

カーブをまわると、町が現われた。二、三、四階建てのコロニアル様式の建物、清潔な通り、駐車場にきちんとならんでとまっているピックアップ・トラック、歩道は狭いが手入れが行き届き、道沿いの漆喰《しっくい》で白く塗られた壁は、色鮮やかなブーゲンヴィリアに覆《おお》われていた。

通りを走っている車は、一台もなかった。ぶらぶら歩いている人間もいない。まるでゴーストタウンのようだった。

「チャーリー・チーム」ダフィーはいった。「建物に目を配れ。屋根、窓。くそ……なにもかもだ」

ゴミがないことに、ダフィーはすぐさま気づいた。都会の荒廃は、このシンコ・ラグリマスにはない。数日のあいだに車列は二十数カ所の町を通ったが、情緒のあるコロニアル様式の町といえるようなところは、ここがはじめてだった。

二台目のショーホースに乗っているレミックの声が、スピーカーから聞こえた。「人影がまったくない。ウォーホース？　なにか見えるか？」

アルファ2《ツー》が指揮しているウォーホースは、車列の先頭を走っている。「アルファ2《ツー》、アルファ指揮官《アクチュアル》。戦闘員年齢の男ひとりを見つけた。ライフルを肩から吊って、戸口に立ってる。脅威には見えない」

「了解した」レミックがいった。「武装した人間がいたら、すべて報告しろ」

最後尾のクレイジーホースで銃塔にあがっていたスクイーズは、全方位を見ることができた。「アルチュレタの部下がひとりしかいないっていうのは、変じゃねえか？」

「いや、見つけた」ウルフソンが答えた。「ふたり目の銃手。五時、茶色の建物の二階」

「建物はぜんぶ茶色だぜ」後部からクルーズがいった。

「コカ・コーラの赤い看板があるやつだ」

「わかった」クルーズがいった。「おれにも見える」

フレンチーがつけくわえた。「おれたちの左の路地に、武装した男がふたりいる」

「やつら、なにをやっている？」ダフィーはきいた。

「ただ……おれたちを見てるだけだ」

「クルーズ、そっちのやつは？」

「胸にAKを吊ってる。ただの歩哨だ。乱射しそうにはない」

こんどはナスカーが口をひらいた。「ボス、ひとり見つけた。十一時、上のほう。教会の左側の鐘楼にいる」

「おれにも見える」ダフィーは確認した。

レミックの声が、ふたたび聞こえた。「アルファ1《ワン》から全車両へ。町の広場に複数の武装した男たちがいる。好戦的な態度はとっていない。おれたちが来るのを知っているようで、見張っているだけだ。全員、用心して行動しろ。広場を一周し、指示された場所に駐車する」

スクイーズがいった。「うしろの通りにも何人かいる。銃は吊ったままだ。自分たちの町だっていう感じで歩いてる」

フローレスがいった。「そうだからよ。この町は黒い騎士が所有している。だから、荒れていなくて、清潔で、ゴミもいたずら書きもなく、犯罪がない」

「犯罪がない?」ウルフソンがいった。「麻薬カルテルなのに?」

「通りでケチな犯罪がないという意味よ」フローレスがいい直した。

「すごいじゃないか」ナスカーが茶化した。「カーステレオを盗まれる心配はない。リラックスできそうだ」

車列が町の広場をゆっくりと一周し、三階建てのコロニアル様式の町庁舎の前へ行った。

ウォーホース、ショーホース、パックホース１《ワン》、そして最後尾のクレイジーホースが、さらに速度を緩《ゆる》めた。一台目のウォーホースが駐車しかけたところで、ダフィーはいった。

「ナスカー、パックホース１《ワン》のうしろの位置を保て」

スクィーズがいった、「おい、チームリーダー《TL》。ただパックホースって呼んだらどうだ？　一台しか残ってねえし」

ダフィーは、小さな溜息をついた。「そうだな」

ナスカーが、この五時間ではじめて、ＡＰＣを停止させた。「エンジンはかけたままにしようか、ボス？」

「ああ、そうしよう。いまのところは」

レミックが、各ＡＰＣに待機を命じた。水のない大きな噴水がまんなかにあって植物が植わっているがらんとした広場の横で、エンジンの音を響かせ、だれも下車せずにじっと座っていた。銃眼をあけ、全員で四方を監視した。通り、窓、屋根にいる武装した男たちの数をたしかめて、報告した。

銃を持った男が二十人以上いたが、緊張しているようすはまったくなかった。ＡＰＣ四台を脅威だと見なしていないからにちがいないと、ダフィーは判断した。

ＡＫで武装した男たちが二十人以上いるのだから、そう思うのも当然だろう。

五分待ってから、レミックの声が聞こえたので、ダフィーはほっとした。「全コールサイン。エレーラ副大臣が、いま黒い騎士《BK》と通信している。下車する許可を得た。ブレーク」間を置いてから、レミックがいった。「チャーリー1《ワン》、こちらアルファ1《ワン》。VIPをクレイジーホースに行かせる。おれとアルファが、野外の警備手順を調整するあいだ、おまえたちがVIPを警護しろ。おまえたちがVIPを町庁舎に案内する。地元の人間が、ボディチェックする。相手の指示に従い、問題があれば報告しろ。おれがこの広場でBKの警護人《シカーリョ》と話し合ったあとで、部署を交替する」

ダフィーは、ヘッドセットのボタンを押した。「ボディチェックですか?」

「そうだ。まわりにいる黒い騎士の先遣部隊が、おれたちをボディチェックするのは、予想していた。みんな、落ち着け。これはすべて取り決めの一部だ。おれたちの銃を取りあげないことに連中は合意した。ただ、カメラや録音機器を探すだけだ」

「了解」ダフィーはいったが、嫌な感じだった。

うしろでウルフソンがいった。「いやまいったね。武装したごろつきどもに体腔《たいこう》検査をやられるのか」

ナスカーがエンジンを切り、ハッチに手をかけてから、ダフィーのほうを見た。「この地域は気に入らない、ボス」

「この任務で楽しめたべつの地域とはちがうというわけか？」

アラバマなまりでナスカーがいった。「ごもっとも」

ダフィーは、自分の側のハッチをあけた。「スクイーズ、軽機関銃のところにいろ。あとは全員、外に出ろ。フローレス博士、おれたちが下車しているあいだ、おれのそばから離れるな。例外がひとつある。撃ち合いになったら、おれのそばからできるだけ早く離れろ。おれは応射する。つまり、狙い撃たれる。おれが銃を構えるのを見たら、走れ。一直線に独りでクレイジーホースに戻れ。命じられるのを待つな。部下があんたのところへ行って、APCに戻す」

「わかった」フローレスがいった。

フローレスとチャーリー・チームの五人は、通りでVIPと合流し、町庁舎に向けていっしょに歩きはじめた。武装した男たちが外階段に立っていたが、正面ドアはあけ放ってあったし、メキシコ人たちはなにも威嚇《いかく》する態度を示していなかった。

それでも、警護対象のまわりのダフィーと武装した男たちは、手袋をはめた手でライフルのグリップを握っていた。

フローレスは、指示されたとおりダフィーのすぐ横にいた。かなり近かったので、歩きながら、ダフィーはフローレスのほうにかがんでささやいた。

「いま見えている男たちをどう思う？」

「麻薬カルテルだというのはまちがいない。でも、シカーリョではなく、ただのエスタカよ」

「シカーリョは知っている。殺し屋だ。エスタカはなんだ？」

「〝杭《くい》〟のこと。カルテルのために働いている下っ端の兵隊をそう呼ぶのよ。訓練はあまり受けていないけれど、危険なのは――」

ダフィーはさえぎった。「プロではなく、すぐに引き金を引きたがるからだ。命令に従うような規律がなく、それに頭が悪い」

「エスタカのことがよくわかっているのね？」

ダフィーは、鼻先で冷たくせせら笑った。「フローレス博士、アメリカも含めて、おれが仕事をやったどの国にも、大物に認められようとしている銃を持った馬鹿者がいた。だから、〝杭〟のことは知っている。おれの世界にはそいつらがごまんといる」

歩道まで行ったところで、フローレスがまわりを見た。「雨。だいぶ降る」

「なんだって？」

「これから雨になる。この地域は、いまの季節、午後にすごいにわか雨が降るの」

ミシェル・ラルーがすぐうしろにいて、それを聞いていた。「空に雲ひとつないのに」

「雨よ」フローレスがくりかえした。

一行は階段を昇った。ウルフソンとフレンチーのふたりが、最初に建物にはいった。数秒後にひきかえしてきて、手をふり、進むよう合図した。ふたりの表情から、ひどく鋭敏になっていることがわかった。

なかにはいるときに、ラインハルト・ヘルムがダフィーに近づき、小声でいった。「ここからが厄介《やっかい》だ。きみたちには嫌なことだが、手順に沿って進めるのに必要な屈辱的な扱いを受けるのを覚悟しておいてもらいたい。いいね？」

「銃、抗弾ベスト、車両、無線機を取りあげられなければ、問題はないです」

ラルーがいった。「すべて、あなたよりもずっと上の人間が取り決めたことなのよ、ダフィーさん。あなたたちは流れに沿ってやらなければならない」

短い廊下を進むと、武装した男たちが、ドアの外で待っていた。

「お言葉ですが、マーム」ダフィーはいった。「あなたに難民キャンプを設営するやりかたを教えるようなことはしない。おれにこういう――」

ラルーが、鋭い声で応じた。「難民は外国から来たひとたちよ。わたしたちがキャンプを設営するのは、国内で移住させられたひとたちのためよ。国内避難民《IDP》の数は――」

だが、ヘルムがたしなめた。「ミシェル、いまはやめておけ」

十人ほどの武装した男たちに最初に近づくために、ダフィーは一行の前に出た。全員、野球帽、ブーツ、ジーンズという格好だった。体力があって健康な感じだった。麻薬でラリッている〝杭〟ではない。これは屋内の周辺警備陣だ。

彼らは若く、二十五歳以上はひとりもいないし、武器も明らかに上等だった。ライフルの光学照準器は新型で、抗弾ベストは新しく、ダフィーたちと同等の性能の無線機を携帯していた。

うしろでクルーズがつぶやくのが聞こえた。「まずいな。A-チームとぶつかっちまった」

黒い騎士たちが、廊下で散開した。ライフルは背中に吊ってあり、拳銃はドロップレッグ・ホルスターに収めたままだった。ひとりが高飛車にスペイン語でいった。

「全員、手を挙げろ《マノス・アリーバ・トドス》」

フローレスがいった。「全員、手を挙げるようにといっている」

フローレスが指示どおりにして、代表団もおなじようにした。

ダフィーは両手を挙げた。「手を挙げろ、チャーリー・チーム。だが、武器を奪おうとしたら、押しのけろ」

うしろでミシェル・ラルーがいった。「だれもだれかを押しのけてはいけない」

「こいつらにおれたちの銃は渡せない、マーム」

すぐさまボディチェックが開始された。若い男が入念に調べるあいだ、ダフィーはおとなしく従った。だが、うしろでナスカーが腹立たしげにいうのが聞こえた。

「おい、あんた、無茶するな」

「落ち着け、ナスカー」ダフィーはいった。

「落ち着いてるけど、こいつがおれのパンツに手を突っ込もうとしてるんだ」

クルーズが口をひらいた。「武器以外はなんでも好きなものを持ってけって、TLがいってるぞ」

ダフィーは、あきれて目を剝《む》いた。「そんなことをいうわけがないだろう」

こんどは、ウルフソンが文句をいいはじめた。「ライフルから手を離せ、くそったれ」

「厳しい口調でいいが、礼儀正しくしろ」ダフィーは叱りつけた。

ウルフソンがいい直した。「ライフルから手を離せ、セニョールくそったれ」

そのとき、ダフィーの抗弾ベストを手で探っていた男が、無線機のパウチをはずして、無線機を出そうとした。

ダフィーはいった。「だめだ。やめろ。これはチーム無線機だ。いってくれ、ギャビー。

渡さないと」

フローレスがいった。「セニョール、その無線機は、チーム間の連絡を確保するための《エストス・ソン・ロス・ラディオス・パラ・コムニカシオンズ・エントレ・エル・エキポ・》ものです《デ・セグリダード》」

男がフローレスに返事をして、チャーリー・チームのダフィー以外のものが、無線機を取ろうとする黒い騎士たちと口論をはじめた。クルーズが、ひとりにスペイン語でどなり、相手がどなり返した。

ラインハルト・ヘルムが、ボディチェックを受け終えて、ダフィーに近づき、口論している相手を見た。

「なにが問題だ？」

フローレスがいった。「録音機器はだめだと、彼らはいい張っているのよ」

「ただの無線機だ。こいつらは無線機も見分けられないのか？」ナスカーがいった。

クルーズがいった。「やつらも胸掛け装備帯《チェストリグ》におなじような無線機をつけてる。嫌がらせしてるんだ、ボス。通信できないようにして」

「いいか、ギャビー」ダフィーはいった。「おたがいに連絡できるように、それが必要だといってくれ」

「もう一度いうわ」フローレスがそうしたが、黒い騎士たちは無線機をひったくろうとした。チャーリー・チームの五人が抵抗し、じきに手がつけられない状況になりそうだと、ダフィーは思った。

ミシェル・ラルーがいった。「ダフィー、無線機を渡しなさい」

だが、ヘルムのドイツなまりの声が、廊下に鳴り響いた。「だめだ！　これは予定になかった。武器と無線機は持っていていいが、移動については黒い騎士に権限がある」

エレーラがいった。「賛成だ、ヘルム副長官」武装した男たちに向かって、はじめて話しかけた。「警護員に無線機を持たせておかないのなら、この会談は中止する《ロス・オフィシャレス・セ・ケダン・スス・ラディオス・オ・エスタ・レウニオン・ノ・セ・アセ》」

「持たせておくことはできない《ノ・プエデン・ケダルセロス》」相手がいった。

フローレスがいった。「無線機を持っているのは許さないといっている」

エレーラが、ヘルムに向かっていった。「なあ、副長官。護衛はそれでも武器を持っている。外交儀礼として、無線機を渡したらどうだろう。この変更を許可する代わりに――

――」

だが、ヘルムは譲らなかった。「フローレス博士。この紳士たちに、きょうはご苦労だったといってくれ。われわれは引き揚げる。セニョール・アルチュレタに、われわれの合意とは異なるようにルールが変更されたようだから、現時点では話し合いをつづけられないと伝えるように、と」

それをフローレスが伝えたあとも、口論がつづいていた。フローレスは口論を通訳しなかったし、ダフィーは部下がライフルを肩付けして事態をいっそう悪化させないようにすることに、注意を集中していた。

一分ほどどなり合ったり、無線機をつかみ合ったりしたあとで、黒い騎士のひとりが無線機で指示を受け、片手を挙げたので、ようやくそれが収まった。

ダフィーは、フローレスのほうを見た。

「無線機を持っていていい《エスタ・ビエン・ケダルセ・コン・ロス・ラディオス》」

「ありがとう《グラシアス》、セニョール」フローレスが答え、ダフィーに向かっていった。「無線機を持っていていいそうよ」

そのあとで、二階の会議室に案内するといわれた。階段を昇っているときに、ダフィーはヘルムに近づいた。

「副長官。さっきは応援してくれてありがとうございます」

「当然のことだ。黒い騎士が戦うと決断したら、きみたちに勝ち目はないが、通信手段を奪われてさらに一方的な戦いにしてしまうのはまずい」

「信頼してくださって、ありがとうございます」

「わたしはドイツ人だ。事実と統計を高く評価する。軍人でもある。通信が途絶したらどういうことが起きるか、知っている」

「まったくそのとおりです」

　会議室で、代表団の三人は簡素なオークのテーブルのまわりに席を占めた。チャーリー・チーム、フローレス、黒い騎士の警護人《シカーリヨ》は、部屋の両側に立って待っていた。まもなくシェーン・レミックが、アルファの武装警護員三人とともにはいってきた。レミックが、ダフィーに近づいた。「どういう状況だ？」

「万事、順調です。統制されています」

「結構だ。あとの三人に来るようにいってある。三人が来たら、おまえのチームはクレイジーホースに戻れ。ブラヴォーと連携して、町庁舎の東側の防御を確立しろ。アルファ2《ツー》が西側を担当し、おれは町庁舎内でVIPを近接警護する。一日ずっとつづき、夜にかかるかもしれない」

「了解、アルファ」ダフィーはいった。

　ふたりが話をしているあいだに、フローレスが、ヘルムのほうへ行った。

　低い声で、フローレスがいった。「ヘルム副長官。会談に臨席させてもらえませんか？代表団でこの地域のことを知っているのは、わたしだけですし、あなたがたが縄張りについてなにも知らないことに、アルチュレタがつけこむかもしれません」

ヘルムの右に座っていたラルーがいった。「わたしはここで生まれたわけではないけれど、フローレス博士、こういうことを長年やってきたの。ききたいことがあれば、あなたを呼ぶわ」

レミックがフローレスのうしろに来ていて、片手で肩を押すようにした。「きみはわたしに雇われているんだ。表にいて、警護班に助言してもらいたい」

フローレスが、溜息をついた。「この四日間、あなたはわたしにまったく助言を求めなかった。雨のなかでわたしたちが車をとめているときに、いきなりどんな専門知識が必要になるというの？」

レミックが、にやにや笑った。「雨は降っていない、ギャビー。きみのこの地域に関する専門知識は、それほどしっかりしていないのかもしれない」ダフィーのほうを向いた。

「チャーリー1《ワン》、資産《アセット》を外に連れていってくれ。あとはわれわれが引き受ける」

「了解」

チャーリー・チームは、フローレス博士を連れて、ドアに向かった。

47

オスカル・カルドーサは、首にバンダナを巻き、端をライトブルーのウェスタンシャツの下に入れて、象牙のボタンを留めた。鏡を見てベルトの大きなバックルの位置を直し、その組み合わせ全体を見た。

スーツとネクタイできょうの会談に出ると目立つし、カルドーサは目立ちたくなかった。最初に計画を立てたときから交渉の場にいるつもりだったので、着古した服、オーストリッチのブーツ、麦わら帽子まで持ってきたので、アルチュレタのまわりにいるはずの警護《シカーリヨ》人や下っ端の連中に溶け込むことができる。

麦わら帽子はやりすぎだと判断した。このあたりの男たちは、ほとんどが野球帽をかぶっているし、目にしたカウボーイハットもカルドーサの麦わら帽子とはまったくちがう形だったので、付き添っていた男のひとりから野球帽を借りて、できるだけ顔を隠すようにかぶり、ホテルの三階の部屋で窓に近づいた。バルコニーには出なかったし、ブラインドはあげず、隙間《すきま》から外を覗《のぞ》いた。巨大な黒い装甲車二台が、通りの手前の側にとまっていた。そこは町庁舎《アユンテイアメント》の建物の真向かいだった。二台とも銃塔に男がいるのが見えた。先頭の装甲車の銃塔には若い黒人、後尾の装甲車の銃塔には顎鬚《あごひげ》を生やしたブロンドの男がいて、どちらの前にも強力な軽機関銃があった。

そのほかの武装警護員は、徒歩で位置についていた。べつの黒人が、もうひとりの警護員とともに、町庁舎の脇の路地へ歩いていった。ひとりがガソリンスタンドの屋根の上に位置を占めているのが見えた。すべての建物の前に立っている黒い騎士の歩哨が、位置につくよそ者たちをじっと眺めていた。

前方の通りをひとしきり眺めたカルドーサは、彼らの多くはせいぜい二十四時間しか生きられないだろうと思うとともに、あの連中がどうなろうとなんの痛痒《つうよう》も感じないだろうと気づいた。

ジーンズのポケットで携帯電話が鳴り、カルドーサはすぐさま出た。

「もしもし《ブエノー》？」

「雨になるぞ、アミーゴ」

予想していたとおり、アルチュレタからだったが、その言葉の意味がわからなかった。

カルドーサは、空を見あげた。「まさか。雨が降りそうには見えない」

「メキシコシティの男が、西シエラマドレの雨季についてなにを知っているというんだ?」

「たしかに、なにも知らない」

アルチュレタが、話題を変えた。「おれたちはそっちに向かっている。あたりのようすはどうだ?」

「ホテルの部屋の窓から見ている。国連のふたりと内務副大臣が、数分前に町庁舎にはいった。あんたの部下の警護人《シカーリヨ》が、やつらの警護部隊《セキュリティー・フォース》を、表でかなり徹底的に調べていた。なかにはいってからも調べたんだろうな」

「副大臣だけか? 政府の人間はふたり来るはずだ」

「エレーラと国連のふたりしか見ていない」

「どうでもいい」アルチュレタが笑った。「もうひとりの馬鹿野郎は、たぶん逃げたんだろう」

「ところで」カルドーサは、うまくごまかせたと思いながらいった。「昨夜、山中で銃撃戦があったと、あんたの部下が話しているのを聞いた。それについて、なにか新しい情報はないか?」

「おれの配下が、けさ副大臣と話をした。五十人以上の殺し屋《シカーリヨ》に攻撃されたそうだ。車列の警護員四人が殺された」

「しかし……銃撃したのは、あんたの部下ではないんだな？」

「うちの連中じゃないのはたしかだ。おれの殺し屋《シカーリヨ》がやったのなら、おれに会いにくるやつはひとりも残らなかっただろう。二度とそういうことが起きないように、地域を防御する人数を派遣したが、シナロアのやつらをあまり熱心に捜してはいない。代表団がここにいるあいだにやつらと戦争をはじめるわけにはいかない」

「シナロアだと思っているんだな？」

「あたりまえだ。ほかにだれがここまで登ってくる。それでも……そんな大人数では……いままで一度もなかった。何者にせよ、見つけて皆殺しにする。会談が終わったあとで。和平協定前に、散弾銃《エル・エスコペタ》に最後の痛手をあたえる」

　カルドーサは、なおも窓から外を見ていた。また警護員が何人か現われて、ホテルに隣接した酒場《カンティーナ》の前の通りを歩いていた。黒い騎士の男たちが、石像のように身じろぎもせずに立ち、じっと見守っていた。黒い騎士の全員が銃を携帯していたが、統率がとれていた。カルドーサはいった。「忘れないでくれ、セニョール。ミサイルがすぐにどこかで出てこないと、和平協定は結べない」

「シ、わかっている。あんたに渡す。だが、おれがミサイルを持っていないことが証明されれば、平和維持軍をよこすと、国連が約束した場合だけだ」

「結構《ムイ・ビエン》だ。いまミサイルはどこにある？」

「昨夜、町の近くに運び込んだ。平台型《フラットベッド》トラックに積み、見張りをつけてある。国連が本気だというのを納得したら、あんたに引き渡す」

「たいへん賢明な決定だ」

アルチュレタがいった。「おれたちは五分後に到着する。おれたちが町にはいったら、ホテルから出てこい。いっしょに町庁舎にはいる」

「では、そのときに会おう」

48

ダフィーは、マリネラソース味のミートボールをレトルトパックからスプーンですくって食べながら、フロントウィンドウの外に目を凝らしていた。野戦食《MRE》のバッグから出したその食べ物は、生ぬるいが満腹感をあたえてくれた。クレイジーホースのエンジンが切ってあるので、チームのメンバーが食べている音が聞こえた。

フローレスは、フルーツ＆ナッツ・ミックスに〈Ｍ＆Ｍ〉を混ぜ、バッグから出したオレンジジュースを飲みながら、膝《ひざ》にひろげた地図をずっと見ていた。

スクイーズはまだ上の銃塔にいたが、チーズトルテリーニをレトルトパックから口に押し込みながら、〈ゲータレード〉を飲んでいた。

ダフィーが食事をしながらフロントウィンドウから見ていると、二人組《ににんぐみ》で徒歩パトロールを行なっているゴードンが、仏頂面《ぶっちょうづら》で町庁舎の前を通っているのが見えた。ダフィーのクレイジーホースは、公園を挟んで町庁舎と向き合う位置にとまっていて、その三五メートル後方のパックホースの砲塔に、ブラヴォー・チームはひとり配置していた。だが、レミックは、町庁舎の正面で武力をわずかなりとも誇示するために、ブラヴォーのもうひとりとゴードンに、徒歩でパトロールするよう命じていた。

そんなわけで、ゴードンはブラヴォー6《シックス》とならんで漫然とぶらついていた。それがダフィーには、この仕事で殺されるまで、旧友のゴードンがただぼんやりと時間を稼《かせ》いでいるように見えた。

そんな暗い考えをダフィーがふり払ったとき、運転席のナスカーが口をひらいた。

「だれか、おれの食べ残しの糧食をほしくないか？　クラッカーはボール紙みたいな味だし、アップルソースときたら、赤ん坊の反吐《へど》みたいな味がする」

だれも返事をしなかった。

「まあいいさ。残りはあとで食うことにする」ナスカーが、食べ物を包装に戻しはじめた。

レミックの声が、スピーカーから聞こえた。「アルファ1《ワン》から全チームリーダーへ。アルファ・チームは町庁舎二階会議室にＶＩＰといっしょにいる。現況を報告しろ、ブラヴォー」

ゴードンが、マイクのスイッチを入れた。「ブラヴォー――の生き残り――は、町庁舎の外の通りで徒歩、パックホース1《ワン》に銃手ひとり」

「なにが見える？」レミックがきいた。

「おれたちよりもずっとおおぜいいるのが見える」

「わかりきったことをいうな。きょうはそいつらが悪党じゃないというのを忘れるな。そいつらは、きのうおれたちを攻撃したシナロアから護《まも》ってくれる」

クレイジーホースでフローレスがそのやりとりを聞き、ダフィーのほうへ身を乗り出した。

「あれはシナロアではなかったと思う」

つぎに自分が呼ばれるとわかっていたので、ダフィーはフローレスにシーッといって黙らせた。

「チャーリー？　現況報告」レミックが命じた。

「チャーリー指揮官《アクチュアル》はクレイジーホース内、上部銃手、運転手、フローレス博士もいっしょだ。クルーズ、フレンチー、ウルフソンは、町庁舎と道路を挟んで向かいにある広場周辺のべつの位置にいる」

レミックがダフィーの報告に了解したと答え、通信が一分近く沈黙したあとで、ウルフソンが、チャーリー・チームとフローレスにしか聞こえないチーム無線で伝えた。

「チャーリー2《ツー》よりチャーリー指揮官《アクチュアル》へ」

「指揮官《アクチュアル》に送れ」

「ガソリンスタンドの屋根で監視してる。黒い騎士《BK》のやつが通りの向こうにある町庁舎の窓から見てるから、おれの存在は秘密じゃない。ブレーク……町の北東から四駆の大規模な車両縦隊が陸路で移動してるのが見える。到着予定時刻《ETA》は一分後」

「昨夜おれたちを襲ったやつらと似ているか？」

「マジかよ、TL？ このシエラに来てから、どの車もおなじに見える。汚れたピックアップ・トラックの列だ。きのうの夜とおなじ。それしかいえない」

「了解した。みんな、油断するな」ダフィーは、それをジェーン・レミックに伝えた。

「アルファ了解。エレーラがたったいまBKからの連絡を受けた。近づいてくるその車両縦隊にアルチュレタがいる。そっちに銃口を向けたら対戦車ロケット擲弾《てきだん》を被弾することになると、注意されている……だから、それはやるな」

「了解」ダフィーとゴードンが受領通知を返し、ダフィーはチーム無線で命じた。

「スクイーズ、銃塔からおりてこい」

「でも――」

「口答えするな。ハッチを閉めて、口も閉じろ」

スクイーズが、おりながらハッチをひっぱって閉めた。外へ出て遊ぶのを禁じられた子供のように、マイクに向かって大きな溜息をついた。

ゴードンが上部銃手に、装甲人員輸送車《APC》から出てハッチをロックし、町庁舎前で自分たちふたりと合流するよう命じた。

ピックアップ・トラックの大規模な車列が北から現われ、町の広場に近づいてきた。その車列が速度を落として、町庁舎の向かいでホテルの前にクレイジーホースをとめていたダフィーのすぐ前の道路で停止した。ダフィーが数えると、ピックアップは十四台だった。すべてラム、シルバラード、F-250などの大型で頑丈なピックアップだった。汚れ、傷だらけになっているのは、〝悪魔の背骨〟の地形からして、意外ではなかった。だが、それでもすべて高級車であることに変わりはなかった。

一台に平均して四人前後の男が乗っているようだった。つまり、町庁舎の外の二十人や町庁舎内で見た十数人と足すと、警護チームの十七人は、武装した男九十人前後に取り囲まれていることになる。

鋼鉄の車体と厚さ一三センチの防弾ガラスに護られているので安心できたが、いずれなんらかの理由で下車しなければならなくなることを、ダフィーは承知していた。これだけの人数の敵が相手では、ちょっとした小競り合いが起きただけでも、チームのだれかが生き延びられる見込みはない。

ダフィーの隣でナスカーが口笛を吹き、小柄な体の上のほうに抗弾ベストをずらした。

「たまげたな。とてつもない人数だ。六十人近くが、ピックアップに乗ってきた。アルチュレタがどんな見かけか、知ってるか、ボス？」

「見当もつかない。だが、ようすを見ればいい。警護チームの全員が注意を集中している対象を探せばいい。そいつが大物だ」

ナスカーが、前方を指さした。「たとえば、あいつとか？」

前方にとまっていたシルヴァーの巨大なGMCシエラデナリ3500クルーキャブのまわりに警護人《シカーリョ》が群がり、リアドアをあけた。赤いシャツとジーンズ姿の浅黒い中年の男がおりた。灰色の顎鬚《あごひげ》の先が尖《とが》り、髪が黒かったが、周囲の男たちよりも年配のように見えることを除けば、取り立てて目立った特徴はなかった。

だが、通りにおり立ったとたんに護衛に取り囲まれたので、その男が首領だということは明らかだった。

クレイジーホースの斜《なな》め右で、公園に面した一角にあるホテルの正面玄関があき、黒い野球帽をかぶって、ライトブルーのウェスタンシャツを着た男が出てきた。その男はサングラスをかけていて、通りにとまっていた警護チームのAPC二台に顔を向けないようにして、アルチュレタのほうへ歩いていった。

ふたりが道路の中央で握手を交わした――黒い騎士の首領はそれまで、一団のほかのだれとも握手をしていなかった――ふたりは、会談が行なわれる町庁舎に向けて、いっしょに歩いていった。

ダフィーは、ハンドセットのスイッチを入れた。「アルファ1《ワン》、こちらチャーリー1《ワン》。いまアルチュレタが町庁舎に向かっている。新手の警護人五、六十人がまわりにいる」

「アルファ1《ワン》、了解。ここで受け入れる準備をしている。クレイジーホースは通りを隔てたホテルの正面、町庁舎の北東に移動しろ。クレイジーホースのうしろにとまっているパックホース1《ワン》は、町庁舎の南の道路に移動させる。ショーホースとウォーホースは、町庁舎があるブロックの西の角二カ所に陣取る。それぞれ、運転手と上部銃手が乗る。残ったおれと三人が会談の警備にあたる」

ダフィーが了解したことを返信し、ブラヴォー・チームはすでにレミックの指示に従っていた。

ナスカーが小声でいった。「ずいぶん手薄になる」

「ああ」ダフィーは答えた。「しかし、どのみちおなじだ。おれたちが五十人で護っていたとしても、黒い騎士がおれたちの警護対象をどうにかしようとしたら、阻止できない。やつらはとてつもない人数だし、ここはやつらの縄張りだ」

フローレスが、フロントシートのあいだから身を乗り出した。「見えているひとりあたり十人の応援がいて、銃声が聞こえたら駆けつける用意をしている」

アルチュレタ、ホテルから出てきたアルチュレタの友人、十数人の警護人から成る一団が、町庁舎にはいって見えなくなり、あとの男たちはピックアップに戻るか、べつの方向へ散開した。アーマード・セイントの男たちを脅威に思っているようすはなく、退屈しているように見えた。

フローレスのうしろの席にいたスクイーズがいった。「にこにこ笑って、まわりに立っている連中に手をふるほかに、おれたちにできることはねえのかよ？」

「じっと待つしかない」ダフィーは答えた。「会談に二日かかるかもしれないと、レミックがいっていた」

それに対して、若い元海兵隊員のスクイーズがいった。「おれは銃塔にあがるよ。ちょっと武力を見せつけてもかまわねえだろう」

「指示がないかぎり、軽機関銃には手を触れるな」

「おれは馬鹿じゃねえよ」

ダフィーはそれを聞き流したが、ナスカーがまた口をひらいた。

「で、ボス、あんたとおれは二日間、なんの話をすればいいんだ？」

「話をしなければならないって、だれがいった？」

フローレスが、座席のあいだから身を乗り出した。「この山脈についておふたりに歴史の講義をやってもいい。近くの侵食谷《キャニオン》の来歴とか――」

ダフィーはさえぎった。「それで、ナスカー、おまえの本名は？」

「――現地民についての経緯も……」はっきりと無視されていることに、フローレスが気づいた。「まあ、いいわ。それなら」スクイーズの脚をよけて移動し、右側の長いベンチで横になった。

ナスカーが、ダフィーの質問に答えた。「ラリー。ラリー・エヴァンズ」

ダフィーが、低い声でいった。「またラリーか」

「なんでだ？」

「一度、ラリーという運転手がいた。べつのチームに」

「そのラリーは、いまもこれをやってるのか？」

間を置いて、ダフィーは答えた。「いや。辞《や》めた」

「それはよかった。で、どこへ行った」

「もっとましな場所だ」

ダフィーが郷愁にひたっていることに気づかず、ナスカーがいった。「そうか。おれももうじき辞めるつもりだ。ただ、修理工場をはじめるのに、金がいる。ボディのへこみの直しかたをすこしばかり知ってるんだ」

ナスカーが車のボディが傷ついたときに修理する方法を説明しはじめたが、しばらくしてダフィーは口をはさんだ。

「じっと座ったまま、黙って広場を監視したらどうだ？」

「それでもいい、ボス。フレンチーのまずいコーヒーが保温容器にいっぱいはいってる。二、三日眠らずにいられるだろう」

ありとあらゆる危険に包囲されているのに、何事にも増して眠りたいと思っていることに、ダフィーは気づいた。

49

会談開始から二時間たつと、万事が予想どおりに進んでいると、レミックは思った。ラファエル・アルチュレタが、最初に話しはじめた。レミックは警護対象三人のうしろに立ち、エクトル・エレーラが通訳するのを聞いて、黒い騎士の頭目が長広舌であるにせよ自信に満ちていることを知った。エレーラはヘルムとラルーのために英語に訳していた。本来ならアシスタントがやる仕事だが、レミックによればロドリゲスは不快ではない状態で見張りをつけて、ウォーホースに閉じ込めてある。それに、さいわいアルチュレタは、来るはずだったもうひとりのメキシコ政府の人間について、なにも質問しなかった。

つぎにエレーラ自身が、メキシコのこの地域で戦争の炎を鎮める必要があることと、その目的のためにメキシコ政府が黒い騎士と協力したいと考えていることについて、麗々しい言葉で長い演説をぶった。そのあとはラルーで、国内で移住を強いられたひとびと、少数民族居住地、平和維持軍がシナロア・カルテルの抵抗に遭った場合に使用する、山地のあちこちの安全地帯について、自分の計画を説明した。アルチュレタはラルーに質問し、配下に命じて町庁舎のべつのオフィスから持ってこさせた地図を参照することまでやった。最後がヘルム副長官の番だった。ヘルムは二十五分かけて、権限や交戦規則も含めた平和維持活動の概要を説明し、協定が結ばれた場合に部隊を提供する可能性がある国を挙げた。

ラインハルト・ヘルムが発言を締めくくったときには、午後三時をだいぶまわっていた。

「したがって、セニョール・アルチュレタ、要約すると、西シエラマドレで強力な平和維持活動を行ない、ミズ・ラルーがいう、国内で移住を強いられたひとびとのための安全地帯やキャンプをそれと組み合わせれば、あなたに直接の利益があり、コミュニティ全体にも利益があると、われわれは考えています」

アルチュレタが、つかのま考えてからスペイン語でいった。エレーラが巧みにそれを同時通訳した。

「それで、あんたたちはおれの畑や工場を破壊しないんだな?」

大柄なドイツ人のヘルムが笑みを浮かべた。「わたしたちはアフガニスタン・モデルを支持していない。アメリカは罌粟《けし》畑を撲滅《ぼくめつ》しようとしたが、味方につけたい住民から権利を奪うという結果になった」

エレーラがそれを伝えると、アルチュレタがいった。「そうだ。それに、現時点で、アフガニスタンの罌粟生産は増えている」

ヘルムがうなずいた。「アメリカはみじめな失敗を味わった。われわれは国連だ。もっと理性的だ。あなたたちとシナロア・カルテルが敵対行為をすべて中止すれば、あなたたちの支配地域を尊重し、あなたたちの活動には干渉しない」

ミシェル・ラルーがいい添えた。「あなたがたが妨害せずに平和維持軍を受け入れ、活動を行なって高速道路をパトロールするのを許可してくれれば、山地の広大な範囲を勢力圏に収めて、無数の一般市民の命を救うことになります。あなたがたにとって、マイナスの部分はまったくありません」

アルチュレタが、顎鬚《あごひげ》をしごいた。「おれはシナロアを攻撃しないが、頭目の散弾銃《エル・エスコペタ》の殺し屋《シカーリョ》から身を護《まも》る能力を維持しなければならない。あんたたちの計画を受け入れるとしたら、おれの配下を武装したままにするという条件付きだ」

「もっともだ」ヘルムがいった。「ライフルや拳銃のような小火器、軽機関銃」片方の眉をあげた。「そういう武器のみだ」

アルチュレタが、肩をすくめた。「どのみち、それしかない」

ミシェル・ラルーが、エクトル・エレーラのほうを向いた。「副大臣？　あの話をしたほうが……」

エレーラがうなずいた。「そうだな、ミシェル」英語でいってから、スペイン語に切り換えた。「セニョール・アルチュレタ、そうなると、もうひとつ話し合わなければならない問題がある」

「話を聞こう」

「地対空ミサイルだ」

「ああ……なるほど。政府は先月、ドゥランゴでミサイルを発射したのが何者か、突き止めたのか？」

「突き止めた。あなたたちが発射した。われわれの情報機関もアメリカのＣＩＡも、ミサイルはベネズエラで盗まれ、コンテナ船に積んでティファナ港経由で持ち込まれたと、われわれに伝えた。運んだトラックをわれわれは西シエラマドレまで追跡した」

アルチュレタが、オークのテーブルを叩いて立ちあがった。ブーツをはいていても、身長は一七〇センチ程度だった。

「それなら、あんたがいう情報機関の連中は嘘つきだ！　いったいどんな証拠がある？」

「われわれがこの問題をきわめて深刻に受けとめていることを示す証拠を、いくつか見せることができるし、結論には確信を抱いている。この問題が納得できるような形で解決されることに、和平合意そのものが左右される。西シエラマドレの麓《ふもと》には陸軍がいるんだ、セニョール・アルチュレタ。わたしは陸軍をここに来させたくないし、あなたもそれはおなじはずだ」

「そのミサイル。くりかえすが、おれはそのミサイルを持っていない。あんたたちがそれを持ち返らなかったら、陸軍は侵攻するんだな?」

ヘルムが、ふたたび口をひらいた。「われわれはまさにそういう状況に置かれているんだ、セニョール。ミサイルを回収したら、われわれの警護チームの指揮官のレミックさんが運んできた爆薬でそれを破壊する。われわれが立ち会って、それがすんだら、平和維持軍が来る」言葉を切り、なだめるように片手を挙げた。「もちろんあなたの許可があればだが」

アルチュレタがうなずき、腰をおろした。深く考え込んでいるようだった。

ヘルムが英語でいった。「たしかに難しい状況だが、われわれは、解決策について、あなたを尊重し、誠実に話をするために、ここまで登ってきた」

アルチュレタが、一瞬、配下と小声で話をした。そしていった。「電話を何本かかける。そのミサイルの所在を調べてみよう」

だれも返事をしなかった。

「この二階の廊下の先にダイニングルームがある。そこへ行ってくれ。食事と飲み物を届けさせる」

　エレーラがいった。「歓待に感謝します。誠実に交渉をつづけるのであれば、ことにミサイルについて話し合えるようなら、よろこんで必要なだけここにいます」

「たいへん結構《エスセレンテ》」アルチュレタが、また立ちあがった。

　男ふたりと女ひとりが席を立つと、レミックがうしろから近づいた。「ヘルム副長官、みなさんがわたしのあとから廊下を進んでもらえれば、護りやすい位置につくようにします」

　エレーラが、レミックの腕を握ってささやいた。「アドナン・ロドリゲスに部屋を用意できないか？　話をする機会がなかった――」

「警護上の理由がいくつかあって、彼はウォーホースから出せません。ちゃんと世話をするので、安心してください」

「しかし、わたしは――」

「こっちにはこっちの仕事があります、副大臣。あなたにもご自分の仕事があるように」

　ラルーがいった。「元気だとわかるように、せめて会わせてくれない？」

「もちろん会わせます。今夜、彼のところへ案内します」

「どうしていまではだめなの？」

「いまそれをやったら、黒い騎士に見られるかもしれない。メキシコ政府高官のひとりに見張りがついているのを、怪訝《けげん》に思うでしょう」

「ああ、そうね、レミックさん。わかったわ」

一団は会議室を出た。レミックと警護員三人が警護対象のまわりで菱形をこしらえて、廊下を進んでいった。

50

メキシコ人ひとりと外国人六人が出ていき、アルチュレタ、その警護班、野球帽をかぶった四十代の男だけが会議室に残った。男は会談のあいだなにもいわず、壁ぎわに立っていた。

ロス・カバジェロス・ネグロスの頭目が立ちあがり、棚のほうへ行って、用意されていたメスカルを取り、シッシッといって警護班を追い出した。会議室に残ったのは、アルチュレタと、オスカル・カルドーサのふたりだけになった。

アルチュレタが、メスカルのキャップをはずして、ぐいぐいとラッパ飲みし、カルドーサのほうへ差し出した。都会男のカルドーサが断わりかけると、アルチュレタはいった。

「あんたはおれたちと似たような格好かもしれないが、おれたちとはにおいがちがう。これを飲めば変装に役立つ」

カルドーサはにやりと笑って、メスカルを受け取り、ワンショット分飲んだ。落ち着いた目つきで、表情は変わらなかった。

アルチュレタは感心した。メスカルを取り戻して、またぐいっと飲んでから、手の甲で口を拭いた。「で、あんたはおれたちの話を何時間も見ていた。どう思う？」

「国連はあなたに手こずっていた、セニョール。あなたはみごとに交渉をやっていた」

「そう思うが、難しくはない。おれが望んでいることを、向こうも望んでいる。山に平和維持軍を入れたがっている」またメスカルをラッパ飲みしてからいった。「ひとつだけ難点が残っている」

カルドーサはうなずいた。「地対空ミサイルをただちに侵食谷《キャニオン》の端の飛行場に移したほうがいい。さっきの話し合いからもわかるように、注意して取り扱わないと、取引が壊れる要因になる」

アルチュレタが、メスカルの瓶でドアを叩いた。たちまちドアがあいて、髪をポニーテイルにした美男子がはいってきた。ショルダーホルスターにシルヴァーのリヴォルヴァーを収め、シャツのボタンは半分しかかけていなかった。

「はい、首領《ヘフェ》？」

カルドーサに向かって、アルチュレタがいった。「こいつはディエゴ、おれの警護人《シカーリヨ》の指揮官だ。あんたをミサイルのところへ案内する。イグラ‐Sを収めた木箱は、平台型ト《フラットベッド》ラック三台に積んで、防水布で覆《おお》ってある。取り決めどおり飛行場へ行かせる。飛行機は何時に到着する予定だ？」

「もう上空にいるから、わたしの合図を待って着陸する」

「ムイ・ビエン。午後に飛行機で運び出そう。今夜は交渉を中断する。あすシナロアでミサイルが発見されれば、エル・エスコペタの犯行だということになり、陸軍ではなく平和維持軍がここに来る」

「最高《エサクタメンテ》だ、セニョール」カルドーサはいった。「ディエゴ、わたしの手の者がVIPから離れて脱け出せるようになったらすぐに、あんたに案内してもらう」

「シ、裏にあるトラックで案内する。あんたのジープも指示どおりそこにとめておいた」

51

クレイジーホースに乗っていた四人は無言で座っていたが、そのときなんの前触れもなく雷鳴があたりの静寂を打ち砕き、男三人は肝をつぶした。銃塔でスクイーズが首をひっこめて、すぐにまた立ちあがった。ダフィーは上半身をいっそうまっすぐにして周囲に目を凝らした。ナスカーは驚きのあまり悪態をついた。

ギャビー・フローレスだけが、まったく逆で、反応しなかった。

その直後に最初の雨滴がフロントウィンドウに当たり、一分以内にダフィーは大洪水のような雨を目にしていた。

「雨のこと、あんたがいったとおりだった」ダフィーはいった。

フローレスが答えた。「一時間、降りつづける。七十五分かもしれない。それ以上は降らない」

「これではどこにも行けない」ダフィーはいった。

ナスカーが、ダフィーのほうを向いた。「そういうけど、行かないといけない」

「どこへ？」

「行く。便所を探す」

ダフィーは溜息をついた。「ペットボトルに小便しろ。ギャビーはそっぽを向いていてくれる。ついでにいうと、おれもそうする」

「むかつくわ」フローレスがつぶやいた。

だが、ナスカーはそうしようとはしなかった。「だめだ《ネガティヴ》、ボス。その手のやつじゃないんだ。でかいやつ《デュース》だよ」

シートのあいだで、フローレスが首をかしげた。「なんですって？」

だが、ダフィーは答えず、防弾ゴーグルの下の目をこすった。「本気か？　いますぐに？」

「雨が降る前に行けばよかったけど、博士の予報はまちがってると思ったんだよ」ダフィーが答えなかったので、ナスカーはいった。「ここに二日いるかもしれないって、いったよな。ずっと野戦食《MRE》を食って、フレンチーのコーヒーを飲んでたせいかも」

ダフィーがうしろを見ると、フローレスの向こう側にスクイーズの脚が見えた。「スクイーズ、そっちはだいじょうぶか？」

チーム無線から聞こえた。「おれ？　オー、イェー、ぜんぜん平気、チーム《T》リーダー《L》。最高。下のあんたらは濡れねえのに、おれの黒いケツはここで雨に降られてる」

「明るい面を見ろ。水曜日以来、だれよりも先にシャワーを浴びられるんだぞ」

「ああ、わかったよ。どうでもいいさ」

「よし、ナスカー。町庁舎で便所を探せ。見張りには洗面所《バーニョ》っていえばいい。すぐに移動できるように、おれは運転席へ這っていく。早くやれ」

「早くっていうのは問題ない。だけど、六十秒で便所を見つけなきゃならないのは問題だ」

「まいったわね」フローレスがつぶやいた。

「だったら早く出ろ」ダフィーは命じた。

「もう出てる」ナスカーが冗談をいい、ハッチをあけて、雨のなかにおりた。

ナスカーが出ていき、ハッチが閉まると、スクイーズがいった。「不潔な白人野郎」

「山のなかに四日もいるんだ。全員、不潔になっている」ダフィーは答えた。「よし、おれが運転席に行く」

　ダフィーは、ライフルを負い紐《ひも》からはずして、助手席に立てかけ、膝《ひざ》立ちになった。大型装甲人員輸送車《APC》のセンターコンソールの上に右脚を持ちあげてから、両手で体を引きあげ、ハンドルの手前でコンソールをまたごうとした。

左のブーツでコンソールを踏んで立ち、運転席に座れるように体の向きを変えようとしたが、そのとき足が滑り、ブーツの爪先がコンソールの無線機と助手席のあいだに挟まった。きつく挟まってしまい、足を引き抜こうとしたが、うまくいかなかった。

そのブーツの下には義足があり、すぐさま不安に襲われたが、ダフィーはなにくわぬ顔でまたひっぱった。

力いっぱいひっぱってすこしねじらないかぎり、義足が脚からはずれることはないので、ダフィーはあまり心配していなかったが、助手席にいったん戻ってブーツごと引き抜く必要があるとわかっていた。

だが、そうする前に、ダフィーが困っていることにフローレスが気づいた。「手伝う。挟まっているじゃないの」

「だいじょうぶだ。もうちょっとで、おれが――」

「いっしょにひっぱりましょう。いい?」フローレスが、ダフィーのブーツをつかんだ。

「やめろ」ダフィーはいった。なにもかも順調だという見せかけが、瞬時に消え失せた。「おれがやる。手を離せ。おれが――」

「でも、もうちょっとで……ほら――」

「離せといったんだ!」

ダフィーがとっさにブーツを引き戻そうとしたとき、フローレスが自分のほうへブーツを強くひっぱった。フローレスがスクイーズの脚のほうへうしろ向きにひっくりかえり、キャビンのまんなかに仰向《あおむ》けに倒れた。

ゆっくりと見おろしたフローレスが、ダフィーのブーツと脚の下半分を持っていることに気づいた。

フローレスが悲鳴をあげた。

「落ち着け」ダフィーは小声でいった。

ダフィーは膝立ちになって、フロントシートのあいだからブーツのほうに手をのばしたが、フローレスがいたところは遠くて届かなかった。「落ち着け!」ダフィーはくりかえした。

フローレスの悲鳴を聞いたスクイーズが、キャビンにおりてきた。「どうなってるん——」

フローレスと、彼女が持っているものを見て、スクイーズが言葉を切った。左側のベンチに腰かけ、ゆっくりとダフィーのほうを向いた。

「おい、TL。どうして通訳《ターフ》があんたの脚を持ってるんだ? 二メートルくらい離れてるのに？」

「スクイーズ、ちょっと待て。だいじょうぶだ。それは……義足だ」

「見りゃわかる、イレヴンB。あんたの脚は偽物だったのか。冗談じゃねえぞ」

「返してくれ、ギャビー。だいじょうぶだ」

「おれのTLが片脚で歩いてたのに、だれもおれに教えなかったのかよ？　いいかげんにしろ」

フローレスがあいたハッチの下のフロアで上半身を起こし、ダフィーに義足を返すあいだ、雨でずぶ濡れになった。義足を渡しながら、そっといった。「ほんとうにごめんなさい」

ダフィーは助手席に座って、ズボンの裾《すそ》をめくり、義足を左膝の位置に合わせて、厚いゴムの部分を脚の切断面にかぶせた。「あんたが悪いんじゃない、ギャビー。たいしたことじゃない。だいじょうぶだ」

だが、スクイーズは明らかにただでは済まさないつもりだった。「あんた、頭がいかれてるぜ！　レミックはこれを知ってるのかよ？　ゴードンは知ってるのかよ？」

ダフィーは溜息をついて、スクイーズのほうを向いた。「だれも知らない。知っているのはおまえだけだ。黙っていてくれたら感謝——」

「黙ってるわけがねえだろう！　みんなにいってやる！　大怪我《おおけが》してるのを隠して本土外《OCONUS》で高脅威の仕事をやって、しかもTLになるなんて、めちゃくちゃだ」

ダフィーは、反発と怒りが湧き起こるのを感じた。「レミックがどうするかな、若造？　おれをクビにするか？　この護衛でさんざん苦戦してきたあとで、おまえはつぎに死にたいのか？」

「あんたは満足な体じゃねえんだ、イレヴンB」

ダフィーの目が鋭くなった。「表に出て、おれがどれくらいの男か、たしかめたらどうだ」

「やろうじゃねえか。義足をつけたくそったれ！」

フローレスが、アフリカ系アメリカ人のスクイーズの体をつかんだ。「やめて。お願い。話を聞いて！　聞いて――」

だが、スクイーズはフローレスの手をふり払って、右サイドハッチをあけ、土砂降《どしゃぶ》りの雷雨のなかで地面に跳びおりた。

ダフィーは運転席側のハッチから滑りおりて、たちまち雨でずぶ濡れになった。ダフィーはAPCの前部をまわって戦う構えをとったが、方向を見定める前に、スクイーズのタックルをくらって地面に倒れた。

拳《こぶし》がくり出され、ふたりはうめき、相手よりも有利な位置につこうとした。

雨のなかでも、ふたりの戦いはじきに気づかれた。

ダフィーはヘッドセットをつけたままだったので、道路脇の排水溝に仰向けに落ちたときに、ウルフソンの声が聞こえた。「おい！　チャーリー1《ワン》、あんたらはどうして戦ってるんだ？」

つぎにフレンチーがいった。広場のかなり離れたところにいて、土砂降りの雨のなかで動きが見えないようだった。「だれが戦ってるんだ？　応援に行こうか、ボス？」

スクイーズが上になっていて、片手でダフィーの頭を押さえ、反対の手で顔を狙うパンチをブロックしていた。

ダフィーはうめきながら応答した。「全員、動くな。位置を堅持しろ。だい……だいじょうぶだ」

こんどはクルーズがいった。「あんたはスクイーズと泥のなかを転げまわってる。見ものだぜ、TL」

APCの横、縁石のそばの排水溝で戦っているふたりは、かなり大きな物音をたてていたが、フローレスの声のほうがやかましかった。「やめて！　やめて！」

その声が、ホテルの前で立っていた黒い騎士の歩哨ふたりの注意を惹《ひ》いた。そのふたりが、道路を渡って近づいた。心配しているのではなく、好奇心を抱いただけのようだった。

「どうなってるんだ？《ケ・エスタ・パサンド》」

ダフィーはスクイーズを転がして、頭の横をかすめるパンチを見舞った。そうしながら、スクイーズの腰にまたがった。黒い騎士ふたりとフローレスのほうをちらりと見ていった。

「なんでもないといってやれ」

「だいじょうぶ《トランキーラ》、セニョーレス。なんでもない《ノ・エス・ナーダ》。ろくでなしのアメリカ人たち頭がおかしい《ピンチェス・グリンゴス・ロコス》」

歩哨ふたりが笑い、懸賞ボクシングの試合でも見ているように、土砂降りのなかに立っていた。

ダフィーのほうが優勢だったが、スクイーズは負けていなかった。スクイーズがダフィーの右目を狙って、防弾ゴーグルにパンチを命中させて割ったが、たいした効き目はなかった。ダフィーは強烈な右クロスをくり出そうとしたが、そのときマイク・ゴードンに腕をつかまれ、うしろからひっぱられて立たされた。

「いったいどうなってるんだ？」ゴードンが叫んだ。

スクイーズもさっと立ちあがり、抗弾ベストのせいで動きが鈍かったが、ダフィーのほうへ突進した。

そのとき、ブラヴォー6《シックス》が雨のなかから現われて、スクイーズの体をつかみ、APCの車体に押しつけた。

「ふたりを離れさせろ！」ゴードンが命じた。

なおも豪雨が降りつづくなかで、ブラヴォー・チームの三人、フローレス、スクイーズ、ダフィーが、見物していた黒い騎士ふたりとともに、APCと広場のあいだの歩道に立っていた。

一瞬、だれも口をきかず、やがてゴードンがいった。「チャーリー1《ワン》、どうして自分の6《シックス》を殴ってたんだ？」

スクイーズがいった。「そうじゃねえ。おれがこいつを――」

「おれたちはだいじょうぶだ、スクイーズの顔に一本指を突きつけた。「黙れ！」

ゴードンが、スクイーズの顔に一本指を突きつけた。「黙れ！」

「おれたちはだいじょうぶだ、マイク」ダフィーは答えた。「パトロールをつづけてくれ。おれたちは車に戻って――」

「ブラヴォー1《ワン》」スクイーズがいった。「あんたのチームに移りたい。そっちは四人、ダフィーのチームは五人になる」

メキシコ人の〝杭《エスタカ》〟ふたりは、英語でのやりとりを聞いていてもしかたがないので、向きを変えて、雨に打たれないホテルの持ち場に戻った。

ゴードンは、スクイーズをしばらく見つめていた。「どうしておれのチームに移りたいと思うんだ？」

警護チームで最年少のスクイーズが答えた。「ダフィーは左脚がねえんだ」

「ダフィーが……なんだと？」

「ねえんだよ――」

「マイクには聞こえたはずだ、スクイーズ！」ダフィーはいった。「マイク、説明する」

ゴードンがダフィーのずぶ濡れのジーンズを見おろしてから、視線を合わせた。

「見せろ」

「そんな必要は――」

「見せろ」

ダフィーは溜息をついた。「わかった」濡れそぼったズボンの裾をブーツから引き出し、靴下をめくって、〃陸軍に入隊しろ〃というバンパーステッカーを縦に貼ってある義足の下のほうをむき出しにした。

「なんてやつだ」もっとよく見るために防弾ゴーグルをはずして、ゴードンがつぶやいた。

ダフィーはいった。「これまでの四日間、これがおれに影響したか？　あんたが知っているとおり、おれはチームのみんなとおなじように頑健だ」

ゴードンは、痛みを感じているような表情だった。しばらくしていった。「そうかもしれないが、これからはどうかな？　走らなけりゃならなくなったら、どうする？」

「走れる」

スクイーズがいった。「無線機にひっかからなきゃってことだ。ひっかかったらどうする？　そうさ。はずれちまう。わかりきってる」

ダフィーが口をひらきかけたが、ゴードンが片手を挙げた。「雨に濡れずに話をする場所を探さなきゃならない」

「クレイジーホースに戻ろう」ダフィーはいった。

「ふたりきりだ」ゴードンがいい張った。「通りの向かいのホテルにある酒場に行こう」

「ここを離れるのは――」

「レミックが町庁舎にいる。ダイニングルームで食事をしてる警護対象を、レミックと部下が護《まも》ってる。だいじょうぶだ。おれたちの部下は、いるべき場所にいさせる。おれたちが五分休憩したのを報告する必要はない」

スクイーズが、顔から汗をぬぐった。「なにを話すんだよ？　イレヴンBB《バンバン》は片脚がねえ。それだけのこった」

ダフィーはスクイーズに向かっていった。「銃塔に戻れ」チーム無線でいった。「ウルフソン、フレンチー、クルーズ、持ち場から動くな。ナスカー、さっさと戻ってきて、運転席に座れ。受信しているか？」

ナスカーが応答した。「あと一分だけ、ボス」

「ナスカーはどこにいるんだ？」ゴードンがきいた。

「便所だ。戻ってくる」

フローレスがいった。「わたしはどうするのよ？」

ダフィーはいった。「車内に戻れ。クルーズの持ち場の後部にダッフルバッグがあって、タオルがはいっている。体を拭いて、おれが戻るのを待て」

スクイーズとフローレスがクレイジーホースに戻り、ダフィーとゴードンは雨のなかを無言で歩いて、酒場へ行った。

ふたりは何人かの歩哨のそばを通って睨《にら》まれたが、それを無視した。びっくりするくらい脅威が感じられなかったのは、車列の警護部隊がなにかの理由で殴り合うようないかれた男たちの集団だと、黒い騎士の殺し屋たちに見なされたからにちがいない。

52

ダフィーとゴードンは、酒場にはいった。バーカウンターの奥に女がひとりいたが、客はいなかった。表の激しい暴風雨のせいで太陽はすっかり隠れ、暗い店内をビールのネオンサインが照らしていた。

銃、抗弾ベスト、弾倉、ヘッドセット、無線機、救急用品パウチ、ニーパッドとエルボーパッドなど、重い装備を身につけたずぶ濡れの男ふたりを見て、女が片方の眉をあげた。

ゴードンがいった。「コカ・コーラふたつ、セニョーラ」

女が缶入りのコカ・コーラ二本のトップをあけ、カウンターの上を滑らせた。

ダフィーがポケットからペソ紙幣を何枚か出して渡してから、さらに数枚を置いた。

「五分《シンコ・ミヌトス》」

五分間席をはずせという意味だと察した女が、背を向け、ドアを通って、外国人ふたりだけにした。

ゴードンが、よく冷えた缶から飲みながら、ずっとダフィーの顔を見ていた。「いやはや、ダフィー。ひどいありさまだぞ」

「脚のことは説明できる」

「ベイルートで失ったんだろう？」

コーラを飲みながら、ダフィーはうなずいた。

「くそ」ゴードンがいった。「それでいろんなことの説明がつく」

「ああ。だからモールで働いていた。こういう男をどの警護班が雇うっていうんだ？」

ゴードンが笑い声を漏らしたが、顔は笑っていなかった。「それで……答がわかったんだな」

「ああ。アーマード・セイントだ。しかし、知らなかったから雇ったんだろう」

ゴードンが長いあいだ虚空《こくう》を見つめた。昨夜、道路で部下四人を失ったときから、ゴードンはずっと心ここにあらずという感じだったが、いまは完全に緊張病を発症したように見える。

「なんだよ？」ダフィーはきいた。

ゴードンが、ダフィーの顔に視線を据えた。「くそ、くそ、ダフィー！」

「なんだよ？」ダフィーはくりかえした。

「考えてるんだ……知ってたのかもしれないって」

「なにがいいたい？」

ゴードンが、ライフルを股のあいだからぶらさげて、スツールに腰かけた。ライフルが木のスツールにぶつかった。「ロドリゲスは、シナロアのだれにも電話をかけなかったといったよな？」

ダフィーは首をかしげた。「ロドリゲス？　おれの脚とどう関係が――」

「おれに殴られて気絶する前、ロドリゲスはほんとうにわけがわからないという顔だった。おれはそれを見たんだが、そのときにはパンチを放ってた」

「それで？」

「それで、もしかするとあれはヘマだったのかもしれない。ロドリゲスの話を最後まで聞くべきだったかもしれない」

「なぜだ？　あいつは嘘つきだ。だれかがおれたちを攻撃したやつらに連絡していたし、携帯電話を持っていたのはロドリゲスだけだった」

「携帯電話はあれだけじゃない。アーマード・セイントの三チームがそれぞれ一台持ってる」ゴードンが、ゆっくり立ちあがった。「この車列のだれかが、おれたちを襲ったやつらに情報を漏らしていたとしたら？」

「たとえば、だれだ？」

「わからない。しかし、ひとつわかってることがある。アルファ、ブラヴォー、チャーリー。ひとつだけが、ほかのチームとちがう」

ダフィーは首をふった。「よくわからない」

「ダフィー……この警護チームの人間は、すべてアルファ1《ワン》のシェーン・レミックが捜し、選んだ。まともなやつで自分のチームを固め、屑《くず》をおれたちによこした。なぜだ？」

「レミックがおれを捜したんじゃない。おれがあんたとたまたまモールで会って、雇ってもらうのに手を貸してくれと頼んだ。あんたがやめろといったのに」

ゴードンは黙っていた。

「そうだろう？」

「それが……」ゴードンが顔をそむけて、咳払いをした。「ちょっとちがうんだ」

「なにがいいたい？」

「いいか、レミックはおまえが働いている場所に行けとおれにいったんだ。ばったり会ったふりをして、メキシコの仕事の報酬を教え、おまえが餌《えさ》に食いつくように精いっぱい演技しろと」

その新情報を聞いて、ダフィーは愕然《がくぜん》とした。「待て……レミックが？　レミックがおれを見つけて雇ったのか？　どうしてそんなことをやる必要があるんだ？」

「わからない、ダフィー。しかし、なんとかして突き止めたい」

53

シンコ・ラグリマスの町の広場から九十九折《つづらおり》の道路を一・二キロメートル登ったところにあるトタン屋根の低い倉庫の前で、黒いフォードF‐150スーパークルーがとまったときも、雨は勢いが衰えるふうもなく降りつづいていた。すでにピックアップ四台が表にとまり、レインコートの上にAK‐47を吊るしている男八人が立っていた。麦わらのカウボーイハットが、彼らの顔を暴風雨から護《まも》っていた。

倉庫の片側に荷さばき場があり、すぐ内側の闇に何人か立って、表を見ながら待っていた。

アルチュレタの右腕のディエゴが、F‐150を運転し、武装した部下のひとりが助手席に乗っていた。ジープで追随していたカルドーサが、サイドウィンドウから身を乗り出して、ディエゴにきいた。

「ここがそうなんだな？」

「シ、セニョール・カルドーサ。平台型《フラットベッド》トラック三台を、あの倉庫に入れてある。一台に木箱を二十個前後、積んである。ぜんぶで五十九個ある。木箱一個に発射器一挺とミサイル二発が収まっている。ベネズエラ陸軍から運ばれていたときのままだ」ディエゴがカルドーサに目を向けた。「あんたたちがでかい飛行機で来るんならいいが」

カルドーサの横に乗っていた男がいった。「心配するな。移動する前に品物を見たい」

「ああ、もちろん見せる。おれが先にはいって、歩哨になんのために来たかいい、防水布をはがすよう命じる。それからあんたたちふたりを呼ぶ」

ディエゴと配下の武装したもうひとりが、雨のなかに出ていった。奔流のような雨から目を護るために帽子のかぶりぐあいを直し、屋根のない荷さばき場へ走っていった。

カルドーサは、隣に座っていた男のほうを向いた。「おたがいに了解してることをたしかめたい。そのときになったら、あんたとあんたの部下が、ミサイルを飛行場へ運ぶのに同行し――」

話しかけられたシェーン・レミックがさえぎった。F-150のメキシコ人ふたりには隠していた怒りのこもった声だった。「おれが先にいおう、くそ野郎。昨夜、道路でどうしてあんなことが起きた？　あれはおまえの殺し屋《シカーリョ》だろう？」

カルドーサが、詫《わ》びるように片手をあげた。「昨夜、いったとおりだ。ロス・セタスの中隊長が、山にいた……最高の戦士だが、なにをしでかすかわからない男でもある。高速道路から離れるなと指示してあったんだ。そいつがあんたの車列を見つけ、急いで伏撃《アンブッシュ》を準備した。わたしの直接の指示に反して」

「そのせいで、外交任務そのものが中止になりかけた。ロス・セタスを統制するのは、あんたの仕事だった」

「なにしろロス・セタスだからな、レミックさん。統制するのは……容易じゃない」

「おれがミサイルといっしょに出発するまで、やつらは車列と交戦してはいけないはずだった」

「忘れているかもしれないが、これはわたしの計画だった。わたしが万事手配してから、あんたに連絡した。詳細はいわれるまでもなくわかっている」

「まあ、きのうの出来事のあとだから、念を押すのが当然だと思う」

「ロドリゲスに罪をかぶせる方法を見つけたんだな。だから代表団のなかにいないんだ」

レミックは、まだ憤然としたまますうなずいた。「ああ、あんたのドジの尻ぬぐいをする方法を見つけた。二度とああいうことが起きないようにしてくれ。これからの二時間が重要だ」

カルドーサは、倉庫のほうを手で示した。「あんたが自分の仕事をやれば、万事、計画どおりに進む」

「黒い騎士が地対空ミサイル《SAM》を引き渡すと、本気で信じているのか、カルドーサ？」

「麻薬密売人を本気で信じていたら、生きていられなかっただろうな、レミックさん。ちがう。信じてはいない。だが、ラファ・アルチュレタにはそれ以外の選択肢がないから、ミサイルを始末したいと思っているはずだ。ベネズエラが買い戻すのをわれわれが願っているのとおなじように」

　レミックは、激しい雨を眺めた。「発射器五十九挺。一挺百十万ドル。あんたとおれとおれのチームで分けても、一生楽に暮らせる。あんたのロス・セタスがまた邪魔をするようなことがなければ」

「彼らはわたしのロス・セタスではない。わたしはただのコンサルタントだ」

「嘘だ。あんたの正体は知っている」

「過去のわたしの正体をな。きょうをかぎりに、わたしはなんの責任も負わない人間になる。時間だけが無限にある」カルドーサの目が、一瞬うつろになった。やがて、任務に意識を戻した。「あんたは山道でミサイルを二〇キロメートルほど運んで、整備されていない飛行場から空輸しなければならない。ここからは、あんたとチームが危険な仕事をやらなければならない」

「軽くさばけるさ」レミックはまわりを見た。豪雨が未舗装路に泥水の太い流れをこしらえていた。「ちくしょう。この地獄の穴から、早く脱け出したい」

「午後十時にはコロンビアに着く。買い手がわれわれの口座に送金したら、飛行機がどこにあるかをそいつに教える。あすにはあんたもわたしも、もっと快適な場所にいることになる」

カルドーサはつけくわえた。「姿を消す計画は立ててあるんだろう？」

「おれのことなら心配するな」レミックがいってから、指を一本立てた。「それから、裏切ろうなんて思うなよ」

「どうしてわたしが――」

「あんたがやっていることは、すべて裏切りだからだ！　さいわい、おれはあんたのうしろ暗い秘密を握っている。あんたが裏切ろうとしたら、雇い主にじかに連絡する。ほんとうの雇い主に。おまえがほんとうは何者で、どういう人間か、ばらしてやる」

「わたしたちで分けてもじゅうぶんな金があるし、裏切りがおたがいに相互確証破壊（米ソの核戦力が均衡し、片方が核を使用すれば他方が報復して双方が壊滅することが確実になったという認識）をもたらすこともわかっている」

「そのとおり」

ディエゴがジープの前方に来て、倉庫にはいるよう手で合図した。

、

レミックが動きかけたが、カルドーサはその腕をつかんだ。「なにもかも準備してあるはずだな……事故と同時に起きるように?」

「約十分後には、アルファ・チームは消滅したと、ブラヴォー・チームとチャーリー・チームは思うはずだ」

カルドーサが笑みを浮かべ、レミックとともに午後三時過ぎの暴風雨のなかに出ていった。

54

マイク・ゴードンが、バーのスツールに座って頭を両手で抱え、ダフィーはそれを見おろしていた。

「よくわからない、ゴード。おれを騙《だま》してメキシコに来るよう仕向けたっていうのか？」

「おれはただ、命じられたことをやっただけだ。おまえを連れてくればチームリーダー《TL》にしてやるとレミックにいわれて、勘づかれずにやる方法を教えられた。おまえが金に困ってるのをおれは知ってた。レミックは、なにか理由があっておまえをほしがってたが、じかに頼みたくなかったんだろうと思った」

ダフィーは、ゴードンを上から見おろした。「この野郎、それを知っていたのか？」

ゴードンが、うなだれたまま肩をすくめた。「ああ、そのとおりだ。なあ、きょうだい、悪かった。こんなにひどくなるとは、知らなかったし、おまえに障害があるのも知らなかった」

「こういったことが、おれの脚とどう関係があるんだ？」

ゴードンが立ちあがり、ダフィーと目を合わせた。「さっきもいったが、レミックがおれたちみんなを選んだ。一流のやつらでアルファを組んだ。だが、ほかのチームはどうだ？　ブラヴォーとチャーリーは？　ひとり残らず、失敗した前歴がある。この仕事以外では、ぜったいに雇われないようなことをやってた」

ダフィーはまごついた。「いったいなにがいいたいんだ？」

「たとえば、おれのチームのふたりは酒びたりで、何年も前にロンドンのイージス・セキュリティから解雇されて、それからずっと働いてなかった。基地を出る前から、そいつらがパックホース2《ツー》でテキーラをがぶ飲みしてるのを見つけた」肩をすくめた。「ふたりとも死んだ。あとのふたりは、勤務評定不良か命令不服従で民間軍事会社《PMC》から追い出された。ほかのやつらも、命令に従わないか射撃がまともにできないか、その両方だ。世界のどこの会社にも雇ってもらえない」

ダフィーは、手をふってゴードンの言葉を斥《しりぞ》けた。「おれのチームはしっかりしている」

「おまえはそんなふうにやつらを動かしてるし、そうなのかもしれないが、みんな悪い評判がついてまわってる。レミックは雇う前にそれを知ってたはずだ。スクイーズは好戦的すぎて、どこのPMCでも長つづきしない。ナスカーはどんな仕事についてもクビになる。アカデミこと旧称ブラックウォーターでも解雇された」

ゴードンがつづけた。「フレンチーは、モガディシオのバーで喧嘩《けんか》をして、コンゴの外交官を刺殺した。クルーズはアフガニスタンで、カードゲーム後に十九歳のレインジャーをひどく殴って懲戒免職になった。そのレインジャーは三週間、昏睡状態だった」

「ウルフソンは？」

「SEALチーム3にいた。かなり活躍したこともあった。そのうちにある日、本土で訓練中にチームメートを殺した。シュートハウスで腕を押された。不慮の出来事だったが、引き金に指がかかってて、銃口が突破係の頭に向いてた。それでチームから追い出された。最後の二年は海軍でジャガイモむきだった。心的外傷後ストレス障害《PTSD》だから、ライフルを持たせちゃいけないのに、レミックはここに連れてきた」

「なんてこった」ダフィーはいった。

「おまえがチームに来たとき、おれは思ったんだ。〝おれたちがくそ壺《つぼ》にはまっても切り抜けられるやつがひとりだけ、アルファ以外のチームにいる〟って。ところが、レミックはずっと知ってたんだ。おまえが片脚を失ったことを。おまえはそれでここにいる。欠点があるからだ、ダフィー。どこにも雇ってもらえない。おれたち全員とおなじだ」

「レミックはどうして欠点のある人間をほしがるんだ？」

「わからない。どんなにひどい事態になっても辞《や》められない人間がほしいのか、それとも……」

「それとも、おれたちがしくじるのを望んでいるのかもしれない」

ゴードンがいった。「レミックは、ブラヴォーとチャーリーがしくじるのを望んでる。やつのアルファ・チームは盤石だ」

ダフィーは納得した。「レミックは自分のチームを勝ち馬で固め、おれたちのチームに負け犬を集めた」

女バーテンダーが戻ってきたので、ゴードンは手をふって追い払った。女バーテンダーが顔をしかめたが、それに従った。そこでゴードンは、ダフィーのほうを向いた。「おまえ、おれのことをきかなかったな。感謝してる」

「知りたいとも思わなかった」

「中東のひどい砂漠で、トリプル・キャノピーの仕事を失った。チームの車両に簡易爆破装置《IED》の上を通らせたんだ。地元の人間に、そこにあると注意されてたが、そいつらを信じていなかったし、たしかめなかった。基地に早く帰りたかった」間を置いてから、ゴードンがいった。「チリドッグの出る夜だった。食堂があく直後に帰らないと、腹を空かしたやつら二十五人のうしろに並ばなきゃならないし、なにも食えなくなることもある。あっちの食い物はまずいが、チリドッグはましなほうだ。

だれも死ななかったが、おれのリーダーシップが正しかったからじゃない。四人が重傷で、あとのおれたちは脳震盪《のうしんとう》と、そのせいでPTSDになった。おれがチリドッグの列の先頭に並びたかったせいだ。しばらく失業してて、このアーマード・セイントの仕事が転がり込んだ。みんなとおなじように、おれは馬鹿だったが、やけになってたから仕事を受けた」

「おれたちみんなとおなじように」ダフィーはそっといった。

「ああ」

ダフィーは、口を引き結んだ。目が鋭くなった。「なにかのために、おれたちははめられた」

「どうもそんな感じだな」

「どうする?」

そのとき、ナスカーのかなりアラバマなまりのある声が、チーム無線から聞こえた。

「チャーリー5《ファイヴ》からチャーリー1《ワン》へ、どうぞ」

激しい雨の音が、声に重なっているのを、ダフィーは聞いた。「まだクレイジーホースに戻っていないようだな」

「いま戻った」重い鋼鉄のハッチがあき、ナスカーが運転席に戻る音が聞こえた。ハッチが閉まると、雨音が小さくなった。「ボス……チャンネル11《イレヴン》に切り換えてくれ」

ダフィーは眉をひそめていった。「了解」ゴードンの顔を見た。「11《イレヴン》に切り換える」

酒場にいたふたりは、胸掛け装備帯《チェストリグ》の無線機を調整し、ダフィーはいった。「1《ワン》に送れ。なにが起きた？」

「なあ、ボス、その、おれたちはVIPの近接警護を命じられたか？」

おかしな質問だった。「いや《ネガティヴ》。どうしてだ？」

「ブラヴォーはどうだ？ 屋内の周辺防御をやってないか？」

「いや、ブラヴォー指揮官《アクチュアル》は、おれといっしょだし、あとのふたりは町庁舎の正面ドアに配置されている。装甲人員輸送車《APC》はロックされている。どうしてだ？ なにが起きているんだ？」

「その、町庁舎の一階の便所から出たときに、アルファの三人が裏口から出ていくのを見たんだ」

ダフィーとゴードンは、困惑して顔を見合わせた。「そいつらは……VIPを置いて出ていったのか？」

「そうだ《アファーマテイヴ》。レミックは見ていない。そこにいなかった。しかし、レミックの警護員三人は、まちがいなくいなくなった。町庁舎の裏にとまってるアルファのAPC二台には、運転手と上部銃手が乗ってるはずだ。それで合計七人。アルファは八人だから、エレーラ、ヘルム、ラルーといっしょにいるのは、レミックだけっていうことになる。奇妙じゃないか？」

「ちょっと待て」ダフィーはそういってから、ゴードンの顔を見た。

ゴードンがいった。「くそ……レミックがなにをたくらんでるにせよ、もうはじまってる」

ダフィーは、チーム間無線に切り換えた。「チャーリー1《ワン》から、アルファ1《ワン》へ。受信しているか？」応答はなかった。「チャーリーからアルファへ、受信しているか？」

数秒後に、レミックから応答があった。

「聞いている。なにがあった？」

「えー……おれたちにひきつづきホテル前にいてほしいかどうか、それとも位置を変更してほしいか、確認しようと思ったんだ」

レミックのつぎの応答には、雨音がかすかに混じっているように思えた。「どうして位置を変更させると思ったんだ？　命令したはずだ。おまえとブラヴォーは、町庁舎の東側で静止位置を維持しろ。命令があるまで移動するな。受信しているか？」

「たしかに了解した、ボス。えー、そちらの現在位置は？」

「おれは二階の廊下にいる。VIPは応接間でコーヒーを飲んでいる。ダフィー、どうしておれがどこにいるかきくんだ？　おまえこそどこにいる？」

「えー……表の外にいる。ブラヴォーもだ。なにも問題はない。チャーリー1《ワン》、通信終《ア》わ《ウ》り《ト》」

　ダフィーは、ゴードンの顔を見た。「独りだというのをレミックはいわなかった。部下をどこへ行かせたんだろう？」

　ダフィーがチーム無線に切り換えたとたんに、通信がはいり、ヘッドセットからこんどはウルフソンのささやき声が聞こえた。「チャーリー2《ツー》からチャーリー1《ワン》へ。11《イレヴン》に切り換えてくれ」

　ダフィーはチャンネルを戻してからいった。「1《ワン》に送れ」

「えー……一ブロック東に移動した。町庁舎のすぐ南の店の屋根にいる。いま、西を見張ってる」

　ダフィーは溜息をついた。「だれが移動を許可した？　おれたちとおなじように、東側を監視することになっていたはずだ」

「広場の黒《B》い騎士《K》がみんなおれのほうを見てたんだ。気味が悪かった。一分くらい雨がひどくなったから、移動しても見つからないだろうと思った。通りを渡って、路地を駆け抜け、ここに登った。おれがここにいるのを、やつらは知らない」

ダフィーは肩をすくめた。「了解。いいか、いま妙なことが起きていて、おれは――」

「どうしてアルファがおれたちに知らせないでウォーホースを移動したのか、見当がつくか？ ブロックの北西の角にいなきゃならないのに、半ブロック、バックして、町庁舎の裏口の前にとまってる、ブレーク――」

ダフィーとゴードンは、不安にかられてまた顔を見合わせた。

「――えー、アルファ三人がいまショーホースに乗った。こんどは動き出した」なにが起きているにせよ、よくない兆候だとダフィーは気づいた。「ショーホースが出発しているのか？」

「そうだ」

「どこへ向かっている？」

「北だ。かなり速度を落としてる。だれにもエンジン音を聞かれたくないみたいに。おれたちに知らせないでアルファの半分が離れていくっていうのは、奇妙じゃないか？」

「アルファの半分？ あとの半分はウォーホースにいるんだろう？」

「だれかしら乗ってるはずだ。エンジンがかかってて、ハッチがぜんぶあき、銃塔にはだれもいない」ウルフソンがいった。「右側ハッチからなかが見えるように移動する」

「ウォーホースに近づくな」

「どうしてだ。もうちょっとで——」

「離れろ。屋根からおりて、戻れ——」

「どういうことだ？」ウルフソンが叫んだ。

「なんだ？」

「フロントシートにだれもいない。運転席にだれもいない。リアハッチから、ロドリゲスが見える。縛られ、猿轡《さるぐつわ》をかまされ、動いてない。そこへ行って、調べ——」

「やめろ！《ネガティヴ》」ダフィーは叫んだ。なにが起きているのかわからなかったが、いますぐにチームをここから遠ざけなければならないと思った。「屋根からおりろ！」

「なにが起きてるんだ、ボス？」

「いうとおりにしろ、そこから離れて——」

耳をつんざく騒音が、ダフィーとゴードンの鼓膜を襲った。ふたりが手をのばしてヘッドセットをむしり取ったとき、酒場のガラス窓が砕け、衝撃音が通りから鳴り響いて、ふたりともうしろ向きに吹っ飛ばされた、ガラスの破片を浴びながら、バーカウンターの奥へ落ちた。

うつぶせになっていたふたりの体の上で、黒い煙が店内に流れ込み、天井が落ちた。ふたりともイヤプロテクターをつけていたが、耳障りな轟音《ごうおん》のせいで聴覚が麻痺《まひ》し、甲高《かんだか》い金属音すら聞こえなくなった。

55

仰向《あおむ》けに倒れたダフィーの上に、ゴードンの体があり、ふたりのライフル、装備、抗弾ベストがあいだに挟まっていた。漆喰《しっくい》がなおも落ちつづけていた。ふたりとも朦朧《もうろう》としていたが、転がって仰向けになったゴードンが、先に口をひらいた。

「ダフィー？　怪我《けが》はないか？」

「だ……だいじょうぶだ。あんたは？」

ゴードンが手で床を押して膝《ひざ》立ちになり、ダフィーのほうを見おろした。「くそ！　おまえの脚が！」

ダフィーが見おろすと、義足とブーツがなかった。バーカウンターの上を見ると、義足とブーツはそこで、壁から落ちた〈パシフィコ・ビール〉のネオンの下になっていた。

「あそこにある。渡してくれないか？」

ゴードンが肩ごしに見た。「ああ、あれがおまえの脚か。くそ」

ゴードンが、それをダフィーに渡した。ダフィーは濡れたジーンズの裾《すそ》をめくって取り付け、すぐに頭をはっきりさせた。
咳き込みながら、ダフィーは送信した。「チャーリー2《ツー》。無事か？」
そういってから、ブームマイクが耳の上にずりあがっているのに気づき、下におろして
もう一度呼びかけた。
「チャーリー1《ワン》から、2《ツー》へ。どうぞ？」
ゴードンは咳がとまらず、のろのろと立ちあがった。黒ずんだ灰色の埃《ほこり》がまだあたりに
立ち込めていて、ふたりの鼻と口にはいり込んだ。
背後でまたガラスが落ちて、バリバリという音がつづいていた。
ウルフソンはダフィーの呼びかけに答えなかったが、数秒後にダフィーとゴードンの耳
に発信者不明の声が届いた。耳鳴りでよく聞こえなかったので、ダフィーはくりかえすよ
う命じた。ゴードンも部下を呼び出そうとしていた。
ヘッドセットから咳につづいて聞こえた。「チャーリー1《ワン》、チャーリー5《ファイヴ》」また咳に
なったが、ナスカーが生きていることがわかった。
「現況報告、5《ファイヴ》」
ふたたび咳。「5《ファイヴ》は無事。スクイーズとギャビーもおれといっしょに車内にいる。お

れたちはだいじょうぶだ。クレイジーホースは揺れて、破片をすこしくらった。フロントウィンドウにひびがはいった。いや、ひびが増えた。でも、壊れてない。まわりの埃がまだ収まってない。ブレーク――」

ダフィーは立ちあがっていた。安っぽいバーカウンターから、酒瓶、グラス、木やリノリウムの破片を払いのけた。狭い酒場の調理場を覗《のぞ》くと、すぐ近くに女バーテンダーが倒れていた。落ちてきた木の梁《はり》が頭に当たったらしく、死んでいるのは明らかだった。

ナスカーが叫んだ。「くそ！　町庁舎が……消え失せた、ボス！　燃えてるでかい瓦礫《がれき》の山になっちまった！」

ダフィーは、ふたたび送信ボタンを押した。「ウルフソン？　ウルフソン？」

ゴードンも、町庁舎の前あたりにいた部下を呼び出そうとしていた。「ブラヴォー？　ブラヴォーのだれか？　コーリー？　ウィル？」

こんどはクルーズの声がヘッドセットから聞こえた。「こちらチャーリー4《フォー》。おれとフレンチーは無事だ。広場のまんなかにいた。だが、報《しら》せる。ブラヴォーのふたりは戦死《KIA》。おれたちが吹っ飛ばされる前に、建物の下敷きになるのが見えた。ウルフソンは見えないが、町庁舎の隣の建物の屋根にいたんなら、くすぶってる瓦礫に埋まってるだろう。そこも崩れた」

ダフィーがその報告を受信したことを伝える前に、ナスカーがいった。「ボス、早く車に戻れ！　なにが起きてるのかわからないが、おれたちを犯人だと思ってるような目つきで、黒い騎士たちに睨《にら》まれてる」

「了解した」ダフィーはいった。「こっちへ来てくれ。ホテルの正面で落ち合おう」

「だめだ《ネガティヴ》」ナスカーがいった、「黒い騎士のピックアップが道路のあちこちにいて、隙間《すきま》なくとまってる。どれもおれたちとあんたのあいだだ。ここから南には行けるが、北へは行けない。あんたがこっちに来るしかない」

ゴードンとダフィーは、ガラス、木《こ》っ端《ぱ》、テーブルと椅子の破片を踏みながら、酒場の出入口に向かった。表のこの世の終わりのような惨状を見て、ゴードンがいった。「なんてこった！　あれじゃだれも生き延びられない」

「警護対象がどうなったか、たしかめないといけない」ダフィーはいった。

フレンチーが報告した。「3《スリー》と4《フォー》がクレイジーホースに戻った、ボス。おれたちと早く合流しろ！」

ゴードンがダフィーの肩をつかんだ。「警護対象？　どこを捜すんだ？　行くぞ、ダフィー。三階建てがすべて崩れたんだ。遺体捜索犬がいないと見つけられない」

ゴードンのいうとおりだと、ダフィーにはわかっていた。ダフィーは動転しながらうなずき、煙があがっている巨大な残骸《ざんがい》と広場を挟んで向かいにとまっているクレイジーホースに向かおうとした。距離は三〇メートルもない。

だが、数歩進んだときに、クレイジーホースとは反対の右側から銃撃が開始された。銃弾が前方の通りで跳ね返った。

ふたりは向きを変えて、めちゃめちゃになっている酒場にひきかえした。

ダフィーがマイクに向かって叫んだ。「銃撃されている！」

スクイーズの声がヘッドセットから聞こえた。「そうだよ、ボス！　黒い騎士《BK》があんたたちの方角めがけて撃ってる。距離二〇〇メートル。そいつらと交戦しようか？」

クルーズがいった。「どうしておれたちを撃つんだ？　なにもしてないのに」

ダフィーは、崩れかけている天井を腹立たしげに見あげた。「くそ！」そして送信した。

「チャーリー・チーム、自由射撃《ウェポンズ・フリー》！」

たちまち、酒場の外でMk48が連射を放ちはじめた。フレンチーのFA‐MASも銃眼から射撃を開始し、撃つ間隔は長いが、もっと几帳面《きちようめん》に狙い撃っていた。

ダフィーは、ゴードンのほうを向いた。「あんたのAPCは遠い。クレイジーホースに向けて走れ。おれはここから掩護《えんご》する」

「あんた、あとから交互躍進（掩護射撃と移動を交互に行なう歩兵の戦術）できるのか？」

「ああ」ダフィーはマイクのスイッチを入れた。「チャーリー・チーム、ブラヴォー1《ワン》が酒場を出る。下面ハッチをあけて待ち、掩護射撃しろ。撃ちまくれ、みんな！」

ゴードンが、壊れた戸口から出て、左に折れ、歩道沿いを走った。ほどなく大型のダッジ・ラムのボンネットを乗り越え、横倒しになっていたシルバラード二台の下をくぐって、燃えているF-350の車体にもたれた。

町庁舎の建物正面の一部が道路に落ちていたので、ゴードンは割れたシンダーブロック、ねじれた鉄筋、木の梁のあいだを縫《ぬ》って走った。

それらの障害物が散らばるところを通り抜けると、ゴードンは身を低くして走り、クレイジーホースの下に転げ込んで、上半身を起こした。フレンチーがゴードンをひっぱりあげ、ハッチを閉めた。

キャビンにはいると、ゴードンは無線で伝えた。「ダフィー、無事乗り込んだ。通りの敵はものすごく多くなってる。おれが合図してから出てこい。くそ、やつら、いたるところにいる」

「それに、そいつらは怒り狂ってる」ナスカーがつけくわえた。

ゴードンがいった。「ホテルからそっちに忍び込めないように、正面は監視してるが、酒場の裏口のほうは見張れない。そっちは見えない。おまえ独りでやるしかない！」

ダフィーは、窓から通りに向けて数発放った。戸口から覗くと、遠い町はずれからピックアップがつぎつぎとやってくるのが見えた。銃撃が激しくなった。クレイジーホースとその後方のだれも乗っていないパックホースの車体から弾丸が跳ね返る音が聞こえた。秒速一〇〇〇メートルの銃弾が降り注ぐ通りを走ってクレイジーホースにたどり着くのは無理だと思った。それに、黒い騎士がこの位置に接近したら、全方位から撃たれることになる。

ダフィーはライフルの弾倉を交換し、酒場の戸口の近くでニーパッドを床についてしゃがんだ。それから立ちあがって、カウンターの奥へはいり、座った。

装備収納ベストに手を入れて、衛星携帯電話を出した。親指で番号を押すときに、血が垂れた。どこを怪我《けが》しているのかわからなかったが、顔から頭に切り傷ができているにちがいない。

裏口と携帯電話をそれぞれ片目で見て数秒座っていると、ニコールが電話に出て、ヘッドセットから声が聞こえた。

「ジョシュ？　あなたなの？」

答える代わりに、ダフィーは咳き込んだ。煙は濃くなるいっぽうで、酒場も火事になっているのかもしれないと思った。

あらたな銃撃が湧き起こり、ダフィーの頭の上で酒場の壁が掃射された。

「ジョシュ、なにが起きているの？　あなた……銃撃を受けているの？」

ダフィーはライフルを膝に置いたままだった。両手で握ってもいなかった。

ようやくダフィーはいった。「すまない、ベイビー。やってみたんだ。精いっぱい」

「なにが起きているのよ？」

「終わりだ。おれたちはもうだめだ」

「ちがう、ちがう、ジョシュ。そんなことはいわないで。あなたたちは――」

「なににはまり込んだのかわからない。おれたちは……金がほしかった。それしか考えていなかった。おれはまたしくじったよ、ニッキ。子供たちに愛しているっていってくれ。毎日いってくれ。いいね？」

「ジョシュ」

「おれがやってみたことだけ、知ってほしい。おれの心はまちがっていない。それがいいと思ったことを――」

「ダフィー軍曹！」ニコールがどなり、口調が急変したことにダフィーははっとした。

「落ち着きなさい！」

ゴードンの声が、ヘッドセットから聞こえた。「ダフィー！　路地にひとりはいり込むのが見えたような気がする。裏から来るかもしれない」

「ニッキ、ほんとうにすま――」

「黙って聞きなさい！　あなたはくそいますぐに気をくそ取り直してやるべきくそ仕事をやるのよ！」

ダフィーは首をふった。「ニッキ、はめられたんだ！　おれたちは包囲されている！　何百人もの敵がおれたちに迫っている」

「部下はまだ生きているんでしょう？」

「ウルフソン。ウルフソンは死んだ」

「でも、ほかのひとたちがいる！　馬鹿いわないで、ジョシュ、あなたは指揮官だし、まだ生きている。くそ電話なんか切って、戦いに戻りなさい！」

ライフルをふりかざしている男が、バーカウンターの奥の調理場に現われた。ダフィーのほうを向き、ライフルを高く構えて、目の高さで濃い煙のなかを覗き見た。ダフィーは床に座っていたので、照準線からはそれていた。

ダフィーがライフルを片手で持つと、その動きに男が気づいた。

「くそ野郎《ペンデホ》！」メキシコ人が叫び、ダフィーに銃を向けようとした。

ダフィーは引き金を引き、ＡＫの弾丸五発が男の胸と腹に命中した。男の体がぐるりとまわり、女バーテンダーの死体の隣に倒れた。

「ジョシュ！」ニッキが叫んだ。

ダフィーは頭をふってはっきりさせ、立ちあがった。「おれは……立ち直った」ニコールと自分の両方に向けていった。

ゴードンの声が、ヘッドセットから聞こえた。「チャーリー1《ワン》、この近くの敵銃火はほとんど制圧したが、やつらは広場の東側で陣容を立て直してる。ものすごい人数だ、きょうだい。いますぐ下面ハッチへ走ってこい」

ニコールの叫び声が、ダフィーの耳のなかで鳴り響いた。「聞いているの、軍曹？」

「聞いている。ちゃんとやる」

「がんばれ、軍曹。みんながあなたを頼りにしているのよ」

ダフィーは咳き込んで埃を吐き出し、酒場の出入口へ行った。「ありがとう。ニッキ。もう行くよ」

電話を切り、マイクのスイッチを入れた。「チャーリー指揮官《アクチュアル》、これから出ていく！」

56

ジョシュ・ダフィーは、雨と銃撃のなかに駆け戻り、左に曲がって、通りを全力疾走し、広場の角にとまっている装甲人員輸送車《APC》の左下面のハッチにたどり着くために、燃えている障害物のあいだを抜けた。

水たまりの泥水を跳ね飛ばしていると、迫ってくるライフルの射撃の鋭い銃声が聞こえた。スクイーズがダフィーの上でＭｋ48を撃ちまくり、シンコ・ラグリマスの町のいたるところに七・六二×五一ミリ弾を浴びせていた。クルーズが左サイドハッチをあけて、広場のその方向の敵が頭をひっこめるように、軽機関銃で連射した。

ダフィーは地面を滑り、抗弾ベストとライフルごと転がって、インターナショナル《I》・アーマード《A》・グループ《G》ガーディアンの車体下に潜り込んだ。すぐにフレンチーとゴードンに体をつかまれた。ふたりがＡＰＣの車内にダフィーをひっぱりあげて、フレンチーがハッチを閉め、ロックした。クルーズも左サイドハッチを閉めた。

そのとき、ナスカーが叫んだ。「RPG！」

擲弾《てきだん》一発が、通りから飛んできた。APCの前面を直撃したが、フロントグリルを護《まも》っている鋼鉄の格子に弾着したため、装甲と数センチ離れたところで起爆した。

ダフィーは、ライフルを負い紐《ひも》からはずしておろし、フロントシートへ行くためにセンターコンソールを乗り越えた。フローレスがそのライフルを、ダフィーに渡した。ダフィーはずぶ濡れで、埃《ほこり》やべとつく黒い煤《すす》に覆《おお》われ、顔の薄い血の膜がてかてか光っていた。

「ナスカー！」ダフィーは叫んだ。「ここからみんなを連れ出せ」

「どこへ行く？」

「だれもおれたちに撃ってこない場所はどうだ？」

「それならカンザスだろうな（『オズの魔法使い』でマンチキンの国に飛ばされたドロシーが、〝ここはカンザスじゃないみたい〟という。平穏な田舎を想起する言葉として、よく使われる）。運がつけばだが」

「だったら、黙ってウィチタ（カンザス州最大の都市）までさっさと運んでくれ！」

ナスカーが、巨大なAPCのセレクターレバーをバックに入れて、アクセルをめいっぱい踏み、水溜まりを突っ切り、左側で崩壊した町庁舎の残骸《ざんがい》を越えて突き進んだ。パックホース1《ワン》をよけてから、完璧な一八〇度方向転換をやり、車内の全員がハーネスにひっぱられた。そしてまた、アクセルを全開にした。

直進しながら、ナスカーがいった。「エンジンの点火タイミングがずれてるし、サスペンションにだいぶガタが来てる。町庁舎が吹っ飛んだときに、クレイジーホースも被害を受けたみたいだ。RPGじゃなくて」

「走りつづけられるか？」

「いまのところは」

クルーズが、ふたりのやりとりをさえぎって叫んだ。「チャーリー4《フォー》、新手の敵改造戦闘車《テクニカル》を目視。何台か、北から接近してくる。交戦する！」

「おれ抜きでやるな！」スクイーズが叫び返した。「これをはじめたのはおれたちじゃねえが、おれが片をつける。擲弾発射器《グレネード・ランチャー》を使う！」

ダフィーは、町から脱出する自殺的な走行にナスカーが集中するのを見ながら、クルーズのMk48とスクイーズの擲弾発射器《グレネード・ランチャー》が、背後の移動ターゲットと交戦する音を聞いていた。ライフルの銃弾がクレイジーホースの装甲から跳ね返る音が聞こえたが、ロケット擲弾の弾着はもうなかった。ナスカーがまもなく南東に向かう道路にクレイジーホースを乗り入れた。そこで、一瞬とはいえ銃撃が熄《や》んだ。

クルーズとスクイーズが、弾倉を交換しはじめた。

ダフィーはまだ息を切らしていた。まだハーネスを締めておらず、前方の道路がよく見えるように、汚れている割れた防弾ゴーグルをはずそうとした。

フローレスがそばに身を乗り出して、タオルでダフィーの顔を拭きはじめた。「ダフィーさん？　血が出ている。ゴードンさんの顔とおなじように」

マイク・ゴードンがいった。「おれたちはおなじ窓ガラスを顔にくっつけてるのさ。だいじょうぶだ」

「なにが起きたの？」

答えたのはナスカーだった。「レミックとアルファの連中は、ウルフソン、VIP、ブラヴォーのふたり、アルチュレタといっしょに死んだ。そういうことさ。生き残ったのはおれたちだけだが、黒い騎士が五十万人、あとを追ってくる」

ダフィーは向きを変えて、ゴードンのほうをふりかえった。「そうは思えない」

ナスカーが、ダフィーをちらりと見た。「ええっ？」

ゴードンがいった。「おい、ダフィー、いったいなにが起きてるんだ？」

「わからないが、突き止めるつもりだ」無線機をチーム間チャンネルに切り換えた。「チャーリーからアルファへ。応答しろ」応答がなかったので、くりかえした。「チャーリー指揮官《アクチウユアル》、アルファ指揮官《アクチュアル》、受信しているか？」

フレンチーが首をふり、小声でいった。「みんな死んだんだ、ボス。あきらめな」

だが、ダフィーは声を大きくして、また呼びかけた。「アルファ・チームのだれか、この周波数に応答しろ。どうぞ」

クレイジーホースに乗っていた男たちとおなじように、フローレスが混乱した顔でまわりを見た。「彼らはみんな爆発で死んだんじゃないの?」

ダフィーは十秒待ち、そのあいだにハーネスを締めてから、またマイクのボタンを押した。「まあ……これはおれの想像だが、あんたの部下はみんな死んだふりをしたんだ。アルファ・チームがウォーホースを町庁舎の西側で裏口の前にとめ、ショーホースで北へ行ったのを、おれたちが見ないという前提で。ちがうか?」

数秒の間を置いてから、ダフィーはふたたびいった。「おれたちが見たことで、あんたの計画は台無しになったにちがいない。そうだろう、レミック?」

「どうなってるんだ、ボス?」ナスカーがささやくような声でいった。

ダフィーがナスカーに答えようとしたとき、無線機から空電雑音が聞こえた。そして、不吉な感じの不機嫌な声で、レミックがいった。「じつはそうなんだ、ダフィー君」

57

クレイジーホースに乗っていた全員が注目し、スクイーズがハッチを閉めて、腰をおろした。「どうなってるんだ、イレヴンB？」

フレンチーがそっと「くそ《メルド》」とつぶやいた。

ダフィーが答える前に、ゴードンがマイクのスイッチを入れた。「ブラヴォー1《ワン》からアルファ1《ワン》へ。あんたは会談を爆破したのか？　代表団を全員殺したのか？」

「それよりもっと込み入っているんだ、ゴードン。おまえのような下っ端とは関係ない」

「あんたの計画がどういうものだろうと、おれやダフィーやチームのみんなを置き去りにして死なせようとしたんだから、いまの報酬じゃまったく割に合わない」

また長い間があり、レミックがつぎの手を考えているような感じに思えた。ようやくレミックがいった。「こうしよう。おまえたちは本部に電話をかけて、おれのチームがヒーローとして死んだというつもりはなさそうだから、会って交渉したほうがよさそうだ」

「冗談じゃない」ダフィーはいった。「あんたは五十人近くを殺したんだ。もうじき黒い騎士五百人がおれたちのあとを追ってくる。おれたちはさっさと逃げる」

「車で西シエラマドレから無事に脱け出せると思っているのか？　距離は一五〇キロ以上、装甲人員輸送車《APC》は一台、男が五、六人と通訳だけだろう？　ガソリンはどれだけ残ってる？　予備はパックホース2《ツー》に積んであった。町を避けないといけないから、どこで給油する？」

ゴードンがいった。「おれとダフィーは衛星携帯電話を持ってるんだぞ、間抜け！　メキシコ陸軍を呼び、アーマード・セイントに電話をかけて、あんたが代表団を殺したことを教える」

「くそ、ゴードン」レミックがいった。「そんなことをやったら、おれは困る。衛星携帯電話を出して、いま電話したらどうだ？　おれは待っている」

ダフィーとゴードンは顔を見合わせた。それぞれの衛星携帯電話を出して、スクリーンを見た。

数秒後に、ダフィーは溜息をついた。「おれたちのインマルサットサービスを解約したんだな」

「われわれはなにもかも立案してある。たったいま、なにが起きたかをおまえたちが知った瞬間に、電話を使えなくした。おまえたちはまったくの孤軍だ。これから脱け出せる見込みはまったくない」

ダフィーは、衛星携帯電話をパウチに戻した。「おれたちのために、解決策を用意しているんだろう?」

「じつはそうだ」

「どうしてあんたを信じられるのかな? おれたちがその計画とは逆の方向へ行くのを、あんたが許すはずがない。そうじゃないか？」

「いいか、なにかの奇跡が起きて、おまえたちがここを脱け出してしゃべり、おれが一生追われるはめになるよりは、分け前をやって仲間にするほうがましだからだ。おれの話を聞いたら、一枚嚙《か》ませてくれというにちがいない」

「話を聞こう」

「だめだ《ネガティヴ》。会って話す。町から二〇キロくらいのところに、古い飛行場がある。南東に向かう道路を走れ。一八キロ行ったところで、右の古い林道に曲がれ。衛星地図に曲がり角が載っている。なかばカムフラージュされた飛行機が目印だ。いまC-130を呼び寄せている。大型だから、全員いっしょに乗って出発できるだけのスペースがある」

「仲のいい家族として」

「そうともいえない。おまえたちを乗せるのは、ちょっとした会合をやってからだ。おまえとゴードンがいうとおりにするのを確認する必要がある。おまえたちは金を稼《かせ》ぐためにここに来た。従えば金は払う。だが、フローレスは……頑固だから、こういう話には乗らないだろう。おれたちのいうとおりにするのが、ここから脱け出すたったひとつの方法だと、彼女を納得させたほうがいい。

急げ、ダフィー。黒い騎士が陣容を整えて、おれたちを捜しにくる。三十分後に離陸したい。アルファ1《ワン》、通信終わり」

クルーズが、最初に口をひらいた。「ああ、罠に決まってる」

「嘘八百さ」スクイーズがいった。「こいつのいうことを聞くな。アルファはおれたちを皆殺しにするつもりだ！　それがわかってるんだろう、TL？」

ダフィーは、ゴードンのほうを向いた。「いいか、しばらく調子を合わせて、なにか考えるしかない。レミックがどんなことをたくらんでいるにせよ、おれとみんなが従うと思い込ませられるかもしれないが、おれたちがここから脱け出したあとも口をつぐんでいると、やつが思うわけがない」

顔をしかめて、ダフィーはいった。「やつはあんたの頭に弾丸を一発ぶち込むだろうな、フローレス博士」

　フローレスが十字を切り、目をつぶってうなずいた。「でしょうね」

「どうしろっていうんだ、ダフィー？」ゴードンがきいた。「黒い騎士は頭目を亡くし、陸軍を縄張りに入れないようにする見込みもなくなった。それをおれたちのせいにするだろう。山をおりようとしても、どこかでやつらに捕まり、八つ裂きにされる」

　フローレスがいった。「ゴードンさんのいうとおりよ。レミックは信じられないけれど、黒い騎士がわたしたちを殺そうと思ったら、飛行機がなければ〝悪魔の背骨〟から脱け出せないし、その飛行機はまもなく出発する」

　ダフィーは、ゴードンのほうを見た。「地《S》対空ミ《A》サイル《M》はどうなんだ？」

「ああ……シエラにＳＡＭがあるとわかっていたら、飛行機には乗らないだろうな」

　ダフィーはいった。「もっと重要な疑問は、ＳＡＭがシエラにあると知っているのに、どうしてレミックが飛行機を呼ぶのかということだ」

　ゴードンがすこし考えた。「もしかして……」

「そうだ！　これはすべてそのためだったんだ！　レミックはＳＡＭを手に入れた。どうやったか知らないが、黒《B》い騎士《K》がＳＡＭを渡すように仕向け、それを売るつもりだ。それなら説明がつく」

　ゴードンが理解した。「レミックがここから離陸するつもりだとすると、安全だとわかってるからだ。だから、説得するか、哀願するか、戦うか、いずれにせよ、おれたちはその飛行機に乗るしかない」

ダフィーは、全員に向かっていった。「マイクのいうとおりだ、みんな。ナスカー、その飛行場へ連れていってくれ。衛星地図で確認する。これは仕組まれた罠だ。まちがいない。一八キロ無事に走れるはずがないという気がするから、ハーネスをしっかり締めて、突っ走ろう！」

ゴードンが、チャーリー・チームに向かっていった。「そうとも。攻撃されると思ってたほうがいい！」

フレンチーがいった。「三日間ずっと、攻撃されると思ってたし、予想がはずれたことは一度もなかった」

58

ディナ・レイサムは、午後五時三十分に自宅の玄関のドアをあけた。いつものようにニコールは夜勤前に子供たちを預けられるように、時間どおりに現われた。

「ヘイ、ディナ」ニコールはそういってから、子供たちをせかして家にはいらせた。

ディナが、そのうしろからいった。「あなたたち、裏のブランコで遊びたいでしょう?」

姉と弟が、甲高《かんだか》い声をあげて、書斎の横のガラス戸へ走っていった。

ディナはニコールを見て、きょうはいつもとはちがうと気づいた。ニコールはいつも、用務員の仕事用のライトブルーかイエローかピンクの作業着を着ている。しかし、いまはアメリカ陸軍のスエットシャツにジーンズ、ブーツという格好だった。ディナはニコールのことをよく知っているわけではなかったが、顔を見て明らかに動揺しているのを見てとった。

その瞬間、ニコールはどこかへ行くつもりなのだと、ディナは気づいた。

「ヘイ、お隣さん。なにも問題ないの？」

「問題ないどころじゃないの。お願いがあるのよ。大きなお願いが」

「なにがあったの？」

「非常事態なの。子供たちをしばらく預かってほしいの。二日だけよ。約束する」

ディナは、半歩あとずさった。「二日？」

「あとで払うわ。約束する。わたしが帰るまで、一日二十四時間分、払うわ。ほんとうに重大でなければ、頼みはしない。ジョシュのことなの。いま、彼はたいへんなことになっているのよ」

「でも……」

「行かなければならないのよ、ディナ。お願い」

ディナは小さな溜息をついた。内心ではお金が稼《かせ》げるのがうれしかったが、あっさり引き受けるつもりはなかった。「まあ……なんてこと、ニコール。うちにはドルーがいるし、朝、食べさせるのにとても苦労するのよ」

「生きるか死ぬかの問題なの。ジョシュだったら、あなたかフィルのためにそういうこともやるはずよ」

ディナが腕を組んだ。「いくら眠っている子供ふたりが相手でも、一時間五ドルは安すぎるわ。わたしの昼間の料金は、二十五ドルよ」

ニコールが計算してがっかりするのがわかった。ひきさがるだろうとディナは思ったが、ニコールは胸を張った。「十五ドル。一年間、あなたの家の掃除をする」

ディナは首をふった。「掃除は自分でできる。でも、フィルは芝刈りが嫌いよ。坐骨神経痛だから」

ニコールはうなずいた。問題が解決した。「ジョシュが毎週、よろこんでやるわ」つけくわえた。「ほんのちょっとだけ、子供たちにさよならをいわせて。飛行機に乗らないといけないの」

「飛行機？　どこへ行くの？」

「信じて、ディナ。知らないほうがいいのよ」

59

シェーン・レミックは、ショーホースの助手席に黙然と座っていた。アルファ5《ファイヴ》が運転していたが、ほかにはだれも乗っていなかった。すぐ前方で平台型《フラットベッド》トラック三台が、凹《おう》凸《とつ》のある道路で揺れながら、一・五キロメートルほど先の飛行場を目指して走っていた。トラックはそれぞれアルファ・チームのひとりが運転し、ミサイルと発射器を護《まも》るために助手席にもうひとりが乗っていた。アメリカ人八人は、全員が無線で連絡をとり、連携して移動していた。

ウォーホースに仕掛けた簡易爆破装置《IED》が爆発した瞬間に、アルファ・チームは黒い騎士のトラック運転手たちを撃ち殺し、車外にほうり出して、トラックを奪った。いまはアルファ・チームだけだが、まもなく仲間と合流する。

レミックは、C‐130輸送機からの連絡を受けていた。あと数分で到着する。

だが、計画のその部分が順調でも、アルファ1《ワン》のレミックはいまむっつりと黙り込んでいる。ブラヴォーとチャーリーの一部が爆発で死なずにレミックとアルファ・チームがIEDで死んだと本部に報告したあとで、黒い騎士かロス・セタスにブラヴォーとチャーリーが皆殺しにされるはずだったが、その計画が狂った。

今回の企てでは、齟齬《そご》が生じた場合の代案をカルドーサが多数用意していて、レミックはそのすべてに同意した。レミックが選んだ七人は、適切な技倆《ぎりょう》を備えていて、計画が邪魔されずとどこおりなく進むように、二百万ドルの報酬で、民間警備会社をクビになった十数人と麻薬カルテルの一団を殺すのにも乗り気だった。

だが、ジョシュ・ダフィー、マイク・ゴードン、博物館のくそ女、チャーリー・チームの負け犬どもが、とんでもない邪魔者になってしまった。

ダフィーとゴードンの衛星携帯電話を使えないようにしたのは、アルファ2《ツー》のジェイソン・ヴァンスの天才的なひらめきのおかげだった。彼らは〝悪魔の背骨〟から下って電話を見つけないかぎり、どこにも連絡できない。それに、レミックは、彼らが山をおりるまで生かしておくつもりはなかった。

これはごく短時間のつまずきだ。船の姿勢を立て直して航海をつづけられる。しかし、それをカルドーサに弁解しなければならないので、レミックは不機嫌になっていた。

そのとき、電話が鳴った。レミックはヘッドセットに切り換えた。

「ああ」

「カルドーサだ。いま、どこにいる?」

「飛行場に向かっている。あんたはどこだ?」

「もう着いた。雨がやんで、晴れはじめている。天候は良好だ」

「アルチュレタの部下のディエゴはどこだ?」

「ピックアップのなかで死んでいる。ここに着いたときにわたしが撃ち殺した」

レミックはうなずいた。「トラックの運転手たちも撃ち殺した。飛行機はまもなく着く」

カルドーサがいった。「黒い騎士がじきにこっちへ来る」

「飛行機は予定どおり到着する。積み込みと乗り込むのに、十五分あればいい。警備を配置する。だいじょうぶだ」

「ブエノ。では、すべて計画どおりだな?」

レミックはいった。「じつはちがう。思いがけず、小さな問題にぶつかった」

「なんだと?」

「おれが騙《だま》したやつらが、騙されなかった」

「どういう意味だ?」

「何人かが生き延びた。おれが生きているのも知っている。そいつらは、おれたちが町庁舎を爆破したと推理した」

カルドーサが、かなり長いあいだ黙っていた。「そいつらはいまどこにいる？」

「飛行場の方角を教えた。おれたちと十分の差がある」

「それなら、ロス・セタスめがけて走っていくわけだな」

「そのとおり。あんたの手の者に電話して、一台目の装甲人員輸送車《APC》とトラック三台を通し、二台目のAPCを破壊しろと指示してくれ」

「いまから電話する。あんたが通ったあとで、道路を塞《ふさ》ぐはずだ。飛行場で会おう」

通話が切れ、ショーホースは走りつづけた。男たちは考えに沈んでいたが、その考えの中心にあるのは、数時間後には自分たちの人生は途方もない夢で見たようなものになるはずだということだった。

60

「あれが聞こえるか、ボス？」

ダフィーの意識は、道路を走っていることから離れて、飛行場に到着したとたんに自分たちが陥るどうにもならない状況を考えることに集中していた。

だが、ナスカーの質問で、はっとわれに返り、なにを聞かれたのか、即座に悟った。

「聞こえる」ダフィーはいった。クレイジーホースは、一分ごとに揺れとガタゴトという金属音が激しくなっていた。すさまじい悪路を四日間も走って、かなり痛めつけられたうえに、RPGのロケット擲弾《てきだん》を二発くらい、国連代表団とアルチュレタを殺すためにレミックが使ったとんでもない自動車爆弾のせいで、ダフィーのAPCは走行性能がガタ落ちになっていた。

だが、いま聞こえるのは、金属と金属がぶつかり、歯車がきしむ音や、巨大なエンジンに送り込まれる燃料か空気、もしくはその両方が不足していることを示す音だった。

「ここでとめて、おれがボンネットの下に潜り込んで調べるのは、できない相談だろうな?」ナスカーがきいた。

「ぜったいにできない。飛行場まで八キロある。どのみち、そこへ着いたらもうクレイジーホースは必要ないという気がする」

その暗い意見が、しばし宙に浮かんでいた。フローレスがスペイン語でそっと祈り、後部の男四人は、無言でウィンドウから外を見ていた。ウルフソンが使っていた右銃眼をゴードンが使い、M4カービンを突き出して、防弾ガラスから外を見ていた。スクイーズは銃塔にあがって、防弾ゴーグルの埃《ほこり》を拭き、前方を覗《のぞ》き込んでいた。

道路はつづいていた。火山岩でできた、道路ともいえないような代物《しろもの》だった。路面が脆《もろ》く、土埃《つちぼこり》が立ち、黒に近い濃い灰色で、小さな盆地の西側をくねくねと北へのびていた。

もう一本の道路が、短い坂の下にあった。材木や薪《まき》にするために森で間伐している杣人《そまびと》がロバで通る山道のようだった。車が通れるだけの幅があったが、火山岩の盆地に向けて落ち込んでいる急傾斜の崖の間際だった。

道路二本は一〇メートルほどの高低差で平行にのびて、灌木《かんぼく》と石が点々とある坂がそのあいだにあった。

スクイーズがいった。「道路がこの盆地に沿って曲がりくねってるから、なにが前方にあるか見えねえ。ナスカー、前にカーブを曲がったとたんになにがあったか、憶えてるだろう？」

「憶えてる。山の斜面、松林、黒い土煙。岩だらけの道路にいて、下には泥の道。あのときに見てたのとおなじ――」

クルーズがさえぎった。「敵を発見《コンタクト》、後方！　トラック二台が林から出てきて追ってくる。距離二〇〇メートル」

ゴードンがいった。「やっぱり来たか」

こんどはフレンチーが叫んだ。「左にも車両《ヴィク》！　距離五〇メートル、上の林のなかだ」

たちまち銃声が湧き起こった。銃弾がかなり傷《いた》んでいるクレイジーホースの装甲から跳ね返り、ひびがはいった防弾ガラスを叩いた。

車内の男たちは、交戦許可を待っていなかった。西シエラマドレのこの地域にいる人間すべてを敵だと見なしていた。

応射が激しくなった。

「こいつらは何者だ？」後部でＭｋ48から連射を放ちながら、クルーズがいった。

スクイーズがいった。「黒い騎士に決まってる！　シンコ・ラグリマスのことを知って、待ち伏せていたんだ」

ダフィーのところからは、後方も左側も撃てなかった。AKをいつでも撃てるようにして、じっと座り、状況を見定めようとしていた。いまのダフィーは後部の銃手ではなく指揮官なので、計画を用意しなければならない。

ダフィーはまずいった。「黒い騎士じゃない。これは連携した伏撃《アンブッシュ》だ。黒い騎士には、そんなことを準備する時間はなかった」

フローレスがいった。「このあいだの夜とおなじよ」

ダフィーはうなずいた。「昨夜、おれたちが跳び込んだ罠とまったくおなじだ。つまり、まったくおなじ集団だ」

ナスカーがいった。「つまり、前方に道路阻絶《ロードブロック》がある。くそ！」

クレイジーホースからの射撃がいっそう熾烈《しれつ》になった。クルーズとスクイーズが、ベルト給弾式の軽機関銃でたてつづけに撃ち、それとおなじくらいの数の敵弾が、道路と周囲の斜面を穴だらけにして、クレイジーホースの左と後部に当たった。ナスカーはエンジンをめいっぱいふかし、エンジンが傷ついた野獣のように断末魔の叫びをあげていた。

クレイジーホースが上の道路をたどってカーブをまわった。道路は左に急カーブを描いていて、ふたたび松林のなかに戻った。

下の九十九折《つづらおり》の道路が見えなくなると同時に、スクイーズが叫んだ。「道路阻絶《ロードブロック》。この道の一キロ前方」

「なんだと?」ナスカーがいった。「見えなかった」

「カーブをまわって林に戻る前に、ちらりと見えた」

ダフィーは叫んだ。「スクィーズ、おれたちは上の道路にいる、右下に泥の道がある。どっちの道路にあるのか――」

「まちがいなくこの道路だ。広いほうの砂利道だ。おれたちは道路阻絶《ロードブロック》に向けてまっすぐ進んでる、ボス。やつらにRPGがあったら、ほんとにやばいことになる。攻撃を惹《ひ》きつけるあとの車両四台が、もういない。おれたちだけだ」

ナスカーがつけくわえた。「それに、おれたちはだいぶ撃たれてる。この娘《こ》はこれ以上の損害には持ちこたえられない」

フローレスが小声でいった。声がふるえていた。「わたしたち、どうするの?」

「戦うのさ!」フレンチーがいって、上の林に向けてFA-MASで長い連射を放った。

こんどはスクィーズが叫んだ。「ボス、三六〇度見た。十二台、くりかえす、一二《ワン・ツー》台の改造戦闘車《テクニカル》が、六時(真うしろ)、九時(左真横)、真正面にいる」

「了解」ダフィーはいった。

そのときゴードンが叫んだ。「航空機! 高度一〇〇〇フィート、おれたちの四時。C

－130が、盆地を通って最終進入してる。どこか前方に着陸するんだ」

ダフィーは、大声で返事をした。「あれがここから脱け出す手段だ。追ってくるやつらを追い払って、阻絶《ブロック》を突破するしかない」

クルーズがいった。

フレンチーがいった。「六時の改造戦闘車《テクニカル》は、おれとスクイーズが遠ざける」

「おれは山の斜面の敵と交戦してる。ゴードン、こっちへ来てもうひとつの銃眼を使ってくれ」

「よっしゃ！」ゴードンがスクイーズの脚のうしろをまわって、後部左の鋼鉄の蓋《ふた》をあけ、カービンの銃口を差し込んだ。すぐさま急斜面に向けて連射を放ちはじめた。そこのピックアップ数台はオフロードを走っていた——速度が遅く、地面がでこぼこなので射撃が不正確だった。それでも、何人もいるし、銃の数も多かった。

「やつら、どうしてRPGを使わないんだ？」スクイーズが疑問を投げた。

「おれたちが道路阻絶《ロードブロック》まで行くのを待っているんだ」ダフィーは答えた。つぎにナスカーのほうを向いた。「おまえの腕が頼りだ。突破できるか？」

カーブをまわると、障害物がはっきり見えた。道路にピックアップ二台がとまり、その向こうに松の倒木が積みあげてある。男たちがまわりにいて、まだ距離があるのにライフルの銃身やRPGが見えた。

その先で道路はまた林にはいり、前方の視界はさえぎられていた。

ナスカーがいった。「おれは……どうやれば、あれを――」

ダフィーはどなりつけた。「なにか方法があるだろう！　最後のカーブをまわったら、六十秒でやつらの正面に出てしまう」

「考えさせてくれ！」ナスカーがいった。いまでは精いっぱいの速さでAPCを走らせていた。しじゅう上下左右に揺れていたので、ハーネスがなかったら車内で体が上に飛ばされたにちがいない。

ナスカーが急に思いついて、ダフィーにいった。「下の道路。運転席からは見えない。どんなふうだ？」

「三〇度くらいの傾斜を一三メートルくらい下ったところにある」ダフィーは溜息をついた。「そんな傾斜はおりられない。転覆して、道路を越え、崖から谷に落ちるだろう」

「その斜面に、大きな岩とか木みたいな障害物はあるか？」

「どうしてそんなことをきくんだ？」

ナスカーは、ダフィーに向かってどなった。「あるか？」

ダフィーは下を見た。「え――……ほとんど低木の藪《やぶ》だ。足首くらいの高さで、ところどころ膝《ひざ》くらいまである。そんなにひどくない。岩がいくつか散らばっている。だが、傾斜がそんなに急でなければ——」

「三〇度で一三メートル下っていうのは、正確にそうなのか？」

「正確に？」

「知る必要があるんだ！」

ダフィーは斜面を見おろした。

「一〇メートル前後だ、場所にもよるが。ああ、たしかに一〇メートルだ」

「で、傾斜は三〇度なんだな？」

「くそ分度器を持っているわけじゃないんだ！」

「精いっぱい目測してくれ、TL！」

スクイーズがうしろで叫び、ふたりのヘッドセットからその声が鳴り響いた。「三十秒後に、また道路阻絶《ロードブロック》の正面に出る！」上の松林に向けて、残弾を撃ち尽くした。「フレンチー、四〇ミリをよこせ！」

フレンチーが、六発装弾されている擲弾発射器《グレネード・ランチャー》を渡した。

ダフィーはいった。「ここは傾斜が四〇度くらいだ。二十秒後に敵の正面に出る。ラリー、おまえの計画は？」

「おれを信じるか、ボス？」ナスカーがきいた。

「ああ、信じる。だが、なんにせよ、いますぐにやれ！」

「スクイーズ！」ナスカーがマイクに向かって叫んだ。「ハッチを閉めて、ハーネスを締めろ！」

スクイーズが、擲弾発射器《グレネード・ランチャー》と軽機関銃をおろして席に座り、急いでハーネスを締めた。

「なにをやるんだ？」

いまではダフィーではなくナスカーが指揮をとっていた。「みんな、ハーネスをきつく締めて、なにかにつかまれ！　ＡＰＣをひっくりかえしてルーフで斜面を滑りおりてから、下の道路でまたタイヤが着地するようにする」

「うわー、くそ、やめてくれ！」スクイーズがいった。

ゴードンが叫んだ、「おい、ちょっと待て――」

だが、ダフィーが全員を黙らせた。「十秒以内に武器を固定してハーネスを締めろ！」

「とんでもなく悪い思いつきだ」フレンチーがつぶやき、ライフルを肩から吊るして、負い紐《ひも》の金具で胸にきつく固定した。

ナスカーが、ダフィーに注意を戻した。「障害物がなくなったらいってくれ。道路までの距離と角度を教えてくれ」

道路がふたたび曲がり、道路阻絶《ロードブロック》が見えるようになった。

「ここは三〇度の下り、一二メートル。障害物はない。敵の射線にはいった」

道路阻絶《ロードブロック》に配置されていた男ふたりが、接近するAPCにRPGの狙いをつけた。

「すぐに射線から出る、ボス」

ダフィーは、フローレスのほうをふりかえった。「頭を覆《おお》え」ダフィーはいい、フローレスがたが、座席に体をハーネスで固定していた。フローレスはキャビンのまんなかにい
飛行機の墜落に備えようとするかのように身を縮めた。

「当たって砕けろだぜ！」ナスカーが、道路阻絶《ロードブロック》に怒声を浴びせ、アクセルを踏みつけた。

八〇メートル前方で、対戦車ロケット擲弾《てきだん》二発がRPGから放たれ、道路の上のほうで
並んで灰色の煙の条《すじ》を引き、甲高《かんだか》い音とともにクレイジーホースに迫った。

時速五〇キロメートルでナスカーがハンドルを十二時から二時へまわし、道路脇からクレイジーホースが跳び出したとき、ロケット擲弾が左を通過した。

61

たちまちクレイジーホースが高速で右に横転し、つづいて裏返しになった。装甲人員輸送車《APC》のモーメントと斜面の角度によって、ルーフを下にして滑り、銃塔がすぐにもぎ取れた。固定されていないものが、クレイジーホースの車内の六人の周囲であちこちにぶつかった。

クレイジーホースは岩や太い根にぶつかり、激しい起伏のせいで独楽《こま》のようにまわりそうになりながら斜面をなおも滑り落ちて、こんどは車体の左が下になり、平らな泥の道に達したところで、最後の横方向のモーメントが働いて、ぐらりと揺れ、姿勢を回復した。

クレイジーホースの車輪が地面に激突し、勢いよく前進したときも、ナスカーはアクセルを踏みつけていた。崖から谷に落ちないように、ハンドルをもとに戻さなければならなかった。大きな後輪のタイヤの半分が、一瞬、崖っぷちを越えそうになり、岩がなだれ落ちたが、タイヤが地面に食い込んでグリップを取り戻し、火山の噴火のような巨大な黒い土煙《つちけむり》のなかで、道路をまた進みはじめた。

そして、やがてクレイジーホースは奇跡的に、道路阻絶《ロードブロック》のすぐ下で、前とおなじ方向を目指し、材木を運ぶための山道を走っていた。

RPGからさらに二発が上のほうから発射されたが、クレイジーホースの損壊したルーフの上を飛び越し、そのまま遠ざかって、なんの損害もあたえずに盆地で爆発した。

APCが転覆したときに、ダフィーは抜け落ちたライフルの弾倉が口にぶつかって、歯《は》茎《ぐき》から血が出ていたが。血まみれの口でにんまりと笑った。「恐れ入った、ナスカー！やったじゃないか！」

若いアラバマ人のナスカーが、まるでひとりごとのようにいった。「ぶったまげた」

「あんなのありえねえよ」後部でスクイーズがいった。

「ギャビー、だいじょうぶか？」ダフィーはきいた。

「だいじょうぶ」フローレスがいったが、髪の生えぎわを切っていて、血が左こめかみを流れ落ちているのをダフィーは見た。

「フレンチー、フローレス博士を手当てしてくれ。ほかのみんなも無事か？」

ゴードンがいった。「口のなかに吐いたが、あとは平気だ」

「3《スリー》は無事」フレンチーが答えて、胸につけた救急用品パウチをあけた。

「4《フォー》は無事」クルーズがいったが、痛みをこらえているような声だった。

「問題ないか？」ダフィーはきいた。

「機関銃《MG》の床尾がきんたまを直撃した」

それを聞いて、ダフィーは血まみれの口で笑った。「ナスカー、怪我《けが》はないか？」

ナスカーが、さっきよりは大きな声でいった。「無事だ。元気だし、おれはみんなの人気者だぜ、ボス！」

スクイーズが最後に応答した。「くそが漏れたかもしれねえが、6《シックス》はここにいる。上に行く」

ハッチをあけると、これまで自分を護《まも》っていた鋼鉄の銃塔がなくなっていたので、すぐさまおりてきた。「やめとく」

クレイジーホースは、いまにもバラバラに分解しそうな音をたてていたが、ナスカーはアクセルをずっと踏みつけていた。ダフィーは、後部に呼びかけた。「クルーズ、六時になにが見える？」

「チンポを握ってる阿呆《あほう》が何人もみえる。まだ上の道路にいて、うしろを向いて、急カーブで方向転換する場所を探してる」

ダフィーはうなずき、唇《くちびる》の血をぬぐうためにぼろ布を取った。「ナスカーが時間を稼《かせ》いでくれたが、こんどはレミックを相手にしないといけない。みんな銃眼に張りついて、警戒を怠《おこた》るな」

グリーンのC－130輸送機が、荒れた草地の滑走路のなかごろにとまり、ターボプロップエンジン四基を緩速運転《アイドリング》にして、後部傾斜板をすでにおろしてあった。その五〇〇メートルほどうしろで、滑走路は深さ二四四〇メートルの侵食谷《キャニオン》の縁に向けて下っていた。カルドーサが、C－130の近くで自分のジープのそばに立っていた。この企て全体を組み立てたカルドーサが電話をかけて、早口の会話に没頭しているのが、レミックのところから見えた。

ミサイルを満載したトラック三台が、輸送機のうしろでとまり、アルファの男たちが跳びおりて、大きな木箱から防水布を引きはがしはじめた。

レミックは、草地の滑走路の五〇メートル先にショーホースをとめるよう運転手に命じ、装備をすべておろすと、キャビンからバッグを出してあけた。レミックは焼夷《しょうい》手榴弾二発を取り出し、反対側で運転手のアルファ6《シックス》がおなじようにした。

「爆発する《ファイア・イン・ザ・ホール》」レミックがいい、安全ピンを抜いた手榴弾二発をフロントシートに投げた。アルファ6が二発を左サイドハッチから投げ込んだ。ふたりはハッチを閉めて、そこを離れた。

レミックとアルファ・チームが飛行場へ来たことを示す証拠は、これで消滅した。ショーホースの残骸《ざんがい》は見つかるだろうが、完全に破壊されているから、アルファ・チームが乗っていたことは証明できない。

車内で焼夷手榴弾が爆発しはじめた。車体が完全に炎に包まれるまで数分かかり、ガソリンタンクに穴があいて誘爆するまで、さらに数分かかるはずだった。厄介《やっかい》な問題が起きないように、レミックは念を入れて、輸送機からかなり離れたところにショーホースをとめていた。

レミックがジープのそばのカルドーサに近づいたとき、カルドーサが携帯電話をポケットにしまい、レミックのほうを見た。レミックはいった。「おれの部下がいまから、トラックの地対空ミサイル《SAM》を輸送機に積み込む」

だが、いつも落ち着き払っているカルドーサが動揺しているのを、レミックはすぐさま見抜いた。「なんだ？」

カルドーサが、溜息をついた。「ロス・セタスの中隊長のロボから、いま連絡があった。二分前にAPCが道路阻絶《ロードブロック》を突破したそうだ。ロボの配下がまた六人、死ぬか負傷した。アメリカ人がここに来る」

「くそったれ！」レミックは、飛行場の向こう側で松林からのびている道路のほうをふりかえった。その三〇メートル左に、カムフラージュネットをかけてある古い輸送機がある。飛行機のまわりに雑草や低木がはびこっているように見えた。「それで、ロス・セタスはせめて追撃はしているんだろうな？」

「いや。ロス・セタスは道路から離れて、山に逃げ込まないといけなくなった。黒い騎士がシンコ・ラグリマスから道路伝いにやってくる。二百人ほどがこっちへ来る」

「黒い騎士がここに来るまで、どれくらいかかる？」

「二十分くらいだと、ロボはいっているが、到着したときには、われわれはもう飛び立っている。あんたは警護員チームのほうを心配する必要がある。そいつらはもっと早く来る。そいつらをどうするつもりだ？」

レミックはすこし考えた。「そいつらにいったとおりのことをやる。おれはそいつらと交渉する」

「交渉？」

「貨物が空にあがるまで護らないといけない。銃撃戦になったら、チャーリー・チームのやつらには擲弾発射器《グレネード・ランチャー》がある。輸送機やSAMを狙い、おれたちを侵食谷《キャニオン》へ吹っ飛ばすだろう。だから、やつらの理性に訴える。金と命綱を投げあたえてやる。やつらは、おれたちといっしょに飛行機に乗りたいと思っている」

「話し合いがうまくいかなかったら？」

レミックは、答える代わりにマイクのスイッチを入れた。「アルファ3《スリー》、SAM発射器一挺に装弾し、スコープ付きのライフルも用意して、北の林の際へ行け。南から通じている道路を見張る必要がある」

「だれを撃つんですか、ボス？」

「SAMを対戦車ミサイルに使えるようにして、おれの命令を待て。下車したやつを撃つ必要があるかもしれないから、そのときにはライフルが役に立つ」

「チャーリー・チームですね？」

「そうだ。やつらはまだ戦える状態だが、もうじき始末する。了解したか？」

「了解しました。ボス」アルファ3《スリー》は、C－130のだいぶうしろにいたが、木箱一個をトラックからひっぱって地面に落とすのが、レミックのところから見えた。スリーが蓋《ふた》をあけて、ケースの緩衝材から長いミサイル二発のうちの一発を引き出し、大きな発射器を、かついだ。ライフルの吊りぐあいを直した。ミサイル一発はケースに残したまま、飛行場の北の林の際に向けて駆け出した。そこは南から通じている道路の真向かいになる。

「なにをやるつもりだ？」カルドーサがきいた。

「ちょっとした保険だ」

「ミサイルを使うつもりなら、どうして交渉する？　APCが到着したらすぐに吹っ飛ばせばいい」

レミックが、めったに見せない笑みを浮かべた。「外交は味方の射手が射程内に達するまで敵をしゃべらせておく技法だ、という古い諺《ことわざ》がある」

「わからない」

「イグラ‐Sは地対空ミサイルだ。おれの部下が地上のターゲット向けに切り換えるのに、十分かかる。だから……これから来る連中はしばらく有利な立場にある。話し込んで、そいつらの注意を惹《ひ》きつける」

カルドーサはうなずいた。「あんたは事態をコントロールしているようだな。おれは飛行機に乗る」

「だめだ」レミックはいった。「おれの部下が木箱を運び込むのを手伝ってもらう。計画の首謀者だからといって、力仕事をやらずにすむわけじゃない」

「いいだろう」そういって、カルドーサはC‐130のほうへ小走りに離れていった。

62

クレイジーホースは瀕死の状態で、乗っている全員がそれを知っていた。エンジンがプスプス音をたて、咳き込み、車体がガタガタ揺れ、振動した。きしむ音が一分ごとに大きくなった。横転したときにサスペンションのストラット一本がひどく曲がったため、ナスカーは直進するのにハンドル操作に苦労していた。

みんなにわかっていることを、ついにナスカーがいった。「もうじき壊れちまう、ボス」

だが、ダフィーは聞いていなかった。蜘蛛《くも》の巣状にひびがはいった防弾ガラスごしに目を凝らしていった。「飛行場がある。C－130。燃えている装甲人員輸送車《APC》。レミックが火をつけたにちがいない」

もっと近づいた。ナスカーが林のなかで、煙を吐いているクレイジーホースをゆっくり走らせた。ダフィーはいった。「平台型《フラットベッド》トラックが三台見える。積んである木箱にミサイルがはいっているにちがいない。もう積み込みをはじめているようだ」

「どうするつもりだ、ダフィー？」うしろからゴードンがいった。

「まず、ナスカー、この道路で飛行場の端まで行き、松林にぴったり寄せてとめろ。おりて戦わなければならなくなるかもしれない」

「了解」ナスカーが応答し、クレイジーホースの速度が落ちて、とまった。二〇〇メートルほど離れた輸送機のそばの男たちが、作業をやめてこちらを見ているのが、砕ける寸前の防弾ガラスを通して見えた。

「おれはここから独りで歩いていく。おれのいうことが聞こえるように、マイクのスイッチを入れたままにしておく」

ゴードンがいった。「ほんとうに下車してやつと話をするのか？」

「ほかに手はないだろう？」

「おれも行く、ダフィー。おまえはみんなを護《まも》らなきゃならない。おれの部下はみんな死んだ。それに、これにおまえを巻き込んだのは、おれだし――」

「だが」ダフィーはさえぎった。「おれがこれから脱け出すのに、あんたが役立つとは思えない」

「とにかく、おまえが行くのなら、おれも行く」

それで決まりだった。ダフィーはいった。「みんな、よく聞け。フレンチーはチャーリー3《スリー》だ。いまからフレンチーが指揮をとる。ギャビー、ベンチにじっと座っているんだ。未解決の問題を片づけようとして、レミックの部下があんたを狙い撃つかもしれない」

「わかった」

「スクイーズ」ダフィーはなおもいった。「M32を持って銃塔に立て。必要とあれば、あの輸送機を擲弾《てきだん》で吹っ飛ばせるようにしておきたい」

「あんたがそのそばに立ってたら、できないよ」

ダフィーは陰気にいった。「ああ、そうだな。ずっと立っていないようにする」クルーズに向かっていった。「4《フォー》、機関銃《MG》を持て。林のほうへ逃げなければならなくなった場合に備えて、弾薬をすべて携帯しろ。おれたちの後方を見張れ。黒い騎士が追ってくるかもしれないし、道路でさっきおれたちが騙《だま》したやつらが、もう一度、攻撃しようとしてやってくるかもしれない」

「了解、チームリーダー《TL》」

「フレンチー、ハッチから出て、スコープで周囲を調べ、おれのいうことをすべて聞いていてくれ。このショーを任せる」

「承知した《ダコール》」フレンチーがハッチをあけて、踏み板に立ち、荒れ果てた飛行場のまんなかで行なわれていることに、ＦＡ-ＭＡＳの銃口を向けた。「いま、スコープで見てる。レミックとの距離は二〇〇メートル。あんたが指示すれば、やつを殺《や》る」

「そうなるかもしれない。おれのいうことをよく聞き、見えているものを報告しろ」ナスカーのほうを向いた。「おまえは飛行機を飛ばすことができるんだろう？」

ナスカーが、正気かどうか疑うような目で、ダフィーを見た。「アカデミでヘリを飛ばした。固定翼機も操縦できるが、単発か双発の軽飛行機だけだ。あのＣ-１３０はぜったいに無理だよ」

ダフィーは溜息をつき、まわりを見て、カムフラージュされた飛行機を見つけた。林の間際にあり、クレイジーホースの右側から五〇メートルしか離れていない。「あの飛行機は、かなり単純みたいだ」

ナスカーがダフィーのほうに身を乗り出し、助手席側のサイドウィンドウから見た。

「双眼鏡を貸してくれ」ナスカーがダフィーから双眼鏡を受け取り、その飛行機に焦点を合わせた。「ぼろぼろの古い双発プロペラ機。ＣＡＳＡ・Ｃ-２１２、スペイン製の小型輸送機だ。麻薬を運ぶのに使ってたんだろう。あの貨物室にマリファナをしこたま積める」

「飛ばせるか？」

「冗談だろう?」

「いまおれがいうことは、なんでもとことん真剣だと思ってくれ」

「エンジンがかかるかな? 電気は? 燃料は? 作動油は? つまり、飛行可能なら飛ばすことができるが、あの見かけだと――」

「後部からそっと出て、林にはいり、調べにいけ。ひどい事態が最悪になったときに、予備の脱出手段に使えるかどうか、たしかめろ」

「五〇メートル離れたところからでもわかる。あれは屑鉄《くずてつ》だ」

「とにかく調べろ」ダフィーはどなりつけた。

「わかったよ、ボス」

つぎに、ダフィーはフローレスと一瞬、アイコンタクトをした。「きっとうまくいく」

「主があなたといっしょにいるわ、ダフィーさん」

ダフィーはうなずいた。「ゴード、用意はいいか?」

「そうでもないが……」

ゴードンとダフィーは、同時にそれぞれのハッチをあけた。輸送機に向けて、いっしょに歩きはじめた。ミサイルをC‐130に積み込んでいた男たちが、作業を中断して、ライフルの銃口を向けたので、ゴードンとダフィーは吊っていたライフルを体から離して地面に落とした。拳銃は捨てずに両手を挙げて、飛行場を歩いていった。

63

「まあ、おまえたちが凄腕なのは認めざるをえない。ひどいありさまだが、ここまで生き抜いてきたんだからな」

レミックは、三十分間ほとんどぶっつづけの戦闘や簡易爆破装置《IED》による土埃《つちぼこり》や煤《すす》や血で汚れてはいなかった。いっぽう、ダフィーとゴードンは、山からいっしょに転げ落ちて、ありとあらゆる岩にぶつかったような姿だった。レミックは、無傷で汚れていない〈オークリー〉のサングラスをかけて、背すじをのばして立っていた。胸の前のライフルも汚れておらず、ガンオイルが輝いていた。

C-130が二〇メートル離れたところで緩速運転《アイドリング》していたため、ダフィーは大声で話さなければならなかった。それに、二〇〇メートルうしろのAPCに乗っているフレンチーたちにも、やりとりを伝えなければならない。

ダフィーはいった。「さっきクレイジーホースを伏撃《アンブッシュ》した集団は、昨夜襲ってきたやつらとおなじだった。黒い騎士《BK》じゃない。あんたの指図で動いているほかの集団だな？」

「みごとな推理だ、若造。あれはロス・セタスだ」

「ロス・セタス？」レミックの声をマイクが拾わなかった場合のために、ダフィーはくりかえした。「そいつらは一五〇キロ以上離れたところにいるんじゃないのか？」

「われわれには……ちょっと……共通の利害がある。彼らはおれの任務を支援するために、ここへ来た。だが、やつらのことなら、あまり心配しなくていい。五十人くらい残っているが、黒い騎士が約二百人でこっちに向かっている。到着まで十五分もないそうだ」

ダフィーは、草地に血の混じった唾《つば》を吐いた。「C‐130の後部から積み込んでいるあの木箱。国連が捜している地対空ミサイル《SAM》だな？」

「またしても正解だ」

「代表団を利用してここまで登ってきてから彼らを殺すというのが、あんたの計画だった。そして、あんたの配下がSAMとともに脱け出す」

「ここに来て携帯式防空システム《MANPADS》を押収し、破壊するというのが、国連の計画だった。SAM発射器はブラックマーケットで一挺百十万ドルだ」レミックが笑った。「おれが七万ドルでこんな自殺にひとしい警護を引き受けるとでも思ったのか。冗談じゃない。おれの取り分は二千万ドル、非課税だ」

　ダフィーはいった。「あんたたちが全員、攻撃で死んだと、おれたちがアーマード・セイント本部に報告する、そのあとで、おれたちが道路でロス・セタスに殲滅《せんめつ》される——という計画だったんだろう」レミックが肯定も否定もしなかったので、ダフィーはいった。「いまの計画は？」

「おまえとゴードンしだいだが、おもにおまえしだいだ。ゴードンは従うだろうというほうにおれは賭けたいが、おまえがどっちに転ぶかわからない。ダフィー、ちがうか？」

　ゴードンの目が鋭くなった。「なにが狙いだ、レミック？」

「狙い？　おまえたちに金持ちになってもらいたいんだよ。ひとり二百五十万ドルあれば、ゴードン、養育費を払ったうえで、こういうこととはちがう仕事に就ける。民間軍事会社《PMC》は、おまえに声をかけないだろう。アフガニスタンでホットドッグ食いたさに仕事をしくじったからだ。ちがうか？」

「チリドッグだ」ダフィーは訂正したが、レミックとゴードンは取り合わなかった。

　ゴードンがいった。「あんたが声をかけた」

「そのとおりだ。そしておまえはここにいて、おれは一生に一度のチャンスをあたえようとしている」こんどはダフィーのほうを向いた。レミックのうしろで男たちが、グリーンの大型輸送機の尾部傾斜板から木箱をなおも積み込んでいた。「ダフィー、二百五十万あれば、ちびの奥さんもトイレ掃除をやらなくてすむようになると思わないか？　マンディーとハリーはどうなる？　モールの警備員の給料で、去年、どんなクリスマスができた？　いまおれの提案を断わったら、ふたりが大学へ進む見込みはどうなる？」

「くそくらえ」ダフィーは小声でいった。

「そうか」レミックが笑った。「おまえは頑固なヒーローだな。それはわかる。しかし、あのクレイジーホースで生き延びている部下はどうなる？　いまわたしは気前よくなっている。彼らにはひとりあたり百万やろう。それと、もちろん飛行機に乗せて山からおろしてやる。いまの状況では、計り知れない価値があるぞ。このあたりの麻薬密売人の諺《ことわざ》を、フローレス博士が教えてくれるはずだ。〝プロモ・オ・プラタ〟。鉛弾か銀か。銃弾をくらうか、金持ちになるか、ふたつにひとつだという意味だ。いまもそうなんだよ。おれといっしょに来れば、金をもらえる。あるいは、ここにいれば、十分後に来る黒い騎士二百人を相手にすることになる」

「フローレスはどうする？」

レミックが、首をふった。「交渉の余地はない。ここに置き去りにし、アルチュレタの手下どもに任せる。おれたちは手を汚さず、自然の成り行きに任せる」

「やつらに殺される」小声でダフィーはいった。

レミックが、肩をすくめた。「自然は残酷だ」ゴードンのほうを向いた。「ゴード、おまえは乗るんだろう?」

ゴードンの目が鋭くなった。「離陸したあとであんたがおれたちを飛行機から突き落とさないという保証がどこにある?」

「自衛本能だよ。人数を考えろ。こっちには非武装の操縦士と副操縦士、非武装の機上輸送係《ロードマスター》、おれを含めて武装した男が八人いる。おまえたちは六人だ。輸送機に乗ったあとも個人用武器は取りあげないから、なんならボゴタに着くまでずっと、貨物室で睨《にら》み合っていてもいい。戦いになっても互角だろう。くそ、銃弾一発くらいではイグラは爆発しないが、擲弾《てきだん》が当たったら爆発するかもしれないから、それが機内では礼儀正しく、友好的でいたいという動機になる」

「で、金は?」ゴードンがきいた。

ダフィーは驚いて首をまわし、ゴードンの顔を見て、本気で取引に応じることを考えているのだと不意に悟った。

レミックがいった。「おれのセーシェルの口座に送金されることになっている。そのあとで全員に送金する。ボゴタの買い手に引き渡したらすぐに、どこへでも望むところに振り込む」

レミックはつけくわえた。「おれたちみんなが口を閉じていれば、もうだれも死なずにすむ」

ダフィーはいった。「それで、地対空ミサイルを、具体的にだれに売るんだ？」

「それが問題なのか？」

「あんたにはどうでもいいことらしいな」

「まったくそのとおりだ。どうでもいい。悪党は悪用できるものを手に入れて、悪事を働く。おれがいてもいなくても、そうなるんだ。ちょっと便宜《べんぎ》を図ってやって儲《もう》けるのも悪くない。そして、おまえたちもおこぼれをもらう。これはものすごくいい計画だ。これをやるのに必要なものを、おれはすべて手に入れた。ただ、おまえたちがもうすこし従順になってくれれば助かる。おれと取引するのかしないのか、さっさといえ」レミックが、ゴードンに向かっていった。「ブラヴォー1《ワン》？」

「わ……わからない」ゴードンが、ダフィーの顔を見た。「選択の余地はなさそうだ」

ダフィーは、信じられないという目つきで、旧友のゴードンの顔を見た。「ゴードン、まさか本気でそう思って――」

「そうするか、死ぬかなんだ」

「ギャビーはどうなる？」

「銃、食糧、水をあたえて、松林に隠れるようにいう。彼女はこの地域を知っている。だいじょうぶだ」

ダフィーはあきれて目を剝《む》いた。そんなのは夢物語だ。〝悪魔の背骨〟でフローレスが一時間も生きられないことを、ダフィーは知っていた。レミックにもそれがわかっているから、みずから撃ち殺すようなことをやらないのだ。

だが、ゴードンは信じたいと思っていることを自分にいい聞かせ、レミックの顔を見た。

「乗るよ、ボス」

ダフィーはいった。「マイク、やめろ」

「賢い男だな、ゴード」レミックがいった。「ダフィー？　おまえの返事は？　わが家の小さな家族のことを考えろ」

ダフィーは溜息をついた。「チャーリー・チームはおりる」

こんどはゴードンが説得しようとした。「いいかげんにしろ、きょうだい。馬鹿なことはやめろ」

レミックがいった。「ダフィー、おまえは人間のかすだ。ただのイレヴンBB《バンバン》。陸軍歩兵だ。たしかに民間軍事会社《PMC》で何度か華々しい警護をやったが、犬橇《いぬぞり》の御者《ぎょしゃ》ではなく、橇を牽《ひ》く犬だ。脚をなくすまでずっと、おまえは橇犬だったんだよ。いまはくそ以下だ。

人生に一度は、リーダーになれ。あの装甲人員輸送車《APC》でおまえは部下を生き延びさせた。危機をさんざん乗り越えたあとで、部下の死刑執行令状に署名するのか？」

「いや、テロリストに地対空ミサイルを売る取引に署名して、彼らを巻き込みたくない」

「それじゃ……おれたちが飛び去るあいだ、ここにいるつもりか？　黒い騎士がやってきたら、仲直りするのか？　そういう計画か？」

　ダフィーは、フレンチーにまちがいなく聞こえるように、声を大にした。「四人があんたとあんたの部下に狙いをつけているし、輸送機を擲弾発射器《グレネード・ランチャー》でいつでも撃てるようにしている。満載されたミサイルが爆発したら、ＮＡＳＡが最初に出動を乞われるような高度まで爆発が届くだろう」

　レミックがまた笑った。「あと一歩でトライできなかったな。見え透いている。それは予測していた。アルファ３《スリー》のレイをおれのうしろのほうの林に配置し、イグラ‐ＳでおまえのＡＰＣを狙わせている。ヘッドセットでつながっているから、レイはいまこのやりとりを聞いているはずだ。おれが撃てといったら、クレイジーホースを忘却の彼方まで吹っ飛ばすだろうな」

　ダフィーは首をかしげた。「地対空ミサイルを、とまっているＡＰＣに向けて発射するのか？」

「おまえの部下のクルーズにきいてみろ。元特殊部隊員だから、敵の武器の扱いを知っているはずだ。イグラ‐SをAPCみたいな地上ターゲットを撃てるように変えるのは簡単だ。

そうなんだよ……ダフィー、おまえの手札はなんの役にも立たない。やろうと思えば、おまえの部下と仲のいい女ともだちを缶詰のスープに変えることができるんだ」

ヘッドセットから、フレンチーの声が聞こえた。「イグラを対戦車兵器に変えることはできると、クルーズが断言した」

くそ。ダフィーは思った。この可能性は、まったく予想していなかった。イグラ‐Sの威力に耐えられない装甲車に、全員が乗っている。

三人は長いあいだ沈黙していたが、やがてレミックがいった。「口がきけなくなったのか、ダフィー?」

小声でダフィーはいった。「頼む、やめてくれ」

レミックが、時計を見てから、ダフィーに目を戻した。マイクに向かっていった。「アルファ3《スリー》、やれ」

「やめろ!」ダフィーは甲高《かんだか》く叫んだ。

レミックの背後の松林からミサイルが飛び出すのを、ダフィーは見た。C‐130の機首前方で、五〇メートルほど離れていた。白い煙を曳《ひ》いて、ミサイルがダフィーの横を通過した。ダフィーはさっとうしろを向き、ミサイルがターゲットに当たらないことを祈った。

だが、ミサイルはフロントグリルに命中し、爆発によってクレイジーホースを完全にバラバラにした。鋼鉄のハッチが四方に飛び、ルーフハッチが空に向けて飛び、ガラスのウィンドウが溶けてなくなり、二〇〇メートル離れていたダフィーは爆発の轟音《ごうおん》と爆風で倒れそうになった。

64

ダフィーは目に涙を浮かべ、心臓をぎゅっとつかまれているような心地で、ただ見つめていた。

マイク・ゴードンが両手で頭を抱え、信じられないという表情が顔に張りついていた。うしろでレミックがいった。「弾着《インパクト》！ ターゲットは破壊された。金を払う相手が減った。なにがあったかを世界に伝えようとする、でしゃばりのメキシコ女も片づいた」

ダフィーは、拳銃を抜こうとした。「ちくしょう！ おまえを殺す、くそ――」

「動くな、ダフィー」レミックが警告した。「アルファ3《スリー》が、いまはライフルでおまえを狙っている。おれが命じたら、一発くらって、おまえの頭はぐしゃりと潰れる。これが生き延びて陽が沈むのを見る最後のチャンスだ。おれが鷹揚《おうよう》な気分になっているから、チャンスをやるんだ」

マイク・ゴードンがショックから立ち直り、ダフィーに詰め寄って、拳銃を抜いた。ダフィーの頭に拳銃を突きつけていった。「頼むよ、ダフィー。おまえのためだ。みんな死んじまった。おまえまできょう死ぬことはない」

ジョシュ・ダフィーは、ゆっくりと草地に膝《ひざ》をついた。

レミックが、肩ごしに見た。「あと二分で積み込みが終わる。そうしたら滑走してあの崖から飛び出し、侵食谷《キャニオン》を越える。三十秒以内に決めろ」

レミックが、ゴードンのほうを向いた。「ゴードン、おまえの考えは気に入ったが、その拳銃をおれに向けたら、アルファ3《スリー》が、めそめそ泣いているダチ公のつぎに、おまえを斃《たお》す」

ゴードンがうなずいた。「おれの考えは変わらない、ボス。友だちといっしょにここから逃げ出したいだけだ」

ダフィーはためらっていたが、決心した。立ちあがって、拳銃を抜き、レミックに向けて、避けられない銃弾を頭に受ける。部下が全員死んだ。命を託された人間がすべて死に、生きる目的がなくなった。ニコール、マンディー、ハリーのことは考えていなかった。いっしょに山を登り、死んだチームのことだけを考えていた。

ダフィーの目が鋭くなり、レミックのほうを見あげて、立ちあがろうとしたとき、雑音が耳にはいり、直後に無線連絡が届くとわかった。

「ボス？」フレンチーだった。ダフィーはまごついて、また膝をついた。「おれたちは無事だ。爆発直前に、全員、クレイジーホースの後部から出た。古い輸送機のカムフラージュの下にいる。C－130の向こうの林にスナイパーがいるのを目視してる。指示してくれれば……」

「そいつを殺《や》れ」ダフィーはいった。

レミックが首をかしげた。「だれを殺るんだ？」

さっと立ちあがって拳銃を抜こうとしていたダフィーの背後から、銃声が一度響いた。レミックが胸のライフルに手をかけ、なにが起きているのかわからなかったゴードンが、レミックの動きに反応して、拳銃をそちらに向けた。

レミックが、急を要する脅威になったゴードンに狙いをつけた。ゴードンは拳銃でレミックの前腕を撃ったが、その前にレミックがライフルから一発を放っていた。

ゴードンが吹っ飛んで仰向《あおむ》けに倒れ、それとほとんど同時にダフィーは上半身に強力な衝撃を受けて、体が大きく揺れて、うしろ向きに倒れた。拳銃は身動きしていないゴードンの体のそばに転がっていった。

ダフィーは、レミックを撃とうとしたとき、距離三〇メートルからアルファ2《ツー》に撃たれたのだ。

レミックが腕を押さえ、痛みに悲鳴をあげながら、両膝をついた。

アルファ・チームの数人が、あちこちにライフルを向けながら駆け寄ってきた。

アルファ・チームの面々は、クレイジーホースに乗っていた全員がミサイル攻撃で死んだと思い込んでいたので、フレンチーが放った一発についても、アルファ3《スリー》がレミックと同時にゴードンを撃ったのだと誤解した。

レミックは血まみれの腕を抱え込み、痛みにうめきながら、部下にひきずられていった。

ゴードンとダフィーのほうをふりむいた。ゴードンは血まみれで息を引き取るところで、ダフィーは両腕をひろげて仰向けに倒れていた。ダフィーの体に血は見えなかったが、レミックは自分の出血が気になり、早くC－130へ行って、腕のひどい貫通銃創の手当を受けたかった。

アルファ・チームは、輸送機に駆け戻っていった。


「ダフィー？　ダフィー？」フレンチーの声がヘッドセットから聞こえ、朦朧《もうろう》として草地に仰向けに倒れていたダフィーが目醒《めざ》めた。目をあけると、夕方から夜になりかけてどんどん暗くなる空の星を見あげていたので、わけがわからなくなった。

首を持ちあげると、グリーンの巨大な輸送機が地上走行《タキシング》を開始し、前を右から左に横切って、侵食谷《キャニオン》から遠ざかり、西の林の際に向かうのが見えた。

そこでダフィーは自分の体を見おろした。胸の上のほうが痛かったので、上半身を撃たれたのだとわかった。頭を狙ったのは明らかだが、弾丸が発射された瞬間にダフィーがぱっと立ちあがったので、下にそれたのだ。弾丸は抗弾ベストの厚いプレートに当たっていたが、もうすこし上に弾着していたら、右肩に近い肋骨《ろっこつ》の上のほうを撃ち抜かれ、重傷を負っていたはずだとわかった。

痛かったが、銃創ではないので、ダフィーは起きあがった。それと同時に、無線で伝えた。「だいじょうぶだ、フレンチー」

ゴードンのほうへ這《は》っていった。ゴードンは死に、眼球が裏返って、垂れたまぶたから白目だけが見えていた。首から血がにじんでいたが、勢いよく噴き出してはいなかった。

「くそ」ダフィーはつぶやいてから送信した。「レミックはどこだ？」

フレンチーが応答した。「輸送機が地上走行《タキシング》して離れていくときに、傾斜板を駆けあがっていた。あいだにアルファのやつらが何人もいて、狙い撃てなかったし、おれたちの位置を知られたくなかった」

ダフィーは、話をしながら周囲を見た。「ゴードンは死んだ。黒い騎士二百人がいまにも来ると、レミックがいった。計画が必要だ」

ダフィーは、C‐130のほうを見た。飛行場の斜面を登り、侵食谷《キャニオン》から遠ざかっていた。「どうしてあっちへ行くんだ、ナスカー？」

ナスカーが無線で答えた。「大型機だし、貨物を満載してる。離陸するのに滑走路をめいっぱい使わなきゃならない。向きを変え、ブレーキをかけてエンジン全開にし、離陸滑走をはじめるつもりだ。滑走路の端まで行ったら、加速して侵食谷《キャニオン》に飛びおりるしかない」

「わかった。スクイーズ、おまえの擲弾発射器《グレネード・ランチャー》で離陸前にC‐130を撃てるか？」

「クレイジーホースに発射器を置いてこなかったら撃てた。擲弾《てきだん》は二発しか残ってなかったし、Mk48と弾薬を持ち出すのが精いっぱいだった。すまない、ボス」

「正しい決断だった。その機関銃《MG》が必要になる」ダフィーは、飛行場の輸送機がとまっていたあたりを見た。蓋《ふた》があいている木箱がひとつあった。立ちあがり、そこへ走っていった。走りながら、クルーズを呼んだ。「チャーリー4《フォー》。イグラ‐Sの撃ちかたを知っているか？」

「SA‐24のことだな。猿でも撃てる」

「ここに猿はいない。撃てるのか？」

「あたりまえだ。撃てる」

ダフィーは、木箱の前まで行った。ミサイルは一発あったが、発射器がなかった。一分前にミサイルが発射された東の林の際を、すぐに見あげた。

長いミサイルを緩衝材から出して、林のなかにあるはずの発射器に向けて必死で走った。

「よし」ダフィーはいった。「ミサイルが一発手にはいった。これから発射器を取りにいって、そっちへ行く。クルーズ、あの輸送機を破壊して、地対空ミサイル《SAM》がテロリストの手に渡るのを防ぐことに、ためらいはあるか？」

「そしてアメリカ人を殺すことに？」クルーズが問い返した。

スクイーズが口をはさんだ。「ああ、だが、やつらはみんなくそ野郎だ」

「たしかにな」クルーズが溜息をついた。「かまうもんか。できればやつらを吹っ飛ばす。だけど、急いでくれ。Ｃ-１３０が方向転換して離陸位置につくまで、二十秒しかない」

「ああ」ナスカーがいった。「それに、黒い騎士が近づいてるはずだ」

アルファ・チームの死んだ男が、発射器とスナイパーライフルのそばに倒れているのを見つけたときには、ダフィーは完全に息切れしていた。発射器を拾いあげて、持ってきたミサイルを装塡《そうてん》し、草地の飛行場を横切って駆け戻った。あえぎながら走って、計画を無線で伝えた。「よし、いまそっちへ行く。みんな戦闘準備をしろ。あのＣ-１３０を破壊してから、向きを変えて黒い騎士を相手にする。おれたちが引き受けたときから、この仕事は片道切符だったんだ。いまそれがわかったし、おれたちの好きなようにやろうじゃないか」

「フーアッ、ダフィー」クルーズが叫んだ。

「ヘイ、ボス」ナスカーがいった。「べつの案があるかもしれないが、あんたは気に入らないかも」

「自分の計画も気に入らない」荒い呼吸をしながら、ダフィーはいった。「聞こう」

「あんたがレミックと撃ち合ってたときに、おれはこの古い輸送機に乗ってみた。機体はだいじょうぶで、タイヤは空気圧がかなり低いが無傷だ。いま操縦系統を動かしてみてる。この飛行機はだいぶ傷《いた》んでるし、コクピットで猫が死んだみたいなにおいがする」

「最後のパイロットの死体じゃねえのか」スクイーズがいった。

ナスカーは取り合わなかった。「昇降舵も補助翼も動く。問題はバッテリーが死んでることだ。電気がないと燃料計も動かない」

「それに、エンジンも始動できないんだろう？」

「いや、できるが、そのやりかたをあんたが嫌がるかもしれない。滑走路の向こうの侵食《キャニ》谷《オン》は、二四四〇メートルの深さだと、ギャビーはいってる。衛星画像で見たとき、なんの障害物もなく川までまっすぐ落ち込んでるとわかった」

ダフィーは、古い輸送機まで九〇メートルに近づいていた。背後でC－130が方向転換して、飛行場のほうを向いた。走りながら、ダフィーはいった。「なにがいいたい？」

「このおんぼろを押して飛行場の横の坂を下り、勢いがついたら、跳び乗ろうっていいたいんだ。侵食谷《キャニオン》の崖っぷちから跳び出して、急降下すると、プロペラがまわり、電力がすこし得られるはずだ。それでエンジンをかけられるかもしれない」

「〝はずだ〟と〝かもしれない〟ばかりの計画だな」

「たしかに。もちろん、ここから脱け出せなかったら、まちがいなく黒い騎士に殺される。だから……」

ダフィーはしばし考えた。「まずC－130を破壊するのに集中する。おれたちは死ぬかもしれないが、ミサイルがテロリストの手に渡って何千人もが殺されるのを防げるだろう」

65

C‐130が一八〇度方向転換して、飛行場とその先の侵食谷《キャニオン》に機首を向けるあいだ、オスカル・カルドーサは操縦士と副操縦士のうしろに立ち、コクピットに身を乗り出していた。レミックが、包帯を巻いた前腕を抱えて、すぐ横に来た。

「アメリカ人は全員、死んだんだな？」カルドーサはきいた。

「ひとり残っているみたいだが、チャーリー1《ワン》とブラヴォー1《ワン》は戦闘不能になった。残りは黒い騎士が片づけてくれるだろう」

「それで、イグラはすべて積み込んだんだな？」

「貨物室にある。木箱がいくつか載っているせいで傾斜板がおりたままだが、離陸前に部下が木箱をひっぱりあげて、傾斜板を閉じるはずだ」

操縦士が爪先《つまさき》でブレーキペダルを踏み、スロットルレバーを押した。エンジンの回転があがり、機体がガタガタ揺れたが、まだ前進しなかった。

操縦士が、レミックのほうをふりかえった。「傾斜板を閉めろ！ 行くぞ！」

カルドーサがどなった。「わたしがやる」後部へ走っていった。

だが、アルファ・チームの男たちは、傾斜板を閉められるように残った木箱ふたつをひっぱりあげようとはせず、話し合っていた。おりたままの傾斜板にまだその最後の二箱が残っていた。

「どうした？」カルドーサはきいた。

「アルファ3《スリー》が乗っていない」ひとりが、とまどったようすでいった。

「どうでもいい」カルドーサはいい、木箱ひとつをつかんだ。アルファのひとりがいっしょに傾斜板を下って、ひっぱりはじめた。

そうしながら、その男がいった。「3《スリー》は発射器を一挺持ってる」

「それなら、売れるのは五十九挺ではなく五十八挺だな。そいつは分け前をもらえないから、ひとりあたりの額は減らない」

ふたりは最初の木箱を傾斜板の上にひっぱりあげ、もうひとつをひっぱった。木箱とふたりが機内にはいったらすぐに傾斜板をあげて固定できるように、機上輸送係がそばに立っていた。

アルファの武装警護員は、かなり心配しているように見えた。アルファ3《スリー》はその男の友人だったのかもしれないとカルドーサは思い、どうでもよかったが、いちおうきいた。

「なにが問題なんだ？」

木箱と男たちが、傾斜板を離れた。C－130が勢いよく前進し、全員がバランスを崩した。凹凸《おうとつ》のある草地の飛行場で、C－130が横揺れしたり跳ねたりしながら走り出し、カルドーサの横で機上輸送係が傾斜板を閉めるボタンを押した。

カルドーサの横に立っていたアルファの武装警護員が、騒音のなかで聞こえるように、大声でいった。「3《スリー》は、発射器から一発撃った」

カルドーサはすぐさま察した。レミックは、チャーリー・チームの生き残りがすくなくともひとりいるといっていた。「敵がひとり生き残っていて、発射器と地対空ミサイルを手に入れるかもしれないというんだな？」

傾斜板が半分閉まりかけていて、ターボプロップ機が甲高《かんだか》い爆音とともに侵食谷《キャニオン》に向けて滑走路を下っていた。

「離陸を中止しろ！」カルドーサは叫んだが、チーム無線のヘッドセットをつけていなかったので、横にいた男に聞こえただけだった。

滑走路を下っていた輸送機が、しだいに速度をあげた。

カルドーサは、積まれた木箱と、そのまわりに立っている男たちを見てから、閉まりかけている傾斜板に目を向けた。一瞬ためらっただけで、傾斜板を駆けあがり、横揺れしている輸送機からまっさかさまに跳びおりたとき、うしろで傾斜板が閉じた。

66

ダフィーはなおも飛行場を横切って走っていた。大きな発射器、抗弾ベスト、弾倉帯、完璧とはいえない心臓血管系、義足のせいで、速度が鈍っていた。

ダフィーが輸送機に向けて走っていると、クルーズの声がヘッドセットから聞こえた。

「ボス、Ｃ－１３０が離陸滑走を開始した。侵食谷《キャニオン》に降下して飛び去るつもりだ。地対空ミサイル《SAM》が飛行場に残っているのを知ってたら、低空飛行で逃げるだろう」

「ということは？」

「ということは、ここから撃つのは無理だ」

ダフィーは理解した。「しかし、おれたちが空にあがれば——」

ナスカーが、その考えを終わりまでいった。「そうしたら、レミックを追える。この飛行機はやつの飛行機ほど速くないが、ＳＡＭの射程は八キロのはずだ」

クルーズがいった。「実質はその半分だが、おれたちに追跡されてるのにレミックが気づかなかったら、最大速度は出さないだろう。やれるよ」

「この計画は嫌だね、チームリーダー《TL》！」スクイーズが、口をはさんだ。「どうして機関銃でC‐130を撃たないんだ？」

「いまやつらは、おれたちが生きているのを知らない。おれたちの銃ではミサイルを爆発させられない。応射を浴びるし、やつらは逃げるかもしれない」

　こんどはクルーズが叫んだ。「南の道路からピックアップが接近しているのが見える。かなりの数だ！」

　ダフィーは、首をまわしてそっちを見ずにいった。「どれくらい……離れている？」

「六〇〇メートル、近づいてくる」

「そのおんぼろ輸送機に賭けるしかない」ダフィーはいった。

「だったら、早く来い、ボス！」ナスカーが叫んだ。

　ダフィーが輸送機のそばに着いたとき、チャーリー・チームの四人がカムフラージュネットをはがしはじめた。

「くそ。近くで見ると、こいつはものすごいありさまだな」

　フローレスがいった。「だけど、黒い騎士は近くで見たらもっとものすごいわよ」

　フローレスが副操縦士席に乗り、輸送機を押し出せるようにクルーズとスクイーズが、機首から草木をむしり取った。

ダフィーは、後部の小ぶりな傾斜板をあけて登り、胴体右側のベンチシートの下にミサイル発射器を入れた。クルーズとスクイーズが、胴体の右側を押しはじめ、ダフィーは後部から駆け出して、左側を押しているフレンチーを手伝った。

ナスカーは尾部で傾斜板を押しながら、コクピットのフローレスに指図した。「ギャビー、フットバーで舵をとれ。あの下り勾配を目指す。なにをやればいいか、ここからあんたに教える」

「どうして滑走路へ行かないの?」

「遠すぎる。おれたちは横のほうで崖から飛び出す」

タイヤの空気が抜けた輸送機を、男五人が押した。最初は動きが鈍かったが、崖に向けて傾斜を下るにつれて速度があがった。飛行場は左にあり、尾根筋を通っているので、侵食谷《キャニオン》に落ち込むまでだいぶ距離がある。だが、ナスカーは二〇〇メートルしか離れていない場所に狙いをつけているのだと、ダフィーは気づいた。速度を増すには距離が足りないが、二四四〇メートルの深さの侵食谷《キャニオン》に落ちていけば、重力によってすぐさまじゅうぶんな速度が得られるはずだと思った。

そのとき、小銃弾の鋭いヒュッという音が、周囲の空気を貫いた。

クルーズが叫んだ。「後方に敵を発見！　二七〇メートルうしろだ」

フレンチーがいった。「もっと強く押せ、友人たち《メ・ザミ》」

ふたたび自動火器の銃弾が、うなりをあげてそばを通過した。ピックアップから撃っている男たちは、揺れや上下動に対処しなければならず、狙いが狂っていたが、まぐれで一発当たっただけでも悲惨なことになるのを、ダフィーもあとの四人も承知していた。

「交戦するな！」ダフィーは叫んだ。「押しつづけろ！」

ナスカーがいった。「ギャビー、右フットバーを踏んでくれ。すこしでいい。よし！　坂の上に出た。これから速度があがる。みんな、乗り込め！　急げ！」

「おれが最初だ！」スクイーズが叫び、あいたままの傾斜板に向けて走った。

だが、ナスカーはスクイーズよりも先に機内にはいった。「おれが操縦士《パイロット》だ、馬鹿野郎。邪魔をするな！」

「4《フォー》、乗った！」キャビンのフロアに倒れ込みながら、クルーズがいった。

CASA・C‐212の走行速度は、急傾斜の一メートルごとに速まっていた。

ダフィーはクルーズのすぐうしろから乗り、上下に揺れるフロアに膝《ひざ》をついて、うしろを見た。「フレンチーはどこだ？」

ナスカーがマイクで伝えた。「操縦装置についた！」

「急げ、フレンチー！」ダフィーは叫んだ。

　年配のフランス人は、あいたままの小さな傾斜板の三メートルうしろにいて、必死で走っていたが、遠ざかっているように見えた。ダフィーは傾斜板の垂直の油圧ジャッキにつかまり、傾斜板の端までおりていった。頭を低くして、精いっぱい体をのばしながらいった。「おれの手につかまれ」

「そうしようとしてるんだ！」

　銃撃がふたたび空気を貫き、ピックアップ・トラック数台が一〇〇メートル以内に近づいていた。一発がダフィーの右で機体を貫いた。ダフィーは首をすくめたが、精いっぱい体をのばし、必死でフレンチーの指をつかもうとした。

「ライフルを捨てろ！」ダフィーはわめき、フレンチーがそのとおりにした。すこしは速く走れるようになったが、それでも速度を増していた輸送機には追いつかなかった。

　これではだめだ、ダフィーはどなった。「ナスカー！　速度を落とせ！」

「できない！　あと十秒で崖から落ちる。速度が――」

　そのとき、フレンチーが歩度を落とし、立ちどまった。膝に手をついて、マイクに向かってあえぎながらいった。「すまない、ダフィー……もうだめだ」

「あきらめるな」ダフィーは叫んだ。

あいている傾斜板の一二メートルうしろで、フレンチーが向きを変え、拳銃を抜いて、敵車両に向けた。

「だめだ！」ダフィーはもう一度叫んだ。

フレンチーが二発放ち、容赦ないライフルの射撃で薙《な》ぎ倒された。

「フレンチーが殺《や》られた！　チャーリー3《スリー》、斃《ダウン》れた！」

ナスカーが、ヘッドセットに向かって叫んだ。「みんな、なにかにつかまれ。空に飛び出すぞ！」

ダフィーはキャビンに駆け戻り、コクピットへ行った。「傾斜板はどうやって閉めるんだ？」

「傾斜板はどうでもいい」ナスカーがいった。「行くぞ！」

地面にぶつかり、揺さぶられ、跳ねていたのが、急に静かになり。すぐにその静けさが、音量と激しさを増す風に取って代わられた。

CASA・C‐212は、ほんの二秒間、水平を保ってから、機首が急に下がって、地表めがけて垂直に落ちていった。

ナスカーがわめいた。「ええい、くそ！」

67

ダフィーは、二四四〇メートル下の岩や木立を風防から見た。白く見える激流が、一秒ごとに大きくなるように見えた。「コントロールできているのか？」

操縦士席からナスカーがどなった。「そんなふうに見えるか？」

ナスカーは操縦装置と格闘していて、かなり力を使っているのが、声でわかった。「もうちょっと揚力を得るのに、機首をあげないといけない。これでも……精いっぱい……引き起こし……てるんだ！」

「エンジンを始動しろ！」

「まだだ。もっと……速度があがらないと」

うしろからスクイーズがどなった。「岩みてえに落ちてるんだぜ。それでも速度が足りねえのか？」

大きな音が聞こえた。最初は銃声のように思えた。

「いまのはなに?」フローレスが悲鳴をあげた。

「補助翼を動かすワイヤーが一本切れた。だいじょうぶだ。予備がある」

「それじゃ、どうして落ちつづけているんだ?」ダフィーはいった。

「おれが一所懸命やってるの、見てるだろ?」

「あそこに川がある」フローレスがいった。「どんどん近づいている」

スクイーズが、声を張りあげた。「こいつを飛ばせ、くそったれの白人野郎!」

「みんな黙れ!」ナスカーがどなり返した。「よし、エンジンを始動する。だいじょうぶだ」

二基のエンジンが咳き込み、不規則に回転した。二基が交互にバックファイアを起こしたが、やがてプロペラがまわりはじめ、黒い煙がうしろにたなびいた。

だが、まだ六〇度の降下角で地面めがけて落ちていた。

ナスカーがいった。「機首を……あげ……なきゃ……ならない。みんな、キャビンのうしろのほうへ行け」

スクイーズは従わなかった。「あきっぱなしの傾斜板のそばに行けっていうのかよ?」

「機首をあげるのに役立つ」

「やれ!」ダフィーはどなった。「フロアを登れ。側面にあるベンチの脚をつかめるようなら、梯子《はしご》代わりに使え。ギャビー、あんたは副操縦士席でじっとしてろ！」

男三人が輸送機の後部へ這《は》っていって、傾斜板の上方で、隣の男にしがみついた。

スクイーズが、怯《おび》えた目でダフィーのほうを見た。「こんな恐ろしいこと、よく考えつくな、陸軍」

ナスカーがいった。「待て。感じる。降下角が小さくなってる」ダフィーも感じた。数秒後には、水平飛行に移っていた。

クルーズがいった。「飛んでる」そして、首をかしげた。「おれたちは飛んでるんだよな、ナスカー？」

「ああ、そうさ、ベイビー。くそ飛んでる！」

「レミックの飛行機は見えるか？」

「北にバンクをかけるから、待ってくれ」ＣＡＳＡ・Ｃ－２１２が、ゆるやかな旋回をはじめた。数秒後に、フローレスが口をひらいた。

「ナスカーさん？　侵食谷《キャニオン》の反対側に近づいているわよ」

「わかってる」

距離九〇メートル以下で、東の岩壁に激突せずにすみ、まもなく侵食谷《キャニオン》のなかで北に向かって上昇していた。

ダフィーは、コクピットに戻り、ナスカーの肩ごしに暗い侵食谷《キャニオン》を眺めた。夜の帳《とばり》がすべてを覆《おお》っていた。「なにか見えるか？」

探しつづけていたナスカーがいった。「あそこだ！」風防の上のほうを指さした。「まだ侵食谷《キャニオン》内をゆっくり低空飛行してる。北へ飛ぶあいだ、レーダー波の下を潜るつもりなんだろう。おれたちの右前方、約二キロだ」

ダフィーはいった。「やつは、おれたちに追われているのに気づいていない」

クルーズがいった。「ミサイルを用意する」

さらに数秒、飛行してから、フローレスが口をひらいた。「ナスカーさん、わたしはパイロットじゃないけれど、燃料がだいぶすくないんじゃないの？」

ナスカーが燃料計を見て、手袋をはめた指で叩いた。「くそ、くそ、くそ！　燃料計によれば、ほとんど残ってない。短いフライトになりそうだ！」

「そのあとは？」スクイーズが、語気鋭くきいた。

「そのあとは、落ちる」

クルーズが発射器を片手で持ち、コクピットのほうをふりかえった。「墜落するってことだな？」

「なあ、デッド・スティック（エンジンもプロペラもとまった無動力状態）で、どこかの飛行場に行けるわけがないだろう？」

だが、フローレスは明るい面を見ていた。「でも、一分前よりはずっとましよ」

「了解、博士。いまのところは。またやばいことになるまで、フライトを楽しんだほうがよさそうだ」

68

シェーン・レミックは、これまでの二分間、コクピットで操縦士と副操縦士のうしろで風防ごしに離陸を見守るのと、右前腕の血まみれの包帯を締め直すのに、交互に注意を向けていた。ゴードンが放った弾丸は骨にあたり、おそらく砕いたようで、痛みはすさまじかったが、命を落とさず六千万ドル以上に相当する地対空ミサイル《SAM》を運び出せたことに、有頂天になっていた。

侵食谷《キャニオン》の上に出るために上昇したとき、ヘッドセットが頭からはずれ、膝《ひざ》のあいだでコードからぶらさがっていることに、レミックは気づいた。ヘッドセットをかけ直すと、呼び出そうとしている後部の部下たちの声がすぐさま聞こえた。

だが、レミックが応答する前に、アルファ2《ツー》が不安げな顔でコクピットに駆け込んできた。

レミックは、2《ツー》を安心させようとしていった。「ちょっと通信できなくなっただけだ。

だいじょうぶだ」相手の表情が変わらなかったので、レミックはきいた。「なにが起きた、ヴァンス？」

「レイは乗れなかった」

「くそ、あそこで撃ち合いになったときに狙撃されたにちがいない」

ヴァンスが首をふった。「でも、問題はレイのことじゃないんです。発射器とミサイル一発が、まだあそこの地上にある」

ダフィーが死んでいたとしても、チャーリーがすくなくともひとり、まだ生きているのを、レミックは知っていた。「くそ。カルドーサはどこだ？」

ヴァンスがいった。「そのＳＡＭのことをいったとたんに、この飛行機から跳びおりた」

レミックは、カーゴポケットから衛星携帯電話をさっと取り出した。この九十秒のあいだに、カルドーサから三度、着信があった。

くそ。

レミックは、アルファ2《ツー》から目を離し、操縦士のほうをへ顔を向けて、耳もとで甲高《かんだか》くどなった。「対抗手段《カウンターメージャー》を積んでいるだろう？」

「対抗手段《カウンターメージャー》？」

「チャフ／フレアー散布器《ディスペンサー》のことだ！」

「チャフもフレアーもあります」警戒する口調で、操縦士がいった。「どうして？」

「散布しろ！　携帯式防空システム《MANPADS》を持っている敵が、飛行場にいる」

　操縦士がただちに、熱いフレアー（ミサイル回避用の囮発熱発光弾）と、チャフ（金属箔の細片）をばらまく円筒を、C－130の機体側面から発射した。そうしながら、スロットルレバーと操縦輪を押して、加速し、侵食谷《キャニオン》の縁の下に降下しようとした。「侵食谷《キャニオン》の縁よりも下を飛べば、飛行場から狙い撃つことはできません」

　レミックは、安全だと確信してはいなかった。「用意しているものをすべてばらまけ。早くやれ！」

69

C‐130の一・五キロメートル以上うしろで八〇〇メートル下を飛んでいたCASA・C‐212の機内で、ダフィーはトニー・クルーズが持っている発射器を見た。「おれたちは、これをやるんだろう？」

「発射準備はできてる、ボス」

そのとき、ナスカーがいった。「レミックの飛行機がフレアーとチャフを射出してる！高度を下げてる」

ダフィーはいった。「発射器がこっちにあるのを知っているんだ。おれたちに飛行機があるのを知っているかどうかはわからない」

クルーズが叫んだ。「急ごう！」

スクイーズ、クルーズ、ダフィーが、尾部のほうへ行った。左側の降下用ドア《ジャンプ》は、ハッチというよりはただの開口部で、ストラップを横に渡してバックルで留めてあるだけだった。クルーズがあたりの状況を見て、プロペラの轟音《ごうおん》のなかで聞こえるように大声でいった。「こうするしかない。ミサイルがプロペラに当たっておれたちが吹っ飛ばされるのはごめんだし、キャビンのみんなが後方爆風《バックブラスト》をくらわないようにしなきゃならない。ナスカー、おれの合図で右にバンクをかけてくれ。おれはストラップにもたれて身を乗り出し、発射器をドアの外に突き出す。レミックの飛行機にミサイルがロックオンしたら、後方爆《バックブラ》風《スト》があいてる傾斜板を抜けるような角度で撃つ。それから発射器を捨て、体をひっこめる」

　全員が理解したことを、ダフィーは確認した。

　ナスカーが了解したと答えてから叫んだ。「くそ。第二エンジンの回転がばらついてる。燃料がなくなりかけてる」

　クルーズが叫んだ。「右旋回！」

　エンジンが二基とも咳き込むのを、ダフィーは聞いた。CASA・C‐212の機体が、ゆっくり傾いた。

　クルーズがいった。「みんな、機首寄りに行け！」

　だが、ダフィーとスクイーズは、ストラップが切れてクルーズが落ちそうになった場合に備えて、クルーズの抗弾ベストをつかみ、発射器の後方からできるだけ体を遠ざけた。

クルーズが発射器を構えて、機首方向の侵食谷《キャニオン》のすこし上のほうに狙いをつけた。左右にバンクをかけながら側面からチャフとフレアーをばらまいているグリーンのＣ-１３０が、そこで残照を浴びていた。

ＣＡＳＡ・Ｃ-２１２のエンジンが最後にもう一度咳き込み、プロペラがとまってフェザリング（そのままだと抗力が大きいので、ブレードを進行方向とほぼ平行にすること）の状態にされ、静かになった。

ナスカーがいった。「滑空してる。高度七三〇〇フィート」

だが、クルーズは聞いていなかった。イグラ-Ｓの自動追尾スイッチを入れた。弾頭の目標追尾センサーがターゲットを捜し、ブザーのような電子音が鳴った。

一秒後に、もっと大きく甲高《かんだか》い電子音が聞こえた。

「ロックオンした！　チャフのあいだに敵機が見える！　発射する」

ダフィーは顔をそむけて、胴体の内壁に押しつけた。片手はいまもクルーズの抗弾ベストのストラップをしっかり握っていた。

ミサイルが発射された。炎と煙がＣＡＳＡ・Ｃ-２１２のあいたままの傾斜板から尾部に向けて噴き出し、左主翼の上をかすめるように飛んだミサイルが、ターゲットめがけてまっすぐに上昇した。

クルーズがすぐさま発射器を降下用《ジャンプ》ドアから投げ捨て、スクイーズとダフィーがクルーズを機内に引き戻した。三人ともフロアに仰向《あおむ》けに倒れた。

三人は急いでコクピットのほうへ這《は》っていったが、ナスカーがヘッドセットで実況中継を伝えた。

「ミサイルは追尾してる。追尾してる。C－130はなおもバンクをかけて、回避しようとしてる。ミサイルはフレアーとチャフを無視し、なおもC－130を追ってる！」

ダフィーが立ちあがってフローレスの肩ごしに眺め、クルーズがナスカーのうしろから見ていると、大きなC－130の右翼でミサイルが起爆した。前方でC－130が螺旋《らせん》降下に陥って、侵食谷《キャニオン》の底に向けて落ちていき、高度がどんどん下がり、視界から消えた。

やがて大爆発の音が聞こえ、空中で機内の積み荷がすべて起爆したとわかった。百発以上のミサイルが、レミックやアルファ・チームのくそ野郎を道連れに、とてつもない爆発を起こしたのだ。

ナスカーが拳《こぶし》を宙に突きあげた。「一機撃墜、こんちくしょう！　おれさまは戦闘機パイロットだぜ！」

クルーズはもっと静かだった。「たまげた。シェーン・レミックを吹っ飛ばした。おれは有名になる」

「ここから脱け出せれば、ということだ」ダフィーはいった。「ナスカー、不時着までどれくらいだ?」

「高度が六四〇〇フィートある。最大で三分は飛べる」

「黒い騎士からできるだけ遠ざからないといけない」

「了解した。この侵食谷《キャニオン》を北に向けて滑空して、精いっぱい遠くへ行く。だいぶ暗くなってきた。絶壁にぶつからないように、みんなしっかり見ててくれ」

「たいへんだわ」フローレスが、そっとひとりごとをいった。

70

オスカル・カルドーサは、暗いなかで身を隠して、森の奥深くに立ち、正面の飛行場を眺めていた。殺し屋《シカーリョ》二百人以上があちこちに立って、侵食谷《キャニオン》を覗《のぞ》き込み、話し合ったり、衛星携帯電話や無線で交信したりしていた。カルドーサには、それが首を失った奇怪な生き物のように見えた。頭目を失った彼らは、指針のない殺し屋の群れで、復讐だけのために統一を保っている。

彼らが姿を消すまで、カルドーサは森から出るつもりはなかった。

ほんの一分前に、C－130がバラバラになったことを物語る遠い爆発音が聞こえた。自分の計画、身を護《まも》り、メキシコから安全な場所に逃れるというもくろみが、盗んだミサイルとともに煙となって消滅したことを、カルドーサはその瞬間に悟った。レミックは死に、ミサイルは消滅した。ボゴタで会う予定だった買い手が、六千万ドルを支払うことはない。

すべて失われた。黒い騎士のほうへ歩いていって撃ち殺されるのを待とうかと思ったが、それはほんの一瞬だった。オスカル・カルドーサは策謀家なので、この難問に取り組み、運がふたたび向いてくる方法を探そうと頭が働きはじめるのを、とめることができなかった。

カルドーサの計画を妨《さまた》げた少数のアーマード・セイントの武装警護員が、いまなお最大の不確定要素でありつづけている。彼らが飛行機に乗って侵食谷《キャニオン》に飛び込むのを見た。その飛行機がそのあとどうなったのかは見ていないし、音も聞いていないが、数キロメートル北でレミックの輸送機が撃墜されたことからして、そのちっぽけな輸送機が戦闘機もどきに改造されたのだとわかった。つまり、武装警護員たちは生き延びたのだ。

その男たちは、なにもかも知っているにちがいない。いや、カルドーサ本人のことは知らない。しかし、ロス・セタスのことやレミックの計画のことは知っている。レミックに共犯者がいて、ロス・セタスが車列を襲撃するようにしたのだと推理するはずだ。グルポ・デ・グアダラハラ、シナロア・カルテル、生き延びた幹部が率いる黒い騎士までもが、すべてをつなぎ合わせて、この企てを立案したコンサルタントがミサイルを手に入れるための裏切りの首謀者だと気づくにちがいない。カルドーサの危険きわまりない苦境は、急速に悪化するいっぽうだった。

ほかの手立てを講じる前に、あのおんぼろの古い輸送機に乗っている男たちを、まず片づけなければならないと、カルドーサは気づいた。

カルドーサは衛星携帯電話を出して、電話をかけ、耳に押し当てた。

数度の呼び出し音で、相手が出た。

「もしもし《ブェノー》?」

「ロボ、わたしだ」

「カルドーサか? どこにいる?」

「飛行場だ」

「ロス・カバジェロス・ネグロスといっしょに?」

好都合だと、カルドーサは思った。黒い騎士がここにいるのを知っているのは、ロボがそう遠くないところにいるからだ。「いや、アミーゴ。わたしは隠れているが、ジープには戻れない。こいつら《ペンデホ》がいなくなったら、迎えにきてほしい」

「あの爆発はなんだった?」

「アメリカ人と盗んだミサイルを乗せた飛行機が爆発した。アーマード・セイントのやつがそれに乗って逃げようとしたが、べつのアメリカ人に撃墜された」

ロボが、その情報についてしばし考えた。「それじゃ……おれたちの仕事は終わったのか？」

「まだすこし残っている。その最後の生き残りを見つける必要がある。四、五人だろうが、なにがあったか知っているから、わたしたちに大きな問題になる。そいつらは、侵食谷《キャニオン》を北へ飛んでいった小さな輸送機に乗っている」

「それはあんたの問題みたいだがね、カルドーサ」

「そいつらは西シエラマドレから脱出しようとしている。ここでなにが起きたかを知っている。ロス・セタスがここにいることと、アメリカ人警護員の幹部が黒い騎士に攻撃を仕掛けたことを知っている。陸軍はもう〝悪魔の背骨〟は攻略しない。北のあんたたちの縄張りを攻略するだろう。黒い騎士は傷をなめて、ふたたびやってくる。このアメリカ人どもを殺す必要があるんだ」

「追いかける飛行機が、おれたちにはない」

カルドーサはにやりと笑った。「アルチュレタがわたしに、その飛行機はろくに飛べないし、何年も飛んだことがないといった。遠くへは行けないはずだ。低空におりて、不時着できる場所を探すにちがいない」

ロボが指図を受けるのが嫌いなことを、カルドーサは知っていた。だが、シウダー・フアレスで自分の指導力が問われるのを気にしていることも知っていた。自分の組織の存続のために、ロボはこれをやらざるをえない。「いいだろう《ブェノ》。午前零時に、トラック一台を迎えにいかせる。あとのおれたちは、〝背骨〟沿いに北へ向かい、侵食谷《キャニオン》の底におりて、アメリカ人《グリンゴ》を捜す」

通話が切れた。カルドーサは、これから何時間も森のなかでじっとしていなければならないが、活動をやめるつもりはなかった。

つぎの手立てを計画するつもりだった。六千万ドルは煙になって消えたが、カルドーサの夢は生きつづけている。適応し、乗り越えるつもりだった。

カルドーサは逆境などものともしない。

71

ナスカーは、コントロール・コラム（コントロール・スティックとは異なり、上部に操縦輪［コントロール・ホイール］がある操縦桿）と戦っていた。「動力《パワー》があっても、この屑鉄《くずてつ》を操縦するのはたいへんだと思ったが、デッド・スティックだとぜんぜん反応しない。それに、侵食谷《キャニオン》の前方にカーブがある」

「どうすればいいの？」フローレスがきいた。

ナスカーがいった。「全員、キャビンの右側へ行ってくれ！　この屑鉄を旋回させられるように」

後部の男三人がそうした。ダフィー、スクイーズ、クルーズが、右側の内壁に精いっぱい体を押しつけた。「効果はあるか？」ダフィーは大声でいった。ヘッドセットで全員の声を聞くことができるが、小型輸送機の機内は無線が必要ないくらい静かだった。

「ああ！」ナスカーが大声で返事をした。「右に旋回してる。よし、もとの場所に戻れ」

ダフィーがコクピットのうしろに戻ったとたんに、ナスカーが悪態をつくのが聞こえた。

「ああ、くそ！」

こんどはなにが問題なのかときこうとしたが、風防から暗くなっていく前方を見て、問題を見てとった。「くそ」

副操縦士席でフローレスもいった。「くそ」

「どうした？」スクイーズが、うしろから叫んだ。

ナスカーがいった。「侵食谷《キャニオン》が狭くなってて、橋が架かってるんだ」

ダフィーは、命令口調でいった。「下をくぐれ」

「くぐれない。川に突っ込んじまう。いまの高度は三〇〇フィートだ」

「それじゃ、上を越えろ！」

「あれを越えるには、荷重を軽くしないといけない。衝突まで九十秒しかない」

「どれくらい軽くすればいいんだ？」まわりを見まわしながら、ダフィーはきいた。

「算数はいつも苦手だったんだ、ボス。だからメキシコくんだりで、壊れかけた飛行機を飛ばしてるのさ」

ダフィーは、そのことをぐずぐず考えてはいなかった。時間がない。「チャーリー・チーム、バックパックを捨てろ！　武器とベルトや胸掛け装備帯《チエストリグ》につけてるもの以外は、すべて機外にほうり出せ！　バックパックとポケットにはいってるガラクタをすべて、傾斜板から捨てろ！」すぐさま訂正した。「ベルトの救急用品は捨てるな」

三人はバックパック、無線機、野戦食《MRE》、手榴弾、フラッシュライトをはずして、ジャンプドアか傾斜板から投げ出した。

スクイーズがいった。「食糧も水もなくなった」

ダフィーが答えた。「川に落ちたら、水のことは心配せずにすむ。どうだ、ナスカー？」

「まだ足りない！　これじゃ橋の上を越えられない！」

ダフィーがまた叫んだ。「抗弾ベストをはずせ！　銃と弾薬だけとっておけ！」

ほとんど無音で滑空していた輸送機の機内が、やかましくなった。後部の男三人が、〈ベルクロ〉のバックルをはずし、抗弾ベストのプレートを抜いて、それも傾斜板から投げ捨てた。

ナスカーがいった。「ギャビー、おれはコントロール・コラムから手を離せない。おれのプレートも抜いて、うしろの連中に渡してくれ」

フローレスがナスカーの胸掛け装備帯《チェストリグ》の下に手を突っ込むのに数秒かかったが、すぐさま前部の抗弾プレートを引き抜いた。ナスカーが前かがみになり、フローレスが背中のプレートも引き抜いて、ダフィーに渡した。プレートはすべてただちに傾斜板から投げ捨てられた。

「これでぜんぶだ」ダフィーはいった。「うまくいくか？」

ナスカーが、傷ついた獣のようなうめき声を発した。「だめだ！　あと四十五秒で衝突する！」

ダフィーは、あとのふたりのほうを向いた。「機関銃とライフルと弾薬！　それも捨てろ！」身を乗り出して、ナスカーのカービンを取り、後部へ向かおうとした。

スクイーズがいった。「嫌なこった！　弾薬は捨てねえよ！」

「捨てろ！　着装武器《サイドアーム》だけ残せ」

クルーズが、あいている後部傾斜板のほうを向いて、機首寄りの隔壁にもたれ、Mk48軽機関銃を構えた。「プエルトリコ人は、こうやって弾薬を捨てるんだ！」

撃ちはじめた。後方に向かって、連射を放った。

「聞いたぜ」スクイーズが叫び、おなじようにした。

銃声でほとんどなにも聞こえなかったが、ナスカーの叫び声が耳に届いた。「おい、おい、効果があるぜ！　すこし推進力になってる。ダフィー、あんたもまっすぐうしろを撃て！」

ダフィーはひざまずき、背中を操縦士席にくっつけて、ナスカーのM4カービンのセレクタースイッチを連射に入れた。三秒以内に弾倉一本分を撃ち尽くし、ナスカーの胸掛け装備帯《チェストリグ》からはずしたもう一本を抜いて交換し、また撃った。

ナスカーがまた叫んだ。「撃ちつづけろ！　うまくいってる！」

スクイーズが再装塡《そうてん》を終えて、ふたたびバタフライトリガーを押した。Mk48の空薬莢《からやつきよう》と保弾子《リンク》がいたるところに落ちたが、スクイーズは撃ちつづけた。「おれは死んだ飛行機のくそジェットエンジンだぞ！」

クルーズも撃ち尽くして、再装塡した。「最後の弾倉だ。残弾なし《ウインチエスター》」ふたたび後方に向かって撃ちはじめた。

スクイーズが、甲高《かんだか》く叫んだ。「銃身が溶けてる！　オー、イェー、ベイビー！」

やがて、九百発近い弾丸が絶壁から跳ね返って散らばる音の反響が消えて、あたりは静寂に包まれた。

三人はカービンと軽機関銃を投げ捨てた。

「ナスカー？」後部からダフィーは叫んだ。

「ぎりぎりだ、ボス！　がんばれ、こんちくしょう！」

ギャビー・フローレスが叫んだ。「お願い、神さま！」

つづいて、数秒後にナスカーがいった。「やった！　越えた！」

全員が歓声をあげ、クルーズとスクイーズがハイファイヴをやった。

一瞬沈黙が流れ、ナスカーがいった。「高度一〇〇フィート。川に落ちる。全員、尾部傾斜板へ行って、おれの指示で跳びおりろ」

「おまえはどうする？」ダフィーはきいた。

「機体を安定させなきゃならない。おりたらそれができない。着水してから脱出する」

ほかに方法はないと、ダフィーにはわかっていた。「死ぬな。これは命令だ」

「最高の命令だぜ、ボス」

ダフィーは、手袋をはめた手をフローレスの肩に置いた。「行こう」

フローレスがナスカーの肩に手を置き、すばやく無言で祈り、肩をぎゅっと握った。それから、ダフィーといっしょに後部へ行った。

スクイーズとクルーズが、すでにそこにいて、眼下の流れを見ていた。

「あれは川じゃねえよ」スクイーズがいった。「消火ホースだ！」

ナスカーが、コクピットから叫んだ。「まだだ。おれの合図を待て。まだ高すぎる」

スクイーズが、こんどはダフィーのほうを向いた。「ボス、その義足、水のなかではずれるんじゃねえか？」

「だいじょうぶだ。ズボンの裾《すそ》をブーツにきつく突っ込んであるから、おれがはずそうとしないかぎり、はずれない」

クルーズが、傾斜板の向こうからいった。「スクイーズ、泳げるのか？」

「どうしてそんなことをきくんだよ？　おれが黒人だからか？」

「いや……おれが泳げないからだ」

スクイーズが首をかしげた。「元グリーンベレーが泳げないって、どういうことだよ？」

「資格認定には受かったんだが、遠い昔のことだし、溺《おぼ》れそうになった。それから十年間、バスタブ以外で水に浸かったことがない。あそこにほうり込まれたら、おれはまちがいなく死ぬ！」

「問題ねえよ、きょうだい。跳ぶときにおれにしっかりつかまれ。おれに任せろ」

「すまないな」

ダフィーは、コクピットのほうをふりかえった。「おい、ナスカー！　だいぶ低くなったぞ」

「まだだ。まだ……まだ……いまだ！　行け！　行け！　行け！」

荒れ狂う川の九メートル上から、四人が跳び出した。

十秒後、古い輸送機が川に落ちて、たちまちひっくりかえり、急流を流されていった。

72

ジョシュ・ダフィーは、ほとんど真っ暗ななかで疲れ切った体をひきずるようにして岸に着き、冷たい水を吐き出して、たちまち苔《こけ》に覆《おお》われた岩の上で足を滑らした。倒れたときに膝骸骨《しつがいこつ》が割れなかったのは、〈アークテリクス〉のニーパッドのおかげだった。ダフィーは体を起こして、足場を見つけた。何年も自己流の理学療法をつづけていたが、義足のせいでバランスをとりづらかったので、高い大岩の上に手をかけてから向きを変え、川のほうを見た。

広大な侵食谷《キャニオン》を照らすのは、かすかな月明かりだけだった。白く逆巻いている激流が月光を反射していた。

どのくらい下流に流されたのか、見当もつかなかったが、水中に一分かそれ以上いたような気がした。まわりを見たが、周囲にはだれもいなかった。飛行機も見えなかったので、墜落する前にかなりの距離を進んだのかもしれないと思った。

寒さにふるえ、咳払いをして喉《のど》に詰まった痰《たん》を出すと、ダフィーは叫んだ。「ギャビー！　スクイーズ？　クルーズ？」

「こっちよ」うしろから声が聞こえ、ダフィーがふりむくと、ギャビー・フローレスがすでに背後で岸にあがっていた。チノパンツにアーマード・セイントの黒いポロシャツという格好で、岩の上に横たわり、やはりふるえていた。額からまだ出血していたが、血はほとんど水に洗い流されていた。「ダフィーさん。あなたは死んだのかと思っていた」

「ほかのだれかを見たか？」

「だれも見ていない」

ふたりはすこし下流に移動してから岸に戻り、どこにいるのかわからない男たちを呼んだ。

ようやく、川のなかからだれかの声が聞こえた。張りつめた声そのものではなく、話しぶりで、ダフィーにはすぐにだれだかわかった。「そっちへ行く、ボス。こんな重いメキシコ人には会ったことがねえよ」

「プエルトリコ人だ！」クルーズがどなりかえし、味方がすくなくとも三人生きていることを、ダフィーは知った。

ダフィーとフローレスは、すぐに浅瀬でスクイーズとクルーズを見つけた。スクイーズは、自分よりもがっしりしているクルーズの背中を叩いて、水を吐き出させようとしていた。ダフィーが近づくと、クルーズはダフィーがさっき吐いたのとおなじように、川の水を三度ゲエゲエと吐いた。

スクイーズがいった。「川の水を飲んでばかりでなかったら、泳いで渡れたはずだぜ、間抜け」

フローレスが、膝《ひざ》までの深さの川にはいって、スクイーズがクルーズを岸にあげるのを手伝った。

「ナスカーはどうした？」ダフィーは下流のほうを見てきいた。

「あそこよ！」フローレスが指さした。ダフィーはその方向に目を向け、ＣＡＳＡ・Ｃ‐２１２がひっくりかえって、激流から突き出している大きな岩ふたつのあいだに挟まっているのを見た。一三〇メートル以上離れていて、白い機体下面が白く逆巻く激流にまぎれて、ほとんど見えなかった。

「なんてこった」ダフィーはつぶやいた。機体が裏返しになっていることからして、運転手兼パイロットのナスカーが生きているとは思えなかった。

それでも、岸にあがった全員が、岩場を急いでそっちのほうへ走っていった。まだ調子が戻らないクルーズがすこし遅れていたが、怪我《けが》はないようだった。

クルーズがいった。

「機内にいるとしたら、ナスカーは死んでる」

それにスクイーズが答えた。「あんな馬鹿が死ぬわけがねえよ」

みんなで走っているときに、ダフィーはいった。「川に戻るのはおれだけだ。いいな？」

スクイーズがどなり返した。「あんたはボスだ。そういう危ねえことは下っ端《シックス》にやらせるもんだよ。ボスはくそ野郎でなきゃならねえのに、あんたはからきしわかってねえ」

ダフィーはいった。「おれがやる」

四人は、CASA・C-212の残骸《ざんがい》までずっとなめらかな大岩が連なっている場所に着いた。ダフィーは最初の岩を登りかけたが、落ちて胸をぶつけ、川にずり落ちた。浅瀬だったので起きあがったが、義足の左足では感触をつかむことができず、岩と岩のあいだに足が挟まった。

「くそ！」ダフィーはいった。

スクイーズがすぐそばに来た。「ダフィー、おれは泳ぎも歩きもあんたよりずっとましだ。ナスカーを助けられるのは、おれだけだ」

スクイーズの意見はもっともだったので、ダフィーはいった。「気をつけるんだぞ」

スクイーズが、ジャングルキャットのたぐいのように岩に跳び乗り、そのあとは用心しながらすばやく、川のまんなかに向けて進んでいった。

ダフィー、クルーズ、フローレスは、脛《すね》までの深さの流れが速い川に立ち、ガタガタふるえていた。

機体まで行くのに、スクイーズは最後の岩を登り、流されないように左翼の後縁をつかんで、急流に跳びおりなければならなかった。激流から頭だけが出ている状態で、両手を交互に動かして進んでいたが、岸で見ている三人の前方で、頭が水面下に沈んだ。

フローレスが、驚いて叫んだ。

ダフィーはいった。「ナスカーを見つけるのに、機内に潜り込む必要があるんだ」

ダフィーは、クルーズに向かっていった。「痛いところはないのか？」

クルーズの鼻梁《びりょう》に大きな切り傷があり、顔を血が流れ落ちていたし、岸にあがるときに足をひきずっていたことに、ダフィーは気づいていた。だが、プエルトリコ人の元陸軍特殊部隊員は、ただ首をふっただけだった。「絶好調さ、ボス」

「見て！」フローレスが、ＣＡＳＡ・Ｃ‐２１２の残骸を指さして、大声でいった。

ダフィーはそっちを向いて、見た。頭がふたつ、水面から出たり沈んだりしていた。スクイーズがナスカーをひっぱって岩に戻ろうと奮闘し、やがて岩伝いを片手で泳いで近づいてきた。

ダフィーとクルーズが胸の深さのところまで、スクイーズを迎えにいった。近づくにつれて、ナスカーがぐったりして動いていないことに、ダフィーは気づいた。クルーズが、ナスカーを背負った。

「息をしているか？」ダフィーはきいた。

スクイーズが、深刻な顔をしていた。ダフィーは顔がくっつきそうなほど近くにいたのでそれが見えた。「息はしてるが、どこかがだいぶ悪い。エアポケットにいたんだが、おれがひっぱりだすとわめきはじめた。気絶してるんだと思う」

「わかった。岸にそっと引きあげよう」

チャーリー５《ファイヴ》のナスカーを浅瀬に向けて慎重に運ぶのに、さらに一分かかった。そこまで行くと、ナスカーはすこし意識がはっきりしたようだった。目をあけて、ダフィーを見た。「なにが……あった？」

ダフィーはいった。「おまえはものすごく優秀な運転手だ。ものすごく優秀なパイロットだ。でも、船乗りとしては最低だな」

ナスカーが淡い笑みを浮かべ、突然、かっと目をあけて、侵食谷《キャニオン》の絶壁に反響するような鋭い悲鳴をあげた。

「どうした？」ダフィーはいった。

ダフィーがふりかえると、胸までの深さの川で、クルーズがナスカーを押して歩かせようとしていたが、すぐさまそれをやめた。

「おれの脚が！」

クルーズがいった。「両脚とも骨折してるみたいだ」

「くそ」ダフィーはいった。深さ二四四〇メートルの侵食谷《キャニオン》の底にいるのだ。歩けない男をひとり連れて、どうやってここから脱け出せるというのか？

三人は、ナスカーを左右から抱えて、進んでいった。岩にあがると、またナスカーが悲鳴をあげ、川から出たときに、また泣き叫んだ。

ダフィーは、ナスカーの足を調べた。「ああ、どっちも足首を骨折してる」

ナスカーはショック状態だったが、窮地に陥っているのがわかるくらいには回復していた。「まずいな」うめき声でそういった。

スクイーズが、そばにしゃがんだ。「だいじょうぶだ。救急キットがある。あんたを薬でハイにしてから、ここから運び出す」

ナスカーが、激痛を味わっているにもかかわらず笑みを浮かべた。「助けてくれてありがとう、スクイーズ。あんたの蔭口をいってたのを、すべて忘れてくれ」

スクイーズが、ナスカーの額を軽く叩いて、立ちあがり、すぐそばにいたダフィーとクルーズのところへ行った。

ダフィーに向かって、スクイーズがいった。「どうするんだ、ボス？」

ダフィーは決然とふるまおうとしたが、まず無理だった。疲れ果て、体が痛く、凍えていた。部下ふたりと旧《ふる》い友人を失ったことに動転し、窮地から脱け出すのにどうすればいいのかわからなかった。だが、顎《あご》を突き出して、答ははっきりしているという口調でいった。「ナスカーの担架《たんか》をこしらえて、移動する」

「どこへ行くんだ？」クルーズがきいた。

「北へ」

「どうして北なんだ？」

フローレスがいった。「北というのは正しい決定よ。クレエルまで行ければ、カルテルの手は届かない」

「クレエルまでどれくらいある？」

フローレスが、肩をすくめた。「一五〇キロくらい」

「なんてこった」クルーズがつぶやいた。

だが、ダフィーは意気込みを取り戻していた。「クレエルへ行こう。どこかで車を見つける。スクイーズ、ナスカーにモルヒネを打ってくれ」

ダフィーは、ナスカーのそばに行ってしゃがんだ。「ラリー、おれたちはあんたの面倒をみるが、楽じゃないぞ」強いて笑みを浮かべた。「でも、これが終わったあとで笑おうじゃないか」

ナスカーが目を閉じた。「おれにはあとなんかない。おれはどこへも行かない」

「おまえを置いていかない」

「ボス、よく聞いてくれ。おれたちは飛行場から十数キロばかり遠ざかったかもしれない。たしかに、〝悪魔の背骨〟に黒い騎士を置き去りにしたが、やつらは隊伍を整え、なにがあったかを突き止め、おれたちを見つけるだろう。それに、二度もおれたちを攻撃したロス・セタスも、まだおれたちを追ってる。C‐130を吹っ飛ばしたから、いどころもはっきりわかるだろうし、あのCASA・C‐212の残骸のところへ来るだろう。おれたちが知らない道で、この谷底におりられるだろうし、そこを下れる四駆がやつらにはある。三十分以上かかるかもしれないが、一時間以内には、やつらはこの岸を歩いてるはずだ。あんたたちはさっさと――」

「おれたちはおまえを置き去りにはしない。話は終わりだ」

ナスカーが笑った。「これはあんたの葬式かもしれないが、あんたが護《まも》っている連中の葬式にもなる」

ダフィーは、あとの三人のほうを向いた。「移動しよう」

73

ギャビー・フローレスが先頭に立ち、闇のなかで、岸の岩場の植物が繁茂している踏み分け道を進んでいった。北を目指していたが、苦痛なほど捗《はかど》らなかった。フローレスが足手まといなのではなかった。しっかりした足どりだったし、夜目も利くようだった。だが、そのうしろでは、ダフィーにつづいていたスクイーズとクルーズが、幹からむしり取ることができた松の枝でこしらえた担架《たんか》に載せたナスカーを運ぶのに苦労していた。救急キットの絆創膏《ばんそうこう》や伸縮性の包帯で枝を縛り合わせた担架は、完璧なものではなかったが、ナスカーの体重を支えていた。

足には副木《そえぎ》を当ててあったが、モルヒネが効いてからの処置だった。それでも、脚に枝を当てて縛りつけたとき、ナスカーは悲鳴をあげて気を失った。

全員がずぶ濡れで凍えていたが、体を動かしていれば、夜のあいだ生き延びられるはずだった。いや、不安要因は天候ではなく、この侵食谷《キャニオン》におりてきて彼らを狩るはずの男たちの群れだった。

五人の武器は、グロック17四挺とそれぞれの予備弾倉だけだった。ダフィーはナスカーのグロックを取りあげていた。モルヒネと拳銃はいい取り合わせではない。だから、ナスカーの拳銃を、ダフィーはベルトに差し込んでいた。

拳銃を使うのは、ほんとうに最後の手段だった。いまは敵に正確な位置を知られていないことをあてにしているが、発見されて交戦することになるのは時間の問題だということを、ナスカーも含めた全員が知っていた。

列の後尾で、クルーズがささやいた。「ボス、ボス？」

全員が立ちどまり、ダフィーはクルーズのところへ行った。「休憩する必要があるんだな？」

「ああ。一分でいい」

「二十分休め」ダフィーはいって、即製の担架のうしろ側の把手を握り、また歩きはじめた。

クルーズがその横を歩いた。「二時間歩いてるが、一キロ半くらいしか進んでいないんじゃないか」

担架の前側の把手から、スクイーズがいった。「あと一四八・五キロってわけだ」

ナスカーの呂律《ろれつ》のまわらない声は、あとの三人よりも大きかった。モルヒネが効いているので、ささやくようにしゃべることができないのだ。「あんたたち……正気じゃない。おれをおろしてさっさと逃げろ。おれを運んでたら、ここから脱け出せない」

「ちくしょう」スクイーズがいった。「ナスカーがモルヒネでトリップしてる」

ダフィーは黙っていた。ナスカーのいうとおりかもしれないと思っていた。ダフィーの不安は疲労よりも大きくなり、あとの三人に見せたくないくらい気分が落ち込んでいた。

一分とたたないうちに、フローレスがダフィーの正面の闇から現われて、前進しながら小声で話した。

「上に通じている踏み分け道が見える。たぶん侵食谷《キャニオン》から出られる。でも、かなり急よ」

「どれくらい急なんだ?」ダフィーはきいた。

「階段なみのところもある。途中に岩棚や台地があるけれど、ほとんどは山を登るのとおなじよ」

「それが道なのか?」

「山羊《やぎ》やロバが通る道よ。このあたりの住民が、家畜を川に連れていくのに使っている。人間でも通れる」担架のほうを見た。「地元の山羊飼いなみに頑健なら」

じきにその踏み分け道に着いた。自分だったら気づかずに通り過ぎていただろうと思い、どうしてフローレスが闇のなかで見つけることができたのだろうと、ダフィーは不思議に思った。だが、近づくと、たしかにそこにあった。曲がりくねった急な山道で、ところどころ垂直に近く、五、六メートル上でごつごつした岩山をまわって見えなくなっていた。あんな急傾斜で人間ひとりを運びあげるのは無理だと、すぐさま気づいた。

スクイーズとダフィーは、川沿いの踏み分け道にナスカーをおろし、状況を考えた。薬物のせいで意識が朦朧《もうろう》としていても、ナスカーはすぐに自分が置かれている状況を悟った。

「ダフィー、おれの拳銃を返せ。いま来た踏み分け道のほうを向くように、岩に寄りかからせてくれ。死ぬ前にくそ野郎どもを何人か片づける。あんたたちのために、すこし時間を稼《かせ》げる」

「だめだ」ダフィーはいった。

ナスカーがいい返そうとしたが、スクイーズがすばやくしゃがんで、ナスカーの口をふさいだ。「みんな、伏せろ」ささやき声でいった。

ダフィー、クルーズ、フローレスが、岸にいくつもある岩の蔭で踏み分け道に伏せた。

「なんだ？」ダフィーはきいた。

「上流に光が見えたような気がする」

ダフィーは、全員にきいた。「なにか聞こえたか？」

クルーズがささやいた。「ちっぽけな輸送機の後部で千発撃ったあと、耳が遠くなった。敵を探す」クルーズが拳銃を抜き、ゆっくりと立ちあがって、岩の上から覗《のぞ》いた。すぐさままたひざまずいて、あとの三人のほうを向いた。

「ああ、フラッシュライト一個。そのうしろに何人かいる。ライフルを持ってる。川の対岸だが、おれたちとおなじ方向へ進んでる。尖兵《せんぺい》かもしれない」

「ロス・セタスみたいに見えるか？」

クルーズが肩をすくめた。「くそ野郎みたいに見える。それしかわからない」

フローレスがいった。「わたしが見る」立ちあがって、岩の上から覗き、ひざまずいた。

「麻薬密売人《ナルコ》よ」

スクイーズがいった。「ボス、ナスカーをこの踏み分け道の奥の藪《やぶ》に隠せばいい。おれたちは――」

「だめだ」ダフィーはにべもなくいったが、有効な計画があるわけではなかった。

クルーズが、ダフィーの腕をつかんだ。「こいつらと交戦したら、うしろにいる五十人が押し寄せる。ライフル対拳銃だ。どうなるかわかっているだろう。ほかに方法はないぞ」

彼らのいうことが正しいのを、ダフィーはしぶしぶ認め、ようやくナスカーのほうへ這《は》っていった。スクイーズが、ナスカーの口から手を離した。

「ラリー。話を聞いてくれ」

だが、ナスカーはすでに理解していた。「なにもかもいいんだ、ボス。拳銃さえくれればいい。弾倉一本分、やつらにぶち込む。栄光の炎とかいうやつだ。あんたらは無事に逃げられる」

「おれたちは戻ってくる。わかったか？」

「ああ、わかった」ナスカーは、それを片時も信じていなかった。ダフィーはそれを察した。ＣＡＳＡ・Ｃ-２１２がひっくりかえり、ラダーペダルにぶつかった足が折れた瞬間に、ナスカーは自分の運命が決まったことを察していた。

　ダフィーは、あとのふたりのほうを見た。「藪のできるだけ奥に入れてやれ。ナスカー、口をしっかり閉じているんだ。モルヒネを打っていても、かなり痛いはずだ」

　三人は、ナスカーの腰と両肩を支えて、繁茂している雑木の奥へ連れていった。全身を激痛が突き抜けたとき、ナスカーは顔をしかめ、筋肉を緊張させたが、声を出さなかった。ナスカーを座らせ、侵食谷《キャニオン》の岩壁に寄りかからせると、真正面からでなければ見えないようになった。踏み分け道を通るときにだれかがフラッシュライトで照らしたら見つかってしまうが、それを防ぐ手立てはなかった。

ダフィーが、ふたたびナスカーのほうにかがみ込んだ。「モルヒネの自動注射器を一本渡しておく。すでに一本打っているから、いま注射したら死ぬ。三時間置いて、痛みに耐えられなくなるまで我慢しろ。そのときに自分で注射しろ」

ブロンドのナスカーがうなずいた。

ダフィーは、腰のうしろから拳銃を抜いた。「これがおまえのグロックだ。撃つのは見つかったときだけにしろ。ここにじっとしていれば、通り過ぎるだろうし——」

「あんたと働けて光栄だったよ、ボス」

ダフィーの聞きたくない言葉だった。「生きていろというおれの命令はいまも有効だ」

岩壁にもたれている男が、かすかな笑みを浮かべた。「精いっぱいやるよ」

ナスカーは全員と握手を交わしたが、言葉は交わされなかった。フローレスが低い声で祈り、ナスカーの体を抱き締めた。フローレスが立ちあがると、ナスカーがいった。「さあ、早く行くんだ」

ダフィーが立ちあがって、ささやいた。「みんな……移動する。大至急、あの山道を登る。ギャビーが先頭だ」

もう一度ナスカーのほうをふりかえってから、ダフィーは顔をそむけ、闇のなかへ進んでいった。

ナスカーは拳銃を見おろしてから、一〇メートル離れている踏み分け道を見あげた。

「パパの……ところへ……来い。おまえたち」

ほんの数分後に、正面の踏み分け道にフラッシュライトの光が見えた。敵はどこかで川を渡り、こちら側に来たのだ。ナスカーは拳銃を持ちあげて構え、かすんだ目の焦点を合わせようとしながら照星を見て、待った。

ライフルとフラッシュライトを持った殺し屋《シカーリヨ》ひとりが、光をあちこちに向けながら通り過ぎたが、すぐに北へそのまま進んでいって、見えなくなった。ふたり目と三人目が通ったが、先頭の男のフラッシュライトの光を頼りに歩いていて、藪のなかは見なかった。

すぐにまた三人が通過したが、やはりナスカーには気づかなかった。

ナスカーはグロックを膝《ひざ》に置いて、目を閉じた。そっといった。「この間抜け野郎、ついてるぜ」

数秒後に、眠り込んだ。

74

ラリー・"ナスカー"・エヴァンズは、優勝することにはならないだろうが、いいところを見せるつもりだった。

ラリーはアラバマ州リンカーンのタラデガ・スーパースピードウェイで、NASCAR《ナスカー》（全米自動車競走協会）杯シリーズのイェラウッド五〇〇、一八八周レースの中団のなかを力強く走っていた。アトランタ警察の標章をつけた辛子色《からし》のフォード・マスタングを運転し、密集した中団で競り合っていた。カマロ二台がすぐ前にいて、もう一台のマスタングが右にいた。イエローラインのこちら側、ラリーのマスタングの左には、〈M&M〉のロゴを帯びたシボレーSSがいて、前の一周半のあいだに、前に割り込もうとした。

ラリーはバックストレートで巧みにそのSSの前にはいり、内側レーンから追い出して、さがらせた。ラリーは速度計に視線を投げ、ゴールラインを越えて一五三周目を終えたときに、時速二〇四・二マイル（三二八・六キロメートル）出ていたことを知った。正面にくそったれ二台がいなければ、ラリーのマスタングはもっと速く走れるはずだった。

クルーが無線で、九位につけていることを伝えた。残りは三五周、集団が密集しているので、ピットストップはもう一度だけだった。五位以内をものにできると、ラリーは自信を持った。

ラリーは高速でターン1にはいり、三三度のバンクと車体が激しく右にひっぱられるのを感じた。壁にぶつかりそうになるのと戦い、車の流れのなかで自分のラインを確保した。ラリーはナンバー18の車のまうしろにつけていた。紺とゴールドのアーマード・セイントのロゴがどんどん近づき、やがてラリーは仕掛けた。マスタングがドラフトの勢いを利用して一気に加速し、カマロがフロントウィンドウの前からバックミラーに映る位置に後退した。つぎに、血のように赤いボンネットにAK - 47をぶっちがいにゴールドで描いている黒い騎士の車の内側に突っ込んだ。

ターンを抜けたときには、前方をさえぎる車はほとんどいなくなっていた。アクセルを踏み込み、バックミラーを見ながら、ストレートを目指し、車の列に近づくと前方に目を凝らした。まばたきしたが、車の形を見分けられなかった。ストックカーでないことはまちがいないので、画像をリセットするかのように、首をふって視界をはっきりさせようとした。

もう一度バックミラーを見ると、力強くフィニッシュするという夢が、瞬時に溶けてなくなった。

ボンネットに大きな黒いZ《セタ》が描かれている馬鹿でかいカマロが、うしろでドリフトしていた。カマロが巧みに内側にはいり、マスタングの車体後部の左角に軽くぶつかった。

時速二〇〇マイル（三二一・八キロメートル）で左右のタイヤが走路《トラック》から浮きあがるのを、ラリーは感じた。マスタングが尻をふってターン2の最高部で壁めがけて激走するのを、ラリーは右に向けて立て直そうとした。

ラリーのムスタングが激しく衝突して、炭酸飲料の空き缶のように潰れ、たちまちラリーの脚に激痛が走った。白熱した火かき棒を脛《すね》に突き刺されたような感じだった。マスタングが横滑りし、スピンし、転がったが、どういうわけかそのあいだずっと、通過するZ車が見えていた。意識を失う前に、成功をいくら強く望み、夢見ていても、ロス・セタスに打ち負かされるだろうということを悟った。

ラリー・エヴァンズは、目を閉じた。

ラリー・エヴァンズは、目をあけた。

漆黒《しっこく》の闇だった。いくらまばたきしても、まったくなにも見えなかった。

記憶がよみがえったのは、両脚のすさまじい痛みのおかげだった。

ラリー・〝ナスカー〟・エヴァンズは、メキシコの侵食谷《キャニオン》の底にある川のそばで、仰向《あおむ》けに寝ていた。チームに置き去りにされ、血に飢えている麻薬密売人の殺し屋が周囲にいる。

食糧も水もなく、助かる見込みはない。

独りぼっちで、タラデガの表彰台から遠く離れている。

音が聞こえ、藪《やぶ》のなかで動きがあった。近かったが、目の前ではない。そばにあるはずのグロックを手探りしたが、そのとき上にだれかがいるのを感じた。

鼻先三〇センチのところからささやき声が聞こえたが、真っ暗でなにも見えなかった。

「音をたてるな」

ナスカーはさっと起きあがろうとしたが、何人もの手で押さえられた。べつの手が口をふさいだ。

上のだれかが近づき、ナスカーの耳もとでいった。「やつらが……そこいらじゅうに……いる」ダフィーの声だった。脚のあらたな痛みのせいで、ナスカーは叫びたかったが、こらえて、一度うなずいた。

ダフィーがふたたびいった。「ここからおまえを運び出す計画があるが、その前にモルヒネを打たないといけない。スクイーズがおまえの太腿《ふともも》に打つ。わかったか？」

ナスカーには理解できなかった。チャーリー・チームは、何時間も前に自分を置き去りにした。どうしていまここにいるのか？　どうして戻ってきたのか？　だが、ナスカーはうなずいた。モルヒネで恍惚《こうこつ》になることだけはありがたかった。

脚に注射されるのがわかり、たちまち気がゆるんで、じっと横たわっていた。ほかになにもできなかったからだ。

ダフィーがいった。「おまえを置いていってから一時間後に、台地で野営していた山羊《やぎ》飼いに出会った。ロバを連れていたので、おれたちはそれを買った。ギャビーを置いて、ここにおりてきた。おまえをロバに積んで、しっかり縛りつけ、この斜面を登る。一歩進むたびに痛むはずだが、うまくいくだろう」

ナスカーの目に涙が浮かんだが、痛みのせいか、これから耐えなければならないことへの恐怖のせいなのか、それともここに置き去りにされて独りで死ぬのではないとわかった感謝のためなのか、定かでなかった。

ダフィーはあいかわらずささやき声だったが、すこし力がこもった威圧的な口調になっていた。「この谷底には殺し屋《シカーリヨ》が二十五人いて、おまえが叫んだら聞こえるくらい近くにいる。北と南で捜索しているやつらのフラッシュライトを見た。ぜったいに音をたてるな。わかったか？」

ナスカーが、またうなずいた。

「これを嚙《か》め」

ナスカーは口をあけて、革の切れ端をくわえた。たぶんロバの馬勒《ばろく》の一部だろう。藪の物音は、ロバがたてたにちがいない。クルーズが、ナスカーの太腿の上のほうを持ち、ダフィーが両肩をつかみ、ロバにナスカーを乗せるのをスクイーズが手伝った。ロバがいなき、左右にすこし足踏みをして、物音をたてたが、三人はナスカーをロバにうつぶせに乗せて、体のあちこちをロバの体に革紐《かわひも》で固定した。

五分後、一行は五、六メートル登って、大きな岩のそばを過ぎていた。クルーズがひっぱり、ダフィーとスクイーズがうしろから押して、ロバはしぶしぶ従った。

ナスカーは、顎《あご》が脚とおなじくらい痛くなるまで、革を嚙みしめた。だが、二本目のモルヒネが効きはじめると、体の下のロバが登るときの揺れが、リズミカルに感じられるようになり、ナスカーはどうにかまた眠りに落ちた。

チャーリー・チームの生き残り四人が、フローレスを山羊飼いとともに置いてきた台地に着いたときには、夜明けを過ぎていた。山羊はいなかった。山羊飼いの少年は、ロバと引き換えにメキシコ人の女性から拳銃一挺とかっこいい腕時計ふたつをもらい、いかれた白人《グリンゴ》たちよりも先に出発していた。

フローレスは、体を丸めて暖めようとしながら、木にもたれて寝ていたが、男たちの姿を見て起きあがった。

フローレスは、ナスカーの頭に手を置いた。ナスカーはうつぶせにくくりつけられていたが、モルヒネでぼんやりしている顔に笑みを浮かべた。

クルーズ、スクイーズ、ダフィーは、草の上で大の字になった。疲れ果てて、もう一歩も進めなかった。三人はフローレスが山羊飼いからもらった水筒の水を飲み、ナスカーにもすこし飲ませた。

フローレスがいった。「ロス・セタスを見た?」

「ああ」ダフィーは仰向《あおむ》けになって、すでに目をつぶっていた。「まだ谷底にいる。このあたりの出身じゃないから、この山道に気づかなかったんだろう」

フローレスがいった。「昼間になったら、どの山道も見えるし、そのうちに谷底から登ってくるでしょう」そこで笑みを浮かべた。「いい報《しら》せがあるの」

ダフィーは目をあけた。「教えてくれ」

「山羊飼いの少年はタラウマラ族で、侵食谷《キャニオン》を出るべつのルートを教えてくれた。ここからそこへ行ける。そんなに急ではなく、四輪駆動のトラックも通ったことがあるそうよ」

「侵食谷《キャニオン》を出るまで、どれくらいかかる?」

フローレスが、肩をすくめた。「夜まで丸一日かかるでしょう。でも、そこに高速道路があるから、車を見つけて、北のクレエルを目指すことができるかもしれない」

立つこともできないくらい疲れていたダフィーは、うなずいた。「三十分後に出発する」

フローレスが、ダフィーのほうへ手をのばして、ホルスターから拳銃を抜いた。

ダフィーはいった。「なんのつもりだ?」

「あなたたちを待つあいだ、わたしは休憩した。わたしが見張るわ」

「それの使いかたを知っているのか?」

「ええ、テレビを見るから」

それではとうてい信頼できなかったが、疲労が理性に打ち勝ち、ジョシュ・ダフィーはすぐさま眠りに落ちた。

75

午前十時過ぎ、マクスウェル・ヘンダーソンは、〈ステットソン〉のブーツをはいた足をデスクに乗せ、iPadを膝《ひざ》に置いて、テキサス州エルパソにあるヘンダーソン航空の狭いオフィスで座っていた。きょうの飛行《フライト》のための最新気象情報を見ていたが、ほんとうはたいして必要ではなかった。この季節、テキサスとメキシコのソノラ州の天候は、つねにほぼおなじだった。ノガレスの南を通過するときに、高度一万フィートの下に多少乱気流があるだけで、きょうの午後は好天だと、ヘンダーソンは確信していた。

コーヒーに手をのばしながら、ヘンダーソンはやることを頭のなかで確認した。整備員に連絡して、ツーソンでエンジンをオーバーホール中の一機のようすをきく必要がある。そのあと、二時のフライト前に空港の外でランチを食べる。

ドアにノックがあったので、ヘンダーソンは驚いた。パイロットは全員出ているし、整備員たちはたいがい格納庫からオフィスに来ないで電話する。秘書はぐあいが悪くなった子供が学校から帰ってきたので、出勤していない。

「あいてるよ」

客がはいってきたので、ヘンダーソンはブーツをデスクからおろした。かなりとまどいながら、すばやく立ちあがった。

怪訝《けげん》に思っているのが声に出るのを、隠そうともしなかった。「大尉？」

ニコール・ダフィー、旧姓マーティンが、ヘンダーソンに向かってうなずいた。

「准尉《チーフ》」

ニコールは前に会ったときよりも齢をとっていたが、やはり美人だった。ヘンダーソンはニコールのことがあまり好きではなかったが、魅力的なのは認めざるをえなかった。ジーンズとグレイのTシャツという格好で、大学生のようにバックパックを背負い、髪をきつめに束ねていた。化粧はまったくしておらず、真剣な表情を見て、遠い昔のある夜のことを、ヘンダーソンは思い出した。七年のあいだ、忘れようとしている夜のことを。

ヘンダーソンはデスクをまわって進み出た。「どうぞはいって」

ニコールはドアを閉め、部屋のなかごろでヘンダーソンと向き合い、握手をした。

「いや……会えてうれしい」ヘンダーソンはすばやくつけくわえた。「連絡せずにいて悪かった。みんな、なにもいわないんだ。ご主人のこと、なにか聞いたか？」

「彼は沈黙しているのよ」

ヘンダーソンは、ゆっくりとうなずいた。「アーマード・セイントも？」

「その会社はわたしと話をしない。きのうの夜も電話を切られた」

「なるほど。そこの知り合いと話をしたが、メキシコで政治的な問題になって、アーマード・セイントは責任逃れしようとしてるといっていた。それ以上、なんの情報も教えてくれない」ヘンダーソンは肩をすくめた。「そいつがそんなふうにおれを締め出すのは奇妙だが、社内の伝手《つて》はそいつしかいない。正直いって、あんたのためにそれ以外になにができるかわからない」

「わたしにはわかっている」ニコールが貫くような目で見たので、ヘンダーソンは居心地悪くなった。

ヘンダーソンは小さく首をかしげた。逃げ腰でいった。「そうかね」

「クレエルまで行く手段がほしいの」

「クレエル？　チワワ州の？　なんのために？」

ニコールが下唇《したくちびる》を嚙《か》んだ。陸軍時代にもそういう癖があったことを、ヘンダーソンは思い出した。「ジョシュが、車列は山を抜けて最後にそこへ行くといったの。ジョシュがそこへ来るときに、そこにいたいのよ」

「いま彼がどこにいるかわからないのに」

「運がよければ、わたしたちが着陸するころに、ジョシュがクレエルに到着するでしょう」

ヘンダーソンが首をかしげた。「わたしたち？」

「メキシコ行きの飛行機の搭乗券を買うお金がないし、ここまで来るのにクレジットカードの限度額になった。クレエルに連れていってもらいたいの。きょう南へ行くと、いっていたわね」

「エルモシジョに行く。貨物を運んで――」

「飛行計画《フライト・プラン》は変更できる。クレエルの空港でおろしてくれるだけでいい。燃料を補給して、目的地まで行けるはずよ。どうしても行く必要があるのよ、マックス」

ヘンダーソンは首をふった。「メキシコに密入国させるわけにはいかない」

「密入国じゃない。パスポートがあるし、乗客名簿に載せて、搭乗員IDみたいなものをくれればいいだけよ」

ヘンダーソンが、デスクの縁に腰かけた。「あっちであんたがなにをやるか心配なんだ」

「なにをやるかは、わたしの問題よ」

「悪いが、できない。あんたとジョシュのためなら、おれがなんでもやるのはわかっているだろう。でも――」

「無理なことを頼んでいるわけじゃないわ、准尉《チーフ》」

ヘンダーソンが、大きな声で笑った。「無理だよ」

「無理なことは頼んでいない」ニコールはくりかえした。「ジョシュがあなたのためにやったことに比べれば」

ヘンダーソンが、殴られたかのようによろけてあとずさった。「頼むから、その切り札を出すのはやめてくれ」

「わかっているはずよ。ジョシュがいなかったらあなたは死んでいた。そのあとで、わたしがなにをしたかも、知っているでしょう。あの夜の行動であなたは軍法会議にかけられていたかもしれなかったけど、一カ月後にあなたは退役する予定だったから、わたしが隠蔽《いんぺい》した。そんなことをやる必要はなかったけど、年金をもらえなくなるのは気の毒だったからよ」

「あんたたちがやってくれたことには感謝しているが、でも――」

「でも、なにもしないのね、准尉《チーフ》。わたしはあなたの飛行機に乗る。クレエルまで連れていって。そうしてくれれば、貸しは帳消しにする」

「それは脅しか？　イラクで起きたことを、陸軍に話すつもりなのか？」

「そうするかもしれない」

「陸軍は気にしないだろうし、それに、事後報告で嘘をついたのを認めることになる。陸軍に譴責《けんせき》――」

ニコールはさえぎった。「陸軍はわたしを譴責しない。いっぽうあなたは、政府の仕事を引き受けている。契約がもらえるのは、立派な軍歴があるからで、無事故除隊でなくなったら、契約がもらえなくなるかもしれない」

ヘンダーソンがいった。「もう一度きく。それは脅しか？」

「七年前にあなたのためにやったことすべてに報いるチャンスをあたえようとしているだけよ。あなたは人生を手に入れ、年金を手に入れた。わたしはメキシコへ連れていってくれと頼んでいるだけよ」

ヘンダーソンが、悪意をこめてニコールを睨《にら》んだが、溜息をついた。「あんたはいつだって手強《てごわ》い女だったよ、大尉」

ニコールは睨み返した。「当時は〝くそあま〟っていう言葉を使っていたはずよ」

ヘンダーソンが床に視線を落とした。しばらくしていった。「乗客名簿に載せて、フライト・プランを変更する」つけくわえた。「正気の沙汰じゃない」

「クレエルに寄らなきゃならないのなら、いま出発したほうがいい」

ヘンダーソンが肩をすくめて、目をあげた。

「いつ出発するの？」

「すごくありがたいわ」

76

クルーズが敵影なし《オール・クリア》と伝えたあと、低木の林から出てきたダフィーは、ギャビー・フローレスがいなかったら自分たちアーマード・セイントの生き残りは、とっくに死んでいたはずだという認識をあらたにした。踏み分け道での動きをまたしてもフローレスが察知し、チームとともに道をそれて森の奥へはいった直後に、敵の斥候《パトロール》がそばを通過した。

昨夜はフローレスの導きで侵食谷《キャニオン》を出ることができ、おかげでナスカーは命拾いした。フローレスは、川のなかでもずっと肌身から離さなかった小さな地図を使って、高速道路を避け、黒い騎士に牛耳《ぎゅうじ》られている村に近づかないようにして、一行が徒歩で北へ向かうのを助けた。

きょうも二度、フローレスが危険を察し、そのたびに全員が鬱蒼《うっそう》とした松林に隠れ、通過するピックアップ・トラックをやりすごした。

今回の斥候《パトロール》は徒歩で、黒い騎士だとフローレスは断言した。ダフィーにはどうでもいいことだった。黒い騎士だろうがロス・セタスだろうが——どちらの集団もダフィーとそのチームを皆殺しにすることを望んでいる——ダフィーたちが銃撃戦にひきずり込まれずにすんでいるのは、フローレスのすぐれた専門知識のおかげだった。

午後一時ごろに、ロバが牽《ひ》くための木の荷車を見つけて、一日ずっと人間ひとりを背中に載せて運ぶという苦行からロバを解放してやり、それにつないだ。そうすることで進むのがもっと捗《はかど》るようになり、いまでは一時間に四・八キロメートル近い速度で移動していたので、暗くなる前に何度か休憩することにした。

ナスカーを除く全員が、足に水ぶくれができていた。気温は一五度くらいだったが、ひどく日焼けしていた。空腹だった。この二十四時間、フローレスが藪《やぶ》から採ってきたベリー以外は、なにも食べていない。だが細流や小川があり、松からぶらさがっている雪もあったので、水には不自由しなかった。

車を見つけないと、もう体力がつづかないはずだと、ダフィーにはわかっていた。安全な場所までまだ一三〇キロメートル以上あるが、〝悪魔の背骨〟のこのあたりで村を通ることはできないと、フローレスがいい張っていた。

はっきりいって、ここではだれも信用できないからだ。

山から脱け出す方法を見つけるか、山が彼らを殺す方法を見つけるまで、北に向けて押し進むしかなかった。

77

麻薬取締局《DEA》の仕事を請け負い、メキシコのエルモシジョのDEA海外支局にコンピューター関係のハードウェアを届けることになっていたヘンダーソン航空所有のセスナ・グランドキャラバンは、その当初の目的地の三五〇キロメートル南東に着陸した。クレエル国際空港の陽光で熱くなっている滑走路にセスナが接地し、燃料補給のために運航支援事業者《FBO》の施設に向けて地上走行《タキシング》したときには、午後のなかばになっていた。

折り畳《たた》み式タラップがおろされるとすぐに、税関職員がやってきて、操縦士《パイロット》のマクスウエル・ヘンダーソンと副操縦士《コ・パイロット》のニコール・ダフィーにパスポートの提示を求め、スタンプを捺《お》した。それが済むと、ふたりは降機して駐機場を歩いていった。

ヘンダーソンは給油の手配のために建物のほうへ向かいかけたが、ニコールはグランドキャラバンの機首近くに立ち、空港を見渡した。

ヘンダーソンはすこし進んでから、ニコールのほうをふりかえった。「で、どういう計画だ？」

ニコールは、最初は答えずに駐機場を見渡すだけだった。

「なあ、現金がすこしある。一万ペソ、五百ドル相当だ。あんたにやる。クレジットカードを渡してもいいんだが、あんたがなにを計画しているにせよ、おれの名前が結びつけられるのは——」

ニコールが聞いていないと気づいて、ヘンダーソンは言葉を切った。セスナを駐機した場所の二軒先に、格納庫と小さなオフィスビルがあった。典型的な運航支援事業者《FBO》の施設だった。コッパー・キャニオン上空を飛ぶツアーの案内があったが、ニコールが見ていたのは、その広告ではなかった。ビルの前のヘリパッドにとまっていたヘリコプター三機を見ていた。

小型のロビンソンR44が手前にとまっていて、その向こうのエアバスEC‐120のシルエットをニコールは見分けた。さらにそのうしろに、大型のアグスタ・ウェストランドAW109がとまっていた。どのヘリも、周囲に搭乗員がいなかった。

ヘンダーソンが、一瞬の間を置いてからいった。「ペソがそれだけあれば、町までのタクシー代と、ホテルの宿泊費と、何日分かの食費になる。またアーマード・セイントに電話をかければいい。ダフィーが町に着いたら、その連中がすぐに知らせてくれるはずだ」

ニコールは、ヘンダーソンがいったことには答えず、質問した。「EC－120を飛ばしたことはある？」

ヘンダーソンは、その質問に驚いた。「飛ばしたことがあるか？　うちの会社に一機ある。H135も一機ある」ニコールがいうエアバスのべつの機種のことだ。「うちのはもっと新しい型だ。性能がいい」

「乗員ひとり、乗客四人が乗れるわね？」

ヘンダーソンの目が、ヘリコプターからそばに立っているニコールのほうを向いた。

「ああ。だから？」

「航続距離は？」

ヘンダーソンがたじろいであとずさった。「待て。ちょっと……ちょっと待て。まさかあんたは――」

ニコールは、ヘンダーソンのほうを向いた。「航続距離は、准尉《チーフ》？」

「七七〇キロメートル。だが、もしも――」

「遊覧飛行にいっしょに来たい？」

ヘンダーソンがむっとして笑った。「やめておく。まさか、山へ飛んでいって、捜索をはじめるつもりか？」

「〝悪魔の背骨〟には高速道路が一本しかない。図書館で地図を見た。ジョシュが高速道路を通っているかどうかわからないけど、見にいかないといけない」

ヘンダーソンは首をふった。「五百ドル。それだけあんたにやる」財布を出した。「それでおしまいだ。おれはエルモシジョへ行く。幸運を祈るが――」

「ジョシュはあなたの命を救ったのよ」

ヘンダーソンが、ニコールを見返した。「現実に目を向けろ！ ジョシュは死んだんだ！ アーマード・セイントは確認できなかったから、あんたに伝えなかったが。ジョシュが最後に電話してきたときに、数百人の敵に包囲されてるといったのなら……気の毒だが、ジョシュは逝《い》っちまったんだ」

ニコールが手を突き出し、ヘンダーソンがペソの札束を渡し、ニコールがそれを受け取った。「ありがとう」といったが、感謝していないことを表情で示した。

ヘンダーソンがいった。「いくらメキシコでも、ヘリコプターを一万ペソでは借りられないぞ」

「ヘリを借りるつもりはない。チャーターする。美しいコッパー・キャニオンを見るために」

「このあたりのことはよく知らないが、コッパー・キャニオンが〝悪魔の背骨〟にないことは知ってる」ニコールは肩をすくめ。もうなにもいわなかった。ただ二軒先のFBOに向けて歩いていった。

マックス・ヘンダーソンは、左右の腰に手を当てて、そこに立っていた。低い声でいった。「いかれたくそあま」そして、向きを変え、自分が使っているFBOへ行った。


一時間後、ニコール・ダフィーは、EC-120の副操縦士席に座っていた。ギジェルモという名前のずんぐりした中年の愛想のいいパイロットが、離陸前の最終チェックリストを進めていた。ニコールはヘッドセットをつけていたので、ギジェルモと話をすることができた。なまりがかなり強かったが、ギジェルモは英語がかなり上手だった。

「オーケー、セニョリータ。コッパー・キャニオンまで四十五分の飛行《フライト》になる。川、樹木、山を見せる。楽しいひとときになるはずだよ」

ニコールは、そのEC-120についてあれこれ質問した。操縦系統、搭載している燃料の量。この女性はただ不安なだけなのかと、ギジェルモはまず思ったが、これから行く侵食谷《キャニオン》とおなじくらい、ヘリコプターに興味を抱いているのだと、すぐに察した。

それはめったにないことだったし、このアメリカ人の乗客が夫や恋人や家族といっしょではなく独りきりだというのも奇妙だった。ひとりで観光ツアーに行くのは不審だったが、ギジェルモは四千ペソ稼《かせ》げるのがうれしく、空にあがるのに乗り気だった。

「よし、セニョリータ、美しい空に昇っていこうか」


本意を打ち明けるべき瞬間だった。ニコールは、急ごしらえの計画でここまで来た。そしていま、離陸直前にこの哀れな男に、バックパックに爆弾を入れているから、ヘリコプターからおりないとふたりいっしょにバラバラに吹っ飛ぶと脅すつもりだった。いい計画だと思ってはいなかったが、それしか考えつかなかった。

取り返しのつかないその瞬間、ニコールはギジェルモの腕をつかんだ。「待って」

ギジェルモが、ニコールのほうを向いた。「なにも問題はないんだろう?」

よしやろうと、ニコールは自分にいい聞かせた。

だが、そのとき、ギジェルモの視線がそれて、背後の副操縦士席側のウィンドウから外を見たことに、ニコールは気づいた。ギジェルモが、急に眉をひそめた。うしろを見たニコールは、意気消沈した。

メキシコ警察の車両が五台、高速で駐機場を近づいてきて、回転灯を光らせ、すばやくヘリコプターを包囲した。

「離陸して！」ニコールは叫んだが、ギジェルモは面倒なことになりそうだと思って困惑して見つめているだけだった。

ニコールは、前方のコレクティブピッチ・レバーを片手でつかみ、反対の手でギジェルモの座席とのあいだにあるサイクリックコントロール・スティックを握って、ヘリコプターを離昇させたが、ギジェルモに奪い返された。「なにをするんだ、正気か《ケ・アセス・ロカ》？」

ヘリコプターが着陸用橇《スキッド》をぶつけるようにして着地し、アサルトライフルを持った警官たちが副操縦士席側に来て、ニコールの顔に銃口を向けた。

ニコールが警官たちのうしろを見ると、マックス・ヘンダーソンのセスナ・グランドキャラバンがゆっくり地上走行《タキシング》して、騒動の現場から遠ざかり、滑走路へ向かっていた。

くそったれ。ニコールはその言葉を口でこしらえたが、ヘンダーソンに見えるはずがなかった。

副操縦士席側の乗降口があき、ニコールは引き出されて、回転しているローターの下をひきずられていった。若い警官が、いちばん近いパトカーのボンネットに押しつけようとしたが、ニコールは抵抗した。警官がニコールの左手をつかんでうしろにまわしたので、ニコールはさっと体の向きを変えて、右手で警官を思い切り殴った。

その警官は倒れたが、ほかの警官数人が跳びかかって、熱したコンクリートにニコールを押しつけ、悪態をつき、わめきながら、手錠をかけた。

一分後、ニコールはパトカーの後部に乗せられ、空港から連れ出された。

ニコールは泣き出した。自分の窮地ではなく、ジョシュのことを思って泣いた。ジョシュがこの国のどこかにいるのに、助けたくてもなにもできない。

78

オスカル・カルドーサは、荒れ果てた土の道に立ち、腕組みをして侵食谷《キャニオン》のほうを眺めた。

オークの木の下に張ったテントで、カルドーサは午後にすこし眠ったが、一時間前から起きていて、ここで他人には知られたくないことをずっと考えていた。

だれにも明かしてはならないことを。

カルドーサとロス・セタスは、昼間はずっとこの古い未舗装路をはずれたところに隠れている。黒い騎士の大規模な車両部隊が、山の上のほうの高速道路を北へ移動しているのを発見したからだった。もう夕方になっていて、ロボは日没を待っていた。陽が沈んだら、ロボと殺し屋《シカーリヨ》五十五人とカルドーサは、ピックアップ・トラックに乗って高速道路を北へ突っ走り、黒い騎士を避けつつ、昨夜、川に飛行機を不時着させたアーマード・セイントの生き残りの前方に出なければならない。

アーマード・セイントの生き残りは、深さ二四四〇メートルの侵食谷《キャニオン》から出ようとして、いまも徒歩で進んでいるはずだと、だれもが考えていた。したがって、高速道路を使って先まわりし、地元住民の男、女、子供を脅して、よろめき歩いているアメリカ人《グリンゴ》の群れについて情報を集めれば、見つけられるはずだと、カルドーサたちは確信していた。そして、発見すれば、まちがいなく殺すことができる。

カルドーサは侵食谷《キャニオン》に背を向けて、いま起きていることについて情報を提供してくれる人間が、ほかにいないだろうかと考えた。すでにそういう電話を十数本かけて、これまでのところ成果はなかった。国連の代表団が山中で行方不明になり、陸軍が捜索のために機械化歩兵一個中隊を派遣することを検討しているとわかったが、陸軍はいまも山地の麓《ふもと》のアグアスカリエンテスにいて、いまのところ救難任務の準備をしていない。民間軍事会社のアーマード・セイントがメキシコシティで連絡を待っていることもわかっていたが、詳しいことが判明するまで、行方不明の代表団に関する情報を伏せておくつもりのようだった。

国連そのものも、この事件についての情報を隠匿《いんとく》していることがわかった。少人数の代表団が危険を冒して〝悪魔の背骨〟に登っていったという噂が流れれば、その小集団を無事に救出する見込みは消滅すると判断したからだ。和平交渉の任務そのものが秘密だった。

それが危殆《きたい》に陥っているとおぼしいときに秘密を明かすのは、最悪のタイミングだった。カルドーサには、もうほかに電話をかける相手がいなかった。これまでに連絡した人間のうちのだれかが関係がある何事かを知って、電話をかけてくることを願うしかなかった。

そういう電話が、午後六時にかかってきた。発信者の番号を見て、カルドーサは首をかしげた。朝のうちにメキシコシティの同僚の女性に電話をかけた。情報を見つけてくれる可能性は薄いと思っていたので、その女性にはあまり期待していなかった。

「カルドーサ」電話に出たとき、カルドーサは声に力と威厳をこめた。この同僚に対しては、そういう個性を示していたからだ。

その女性が英語でカルドーサに挨拶《あいさつ》をしてから、わかったことを話しはじめた。カルドーサは腕時計を見て、うんざりした顔になった。あまり関係のない情報だろうと思ったからだ。ところが、カルドーサは腕時計をはめている手をゆっくりおろし、顔をあげて、目を瞠《みは》った。

彼女が一分間しゃべってから、カルドーサはひとことだけいった。

「どこだ？」

さらに質問したが、メモはとらなかった。さらに一分たってから、カルドーサはいった。

「ありがとう。シェリー。ほんとうに助かったよ」

カルドーサは、通話を終えると、ふるえる手で携帯電話をポケットに入れた。

「ありえない」低くつぶやき、急いで野営地をまわってロボを探した。

休憩したり、銃をクリーニングしたり、警戒したりしている配下に囲まれて、ロボが木の下で不機嫌な顔をして煙草《たばこ》を吸っているのを見つけた。カルドーサは、あらたな自信をみなぎらせ、薄笑いを浮かべて、ロス・セタスの中隊長のロボに近づいた。

「仕事に戻るぞ、アミーゴ。計画がある。あんたと最高の配下十人に、車二台でいっしょに来てもらいたい。あとの配下は、あんたの最高の副官が指揮する。そっちは予定どおり北へ進む。まもなくもっと情報を伝えられるようになる」

「前にもこの話はした。あんたはおれとおれの配下に命令する立場じゃない」ロボがいった。

「またそれを蒸し返すのか？　協力しようじゃないか。わたしはアーマード・セイントの生き残りを見つける方法を知っている。そいつらを皆殺しにすれば、この任務は完全な成功だ。国連代表団を襲撃したのは、ロス・カバジェロス・ネグロスにほかならないということになる。陸軍は攻略せざるをえなくなる。ロス・セタスの勢力はいっそう強まる」カルドーサは作り笑いを浮かべ、ロボの肩を叩いた。「わたしの相棒のあんたは、組織内で英雄になる」

ロボは笑みを返さなかったが、ゆっくりうなずいた。「どこへ行くんだ？」

カルドーサは教えた。

メキシコ北部のシウダー・ファレスを根城にしているロボが、信じられないという顔をした。「こういうことを、どうやって知った？」

カルドーサは得意満面だった。興奮して、気分が高揚していた。「ロボ、あんたは戦術的技倆《ぎりょう》を備えている。配下と武器もある。友よ、わたしが持っているものは、たったひとつだけだ」笑みを浮かべていった。「人脈だよ」

ロボがすばやく立ちあがり、配下を集合させた。いますぐに出発し、危険を承知で高速道路に出なければならない。いざという場合に黒い騎士と一戦交える準備をしておく必要があった。

カルドーサは木の下に立ち、ふたたび侵食谷《キャニオン》のほうを眺めた。カルドーサには、アメリカ人武装警護員の生き残りを掃滅する計画があり、しかもそれは確実な計画だった。単純すぎるくらいだと心のなかでつぶやいた。だが、そのとき、一日ずっと練っていたべつの計画のことが頭に浮かんだ。

いや、カルドーサのもくろみのその部分は、武装が貧弱なアメリカ人数人とメキシコ人の女ひとりを殺すのとはちがって、そう単純ではないが、きのう失った富の一部に相当する額を取り戻せる可能性がある。それに、行く必要があるところ、南太平洋の夢の島モツ・テタへ行ける。なんの心配もない暮らしをして、肩ごしにうしろに注意せずにすむ日々を送り、メキシコで拷問されるか、アメリカのスーパーマックス刑務所にぶちこまれるというような悪夢を見ない夜を過ごせる。

そうだ。これがすべて終わり、武装警護員がすべて死に、陸軍が侵攻したら、グアダラハラに戻って、大親分《エル・パトロン》に、〝悪魔の背骨〟を陸軍が攻めるようにあらゆる手を尽くしたことを話し、もっと金を要求する。

莫大な金を。

脅迫するつもりはないが、いつでも官憲に連絡して、西シエラマドレに陸軍が侵攻するようにたくらんだのはエル・パトロンだと密告できるとほのめかす。

エル・パロトンはこちらの実力を知っているし、激怒するにちがいない。

だが、殺そうとはしないだろう。ほかのカルテルの頭目とはちがって、エル・パトロンが異色の情報通だということを、カルドーサは知っていた。オスカル・カルドーサを殺せば面倒なことになるだけで得にはならないと、エル・パトロンは承知している。

カルドーサの人脈のことを、エル・パトロンは知っている。その人脈のおかげで、カルドーサは殺されないはずだった。

外国へ立ち去り、知っていることを口外しない見返りに、グアダラハラのエル・パトロンは、一千万ドル払うはずだ。そのあと、島へ行く方法を算段する。二千五百万ドルを手に入れられなかったので、女ひとりで我慢し、ヨットではなく小型帆船しか買えないかもしれないが、それでも贅沢《ぜいたく》な生活様式を保って、モッ・テタで申し分のない暮らしができる。

カルドーサは、運命が好転して急に明るい未来がひらけたことで元気を取り戻し、ある番号をダイヤルして呼び出し音に耳を澄ました。

79

午前一時前に──時刻がわかったのは、ダフィーがナスカーの腕時計をはめていたからだった──スクィーズ、クルーズ、ダフィーは、松葉と雪の上を音もなく這《は》っていた。三人は地面にへばりつくようにして、沢のそばにとまっているピックアップ・トラックに近づいていた。

その車は、濃紺か黒のダッジ・ラムで、かなり使い古されていたが、力強い感じだった。それを見つけることができたのは、その岩の多い浅い沢に沿った未舗装路から一〇〇メートルほど離れたオークの林で三十分休憩していたときに、焚火《たきび》のにおいを嗅《か》ぎつけたからだった。

フローレスと怪我《けが》をしているナスカーを残して、三人は未舗装路に向けて歩いてから、松の枝を燃やすにおいが強く漂ってくる南へと身を低くして進んでいった。木立のあいだに火が見えると、四つん這いになり、いまは腹這いで三〇メートル以内に近づいていた。

そこからすべてが見えた。男四人が焚火のまわりに座り、目を醒《さ》ましていた。ときどき大きくなる声から判断して、どうやら酒を飲んでいるようだとダフィーは思った。アメリカ人三人は、できるだけ体を低くして肩を並べ、ほしくてたまらないものを見つづけていた。暖かさ、食べ物、そして移動手段。焚火のほうへ目を凝らすと、ほかにも自分たちがほしくてたまらないものが見えた。銃。AK-47が何挺も見えた。

スクイーズがささやいた。「あいつらは麻薬密売人《ナルコ》だよな？」

クルーズが答えた。「ピックアップに乗ってる男四人。AK。なにも心配してないようすで〝悪魔の背骨〟にいる。そうだ。決まってるじゃないか」

シナロア・カルテルなのか、黒い騎士なのか、それともロス・セタスなのか、ダフィーにはわからなかったが、それはまったくどうでもよかった。そいつらが持っているものがほしかったし、奪うつもりだった。

スクイーズが、闇のなかでダフィーの顔を見た。「どういう計画だ？」

「やつらを殺す」ダフィーの声にこめられた確信は、偽りではなかった。すでに決意を固めていた。

クルーズがいった。「あいつらと撃ち合いをはじめたら、地獄がおれたちに襲いかかるぞ」

ダフィーはひとことで答えた。「ナイフ」

スクイーズとダフィーは、刃渡り一〇センチの折り畳《たた》みナイフを持っていたので、ロック機構が音をたてないように用心深く刃を出した。

クルーズはきのう川でナイフをなくしていたが、カーゴポケットからマルチツールを出し、長さ七・五センチの刃をひらいた。白兵戦の武器としては頼りないが、なにもないよりはましだった。

クルーズがささやいた。「あんたたちは、ナイフでの戦いの訓練を受けたことがあるのか？」

ダフィーは首をふった。「受けたとはいえないな」

スクイーズがいった。「海兵隊《コー》では、銃剣とライフルだった。それでもいいか？」

「ライフルと銃剣がなかったら、だめだろう」クルーズがいった。「いいか、ダフィー。特殊部隊でおれは、何年もナイフでの訓練を受けた。あんたは、こっちに背中を向けているやつを殺《や》れ。スクイーズ、おまえは沢を渡らず、反対側からやつらのうしろにまわれ。焚火に近づかないようにして、こっちに顔を向けてるあの男を殺れ。おれは沢伝いに迂回して、背後からあのふたりを同時に殺る。

スクイーズ、おまえがいちばん遠まわりするから、おまえがやる相手のうしろにまわったときが、攻撃の合図になる」

ダフィーは、クルーズに向かって小声でいった。「あんた、ナイフ一本でふたり殺せるのか？」

「じきにわかる。ちがうか？」クルーズはなおもいった。「これをやる手順の十秒レッスンだ。うしろから近づいて、口をふさぎ、急所のキドニーを狙う。切るんじゃなくて、刺す。それに一回じゃなくて、五、六回以上、刺しては抜いてまた刺す」

スクイーズがつぶやいた。「たまげたな」

ダフィーはきいた。「どうして喉《のど》をかき切らないんだ？」

「ナイフを引くときに、自分の体を切るおそれがあるからだ。おれを信じろ。おれはやりかたを心得てる。敵を押さえ込んでるあいだに、自分の体からナイフを突き出すんだ」

そういう残酷な手段を、ダフィーはこれまで考えたことがなかった。だが、すぐにうなずいた。「わかった。その計画にしよう」もっとも大きいナイフを、クルーズに渡した。

「あんたのターゲットはふたりだ。おれはマルチツールを使う」

クルーズがそれをダフィーと交換すると、スクイーズがいった。「おれは脚が二本そろってる。おれがマルチツールを使う」

スクィーズがダフィーにナイフを渡してマルチツールを受け取った。ダフィーは抗《あらが》わなかった。

武器の交換が終わると、ダフィーはいった。「いいか、音をたてなきゃならないようなら、音をたててもいい。拳銃を抜いてやつらを撃ち殺せ。急いで戻ってナスカーとギャビーを連れて、ここから急いで逃げ出す」

スクィーズとクルーズがうなずき、これからやることに備えて、気を引き締めた。

ダフィーはつけくわえた。「無理にナイフで戦って死ぬな。わかったか？」

「わかってるよ」スクィーズがいった。

クルーズはうなずいただけだった。これからやることのために心を鬼にしているのを、ダフィーは察した。

スクィーズが、マルチツールをくわえて、左のほうへ這っていった。ダフィーとクルーズは一分待ち、クルーズが右へ進むと、ダフィーは独りで一分待ち、まっすぐ前方へ這っていった。

ダフィーはピックアップの後部に隠れていて、焚火のそばの敵から見えないはずだった。焚火の炎も遮掩《カヴァー》に役立つはずだった。火明かりが届かないところは、またたく炎に照らされている男たちからは見通せない闇になっている。

ターゲットの背後までスクィーズが一〇メートル進むのに、十分かかった。だが、起きあがって進もうとしたとき、獲物になるはずの男が立ちあがり、のびをして、スクィーズのほうを向いた。小便をするために、木立にはいるつもりのようだった。男が銃を持っていないことに、スクィーズは気づいた。

三メートル右を男が通り過ぎて、一歩か二歩進むあいだ、スクィーズは筋肉ひとつ動かさなかった。男がベルトのバックルをはずしはじめた。

スクィーズは音もなく立ちあがり、右手でナイフ付きマルチツールを低く構えて、男のうしろに忍び寄った。

口をふさぎ、男の背中の右側に、ナイフの刃を柄もとまで刺した。引き抜いたとき、スクィーズの手が生ぬるい血で濡れた。もう一度刺したが、骨にぶつかり、柄もとまで突き立てることができなかった。その拍子に自分の指を切って、ちくりと痛むのがわかった。

だが、スクィーズは男を押さえつけたまま、何度もくりかえし刺した。

スクィーズは手袋をはめた手で男の口を押さえていたが、男はきいきい声を発して、手足をばたつかせた。意図したように音もなく片づけることはできないと、スクィーズは悟った。

ダフィーとクルーズは、スクイーズの合図を待っていたが、敵のひとりが林にはいっていったとき、行動を起こさなければならないと悟った。

男の悲鳴と手足をばたつかせる音が、たちまち焚火のそばの殺し屋《シカーリヨ》三人の注意を惹《ひ》いた。それぞれの反応には差があったが、三人とも立ちあがり、銃に手をのばした。

ダフィーは、ピックアップの蔭の闇から躍り出て、ラインバッカーのようなタックルで男を地面に押し倒した。男がそのまま焚火のなかに突っ込み、ジャケットがあっというまに燃えあがった。ダフィーは焚火の左側に倒れたが、起きあがって、服に火がついた男に真上から跳びかかり、着地すると同時にナイフを喉に突き立てた。

ダフィーは転がって離れた。ナイフは男の喉笛から抜かず、立ちあがってAK‐47一挺を取り、その銃床を棍棒代わりにして、死にかけている男の顔を殴った。

そして向きを変え、セレクターを〈安全〉からはずして、薬室に一発送り込み、クルーズが敵ふたりと戦っているほうに銃口を向けた。

だが、そちらに目の焦点が合うと、クルーズが血まみれの右手に血まみれのナイフを持って立ち、足もとにふたりが倒れているのが見えた。

ダフィーは、スクイーズを手助けしようとして、そちらに銃口を向けたが、そのときスクイーズの声が聞こえた。「そっちへ行く！」

アメリカ人三人は、殺戮《さつりく》の場のまんなかに立った。スクイーズは、手袋がナイフの小さな柄にひっかかって脱げたせいで人差し指を深く切っていたが、ライフルを集め、金や車のキーを探し、バックパックや水のペットボトルを持ちあげるあいだ、気にもせず血が流れるままにしていた。すべてピックアップに積んで乗り込んだときに、ダフィーはいった。

「やつらの服と帽子を着る」

スクイーズがいった。「あんたたちはドレスアップできるかもしれねえが、おれはだれの目もごまかせねえ。だって——」

「いいからやれ」

二分後、ダッジ・ラムは狭い未舗装路で向きを変え、ヘッドライトを消したままゆっくり走って、フローレスとナスカーのところへひきかえした。

ナスカーはリアシートに運び込まれ、フローレスの膝《ひざ》を枕にした。クルーズが、その横の狭いところに乗った。ダフィーが運転し、スクイーズが助手席に座って、ほかの車と行き会ったときにはフロアボードに伏せる用意をした。

午前四時に高速道路に達し、ヘッドライトを消したまま、北へゆっくりと走った。スクイーズがそのあいだにグラヴコンパートメントを漁り、車の所有者がマサトランに住んでいることがわかった。

フローレスが、はっと息を呑んだ。「シナロア・カルテルの構成員を四人、殺したのね」

クルーズが茶化した。「あれだけ武器を持っていたから、農民じゃないってわかった」

「レミックとその配下も含めると」フローレスがつけくわえた。「今週、わたしたちが遭遇した四番目の敵集団ね」

クルーズがいった。「山にはいる前におれたちが殺した警官のことを忘れてる。ありえない。くそ野郎どもが五組だぜ」

ダフィーは、運転をつづけた。「それに、一日はまだはじまったばかりだ、諸君」

80

ニコール・ダフィーは、硬い木の椅子に座り、おなじように硬い木のテーブルに突っ伏していた。両手に手錠をかけられ、テーブルの中央のアイボルトにその手錠が鎖で固定されていた。

足首にも枷《かせ》をはめられていたが、そういった状態にもかかわらず、ニコールはなんとか数時間眠った。

総じてひどい扱いは受けていなかった。食事をあたえられ、洗面所にも行くことができた。到着するとすぐに、ニコールはメキシコの州警察に属する女性司法官の事情聴取を受け、警官を殴ったことで叱責されたものの、夫が〝悪魔の背骨〟にいて、どうしても救出する必要があると説明すると、熱心に話を聞いてもらえた。

女性司法官は、何本か電話をかけるために出ていき、戻ってくると、べつの人間が話をしにくるのを待つあいだ、あなたはこの部屋でしばらく拘束されることになると、ニコールに告げた。

ニコールには携帯電話も時計もなかったし、部屋の壁に掛け時計もなかったが、簡単な食事が三度届けられたので、丸一日ここに入れられているのだと察した。

ニコールはここでなにもせずにいるわけではなかった。領事館からだれかを呼ぶよう要求して叫びつづけていたので、声が嗄《か》れていた。もっともこの町に領事館があるかどうか、まったくわからなかった。ニコールはさらに、地元警察が〝悪魔の背骨〟に救助隊を送ることを要求し、事情を説明するためにメキシコ陸軍のだれかをよこしてほしいと要求し、メキシコシティかダラスのアーマード・セイントに電話をかけるよう要求した。トルティージャと黒いんげん豆の食事を持ってきた若者に、代わりに国連に連絡してほしいと頼むことまでやった。

若者は肩をすくめただけだった。英語がわからなかったし、このいかれたアメリカ人《グリンガ》がどういうことで騒ぎたてているのか、見当もつかなかった。

なにをやっても警察は動こうとしなかったので、ニコールはそこでテーブルの天板にもたれ、家の子供たちと、一時間ほど南の山中にいて行方がわからないジョシュのために祈った。

急にドアがあき、ニコールはさっと顔を起こした。髪が目の上にかかった。また食事だとすると、一日半ここにいたことになる。もしそうなら、手首が折れてもかまわないから手錠から手を抜き、だれかを殴ろうと決心した。

だが、警官が食事を持ってきたのではなかった。黒い髪をきちんと分けた三十代の長身の美男子がはいってきた。すこし皺《しわ》になっているが、仕立てのいい紺のスーツを着て、レジメンタルタイを締めていた。好奇心をあらわにしてその男がニコールを見て、眼鏡《めがね》のぐあいを直し、テーブルのほうにやってきた。

そのうしろから女性がひとりはいってきた。なにかを小脇に抱えていて、隅の小さなテーブルに置き、それをひきずって、ニコールが拘束されているテーブルに近づけた。

裁判所速記官が口述を記録するのに使うステノタイプ（速記用の特殊なタイプライター）を持ってきたのだと、ニコールは気づいた。その女性がまた部屋の隅へ行き、椅子をひきずって戻り、腰をおろした。スーツの男は、すでにニコールの向かいに置いてあった椅子に座っていた。

アメリカ英語で、男がいった。「ダフィーさん。こんなに時間がかかって、ほんとうに申しわけありません。警察があなたを長時間ここに座らせていたことは知っています」咳払いをしてからつづけた。「FBIのロン・デイヴィソン特別捜査官です」

ニコールはなにもいわず、垂れている束ねた髪のあいだから、デイヴィソンのほうを見ただけだった。

「どんなふうですか？」デイヴィッソンが、丁重にきいた。同情しているようでもあった。

だが、ニコールは愛想よくする気分ではなかった。「どんなふうに見えるっていうの？」

美男の特別捜査官が、悲しげな笑みを浮かべた。「正直にですか？　正直いって、かなり過酷な夜を過ごしたように見えます。あえて申しあげるなら、あなたはメキシコで逮捕されて、チワワのこのおんぼろ留置場に連行され、テーブルに手錠でつながれて、わたしがフィーニクスから空路で到着するまで十五時間待っていたのが、ありありとわかります」

「そんなふうに見えるの？」

「そうです」

「だったら、あなたはよっぽど洞察力が鋭いのね、デイヴィッソン特別捜査官」

デイヴィッソンが、横の女性を手で示した。「こちらはジル。口述筆記をやります」ジルはすでにタイプしていた。ニコールのほうは見ないで、挨拶《あいさつ》もしなかった。

ここに長時間座っていたせいでぼうっとしているのをふり払うために、ニコールは頭をふった。「ねえ、わたしは夫を見つけなければならないのよ。ＦＢＩにチームを編成して、行ってもらう――」

「マーム」デイヴィソンがいった。「わたしの指示に従ってもらうほうが、早く進められます」

ニコールは言葉を切り、やがていった。「わかった」

「あなたは地元警察に、事情聴取の際に弁護士をつける必要はないといいましたね。ここでもそれでいいですか？」

「どうして弁護士が必要なの？　わたしはなにもやっていない」

デイヴィソンが、片方の眉をあげた。「あなたが警官に暴行したと、目撃者数人が述べています」

ニコールはあきれて目を剝《む》いた。「あれは暴行じゃなかった」

「顔を殴ったんですよ。どう表現するつもりですか？」

ニコールは肩をすくめた。「意思の疎通は得意じゃないの。スペイン語はわからないし」

デイヴィソンが、くすりと笑った。「いいでしょう……この事情聴取に同意しますか？　イエスかノーで答えてください」

「さっさとやって」

「マーム、それはイエスでもノーでも――」

「イエス！」ニコールは叫んだ。

デイヴィソンが溜息をついた。「まず、ご主人が亡くなったことに、お悔やみを申しあげます。」「どんな状況であろうと……これが――」

ニコールは、鎖をひっぱって不意に立ちあがった。「いったいどういうこと？　彼が……彼が死んだ？」

デイヴィソンが、にわかに愕然《がくぜん》とした表情になった。「ああ……なんてことだ。もうこの警察が伝えたと思っていたんです。あなたがどういう状況に置かれていても、彼らはけさいちばんに知らせるべきだった」

ニコールは涙をこらえ、ふるえる顎《あご》を突き出した。「なにを？　なにをわたしに伝えるっていうの？」

デイヴィソンがすこし肩を落とした。ほんとうに動転しているように見えた。「メキシコの官憲は、ご主人がくわわっていた外交官と警護員の車列が、西シエラマドレの上のほうのどこかで黒い騎士に襲われて全滅したといっています」

「どうして……どうしてそうだとわかるの？」

「アーマード・セイントが、車列からの連絡が途絶えたといったんです」――デイヴィソンが腕時計を見た――「四十八時間前に。昨夜晩《おそ》く、山から麓《ふもと》の陸軍に風聞が届きました。山の上のほうのカルテルが戦闘のたぐいをはじめたが、それが終わったと、現地の住民が教えたそうです。最初から国連代表団の警護員は二十二人しかいなかったし、最初の晩にまだ麓にいたときにひとり失ったと、アーマード・セイントは説明しています。二晩目《ふたばん》には四人失ったそうです。麓で死んだひとりを除けば、遺体は回収されていません。しかし、車列の生存者はひとりもいないと、山地の住民がいっています」

ニコールは首をふった。「そのどれも、なにひとつ証明していない。現地へ行ってたしかめる必要があるし、それに、ジョシュはほかの殺されたひとたちについても、わたしに話した。それと、なにかのたくらみにはめられたこと、包囲されていることも。六人のうちひとりが死んだけど、あとは生きているって……それが日曜日の午後よ」

「いまは火曜日の午後です、マーム。これまでなんの連絡もない」

「でも、死体がないのなら……それならジョシュは死んでいない」ニコールは目を丸くした。「わたしの電話。きのう電話を取りあげられた。ジョシュが電話してきたかもしれない――」

「あのドアからはいってくる十分前に、あなたの携帯電話を調べました。着信は一件だけで、発信者はヴァージニア州の番号、ディナ・アリス・レイサムからでした」

ニコールは、しゃべるのをやめた。唇《くちびる》をわななかせた。テーブルに顔を伏せて、泣き出した。

デイヴィソンは、だいぶ長いあいだ待ってからいった。「いいですか、ダフィーさん。あなたはこの留置場で現実を見ていないのだと思います。メキシコの官憲は、明らかにこの地域では手いっぱいだし、あなたはヘリコプターをハイジャックしてはいないので、問題は暴行容疑だけです。あなたが苦しい思いをしているのは当然ですから、それに免じて告訴されないようにできるでしょう。あなたをここから出すことができます。たぶん、二日以内に、あるいはあすにでも」

ニコールはそれを聞いていなかったようだった。「遺体回収のために、なにをやっているの？」

デイヴィソンが、大きな溜息をついた。「三日後に陸軍が山脈に進出して、黒い騎士を根絶やしにします。抵抗に遭うことはまちがいないですが、西シエラマドレの上のほうへ到達すれば、車列が全滅した場所についてたしかな情報が得られるでしょう。たしかに検死は陸軍の任務ではありません。内戦に近いものに勝つのが陸軍の任務です。でも、地域が安全になったら、なんらかの回収活動が行なわれるはずです。

こういうことには、時間がかかります。麻薬戦争のまっただなかの地域なので、なおさらです。辛抱強くしていただかなければなりません」

ニコールがゆっくり頭をあげて、デイヴィソンの顔を見た。「あなたはFBIで、わたしはたぶんメキシコ警察に告訴されないといったわね」

デイヴィソンが、首をかしげた。「すべてそのとおりです」

ニコールはまだ泣いていたが、涙ながらにいった。「それじゃ、ここでなにをやっているの？　どうして領事館の人間が来ないの？」

「国連の任務についてあなたが知っているすべての事柄について、供述をとらないといけないんです。ご主人が毎日あなたに電話をかけていたことを、ここの司法警察（裁判官・裁判所の命令を執行する警察）から聞いています。それらの会話に関する情報がほしいんです」

「なぜ？」ニコールはふたたびきいた。

「マーム。おそらくアメリカ人十五人以上と外国籍の数人、国連の高官ふたり、メキシコの外交官ふたりが殺されたんです。そのためFBIは、メキシコの官憲と協力し、事件についてあらゆることを調べあげることに関心を抱いています」

そういうことなら納得がいく。まだめそめそ泣きながら、ニコールはいった。「あなたが知りたいことをなんでも話すわ」

81

そのピックアップは、疲れ果てていたアーマード・セイントの武装警護員たちにとって、まさに天からの授かり物だった。痛む足で歩かず、楽ができるのはありがたかったが、進行はさほど捗《はかど》らなかった。

五時間たっぷり走って、わずか五〇キロメートルほど進んだだけだった。アスファルト舗装の高速道路なのにあまり進めなかったのは、ほかの車のヘッドライトが近づくのが見えるたびに、道路からそれて隠れなければならなかったからだ。

対向車とすれちがうこともあり、そういうときも報告された場合に備えて、道路からそれて防御態勢をとった。

そういうときには、ダフィー、クルーズ、スクイーズが下車し、奪ったAK－47でいつでも撃てるようにして、自分たちを目撃した連中と交戦する準備をした。

そして、安全だとわかると、ピックアップに乗り、ダフィーの運転でまた走りはじめた。

それでも、五〇キロメートル走破したことで、クレエルまで六五キロメートル以内に接近した。山脈を半分通過していたので、ロス・セタスか黒い騎士が先行して待ち伏せていないかぎり、村を通っても心配ないと、フローレスが判断した。

ダフィーたちは、殺し屋《シカーリヨ》のバッグにはいっていた缶詰の豆、トルティージャ、キャンディを食べ、ボトルドウォーターを飲んだ。男たちはカフェインを摂《と》るために、インスタントコーヒーの小袋をいくつかしゃぶったが、フローレスはむかつく感じだといって断わった。

クルーズがスクイーズの指に包帯を巻き、モルヒネを注射されているナスカーは意識を取り戻したり失ったりしていた。だが、ピックアップで走りはじめてからすぐに、モルヒネを使い果たした。ナスカーがまもなくすさまじい痛みに襲われることを、ダフィーは知っていた。折れた部分は副木《そえぎ》で動かないようにしてあるが、骨折による腫《は》れと柔らかい組織の損傷が激痛を引き起こすはずだし、医師の手当てを受けさせないかぎり、なにもできることはない。

一行は午前九時ごろに高速道路を離れ、もっと急傾斜で山を下っている未舗装路に出て、ガソリンスタンドがあることを示す標識に従って、ピックアップを走らせた。ダッジ・ラムはガス欠になりそうだったし、金はなく、交換できるものは銃しかなかったが、ピックアップを走らせつづけるためなら、なんの罪もないガソリンスタンドの店員を殺すこと以外ならなんでもやると、ダフィーは決意していた。

山腹の先が見えないカーブをまわったとたんに、道路沿いに商店が数軒ある小さな村にはいっていた。左の斜面の上のほうに日干し煉瓦《れんが》の家が数十棟あり、その右の傾斜地が畑で、森と隣接していた。

だが、人影は見えなかった。車も見えない。炊煙《すいえん》もあがっていない。異様な感じだった。村そのものが放棄されたようだった。フローレスは嫌な予感がした。

「おかしいわね。昼間には村人がいるはずなのに」

道路をすこし進むと、ガソリンスタンドがあり、一瞬、見通しが明るくなったが、乗りつけるとポンプの電源が切られ、閉店していた。

ダフィーはいった。「ガソリンがほとんど残っていない。ポンプを動かす方法があるはずだ」

フローレスがいった。「あなたたちがそれをやっているあいだに、住民を探して情報を聞くわ」

ダフィーは、ピックアップを隠すために裏に乗り入れた。見通しのいいぬかるんだ畑のそばに、狭い駐車場があった。穀物の畑で、芽が出たばかりのように見えた。これまで見てきたのは罌粟《けし》農園ばかりだったので、それがはじめてのまともな畑だった。

全員がピックアップに乗ったままで、ダフィーはあたりを見まわした。「ギャビー、独りで行くのはだめだ」

「あなたといっしょに行くより、独りのほうが安全よ」

「クルーズならどうだ？　クルーズを連れていってくれ。AK‐47は置いていくし、拳銃はシャツの下に隠す」

クルーズは、殺し屋《シカーリヨ》の服に着替えていた。ジーンズ、背中に蠍《さそり》の刺繡《ししゅう》がある黒いシャツ。シャツはうしろの右側が切れていて、血がついていたが、なんとか通用するだろうとダフィーは思った。

フローレスが、クルーズのほうをふりむいた。「口を閉じていてくれる？」

クルーズがいった。「このあたりのスペイン語はほとんどわからない。あんたがしゃべれる方言を使うやつとおしゃべりすることはありえないよ」

ふたりは歩いてガソリンスタンドから離れて、通りを渡り、砂利道の坂を登って、小屋が固まっているほうへ行った。

ダフィーとスクイーズは、裏の窓からガソリンスタンドの店内に侵入した。スクイーズが窓を抜けて、ドアの鍵をあけた。それから、ナスカーとAK‐47四挺を運び込み、急ごしらえの担架《たんか》を、乱雑な店のカウンターの奥で床におろした。つづいてスクイーズとダフィーは、正面の窓のほうへ行った。

スクイーズがいった。「ここは隠れるのにはうってつけだが、遮掩《カヴァー》にはならねえ。壁が薄すぎるから、敵弾が貫通する」

「そうだな」ダフィーは相槌《あいづち》を打った。「ここで銃撃戦はやりたくない。ポンプを動かす方法がないか、調べにいく」

箱がぎっしり置いてある倉庫と、電話ボックスくらいの広さしかない事務室があった。ダフィーはそこに首を突っ込んで、だれもいないことをすばやくたしかめてから、倉庫のほうを向きかけた。

だが、そこで目を丸くして向き直り、事務室を覗《のぞ》き込んだ。

エンドテーブルくらいの小さな散らかったデスクに、電話機があった。ためにちがいないと思いつつ、受話器を持ちあげて耳に当てると、いままで聞いたこともないくらい美しい音色が聞こえた。

ダイヤルトーン。

「スクイーズ！　電話がある！」

「使える電話かい？」

「ああ、そうだ。固定電話だ」

スクイーズが事務室に走ってきて、電話機に用心するような目を向けた。「だれかがこのあたりからの通話を逆探知してるかもしれねえ。電話して助けを呼んでも、いいやつとわるいやつのどっちが先に来るか、わかったもんじゃねえよ」

「たしかに」

だが、ダフィーは電話をかけてみようと決意していた。たったひとつの番号だけにかける。スクイーズがあたりを警戒するために戻っていくと、ダフィーはニコールの番号にかけた。意外にも国際電話はつながったが、すぐに留守番電話に切り替わった。

「くそ」ダフィーはメッセージを残さずに電話を切った。ほかのだれかに電話しようかと数分のあいだ悩んだが、信頼できるのはニッキだけだと決断した。アーマード・セイントは信用できない。メキシコの官憲も信用できない。それに、この電話機でまた電話をかければ、自分たちが隠れている場所を悪党どもに知られる危険が大きくなる。

ダフィーは焦燥《しょうそう》にかられてひきかえし、店の正面のポンプを動かす方法を見つけようとした。数分後に、もう一度ニッキに電話しようと、自分にいい聞かせた。

82

デイヴィソン特別捜査官は、午前十一時に事情聴取をほぼ終えかけていた。一時三十分のフィーニクス行きの便に、なんとか間に合う。

アメリカに帰ることを、デイヴィソンはニコール・ダフィーに告げていなかったが、ベッドのある監房に移して、この取調室で鎖につながれてあとひと晩過ごすことがないように、手配するつもりだった。

メキシコ政府との交渉がうまくいけば、連邦保安官局の捜査官がたぶんあした、彼女を迎えに来るだろう。

とはいえ、率直にいうと、彼女は自分の窮状をたいして苦にしていないように見えた。残してきた子供たちのことをきき、夫の行方がわからないことを嘆いているだけだ。

デイヴィソンが立ちあがり、脚をのばして、ダフィー夫人にコーヒーのお代わりを持ってこようとしたが、そこでちょっと首をかしげた。外から音が聞こえたので、デイヴィソンは鍵がかかっている取調室のドアに向けて歩いていった。

ニコール・ダフィーのほうをふりかえると、彼女も明らかにその音を聞きつけたようだった。

「ヘリコプターだ」かすかなブーンという音を彼女は聞き分けられないにちがいないと思い、デイヴィソンは教えた。

ニコールは、デイヴィソンをじっと見つめた。「UH-60」

デイヴィソンは首をかしげた。

「ブラックホーク」ニコールがつけくわえたので、デイヴィソンはうなずいた。

「ああ……そうかもしれない。たぶん司法警察《ポリシア・フディシャル》でしょう。州警察かもしれない。あなたをよそに移すつもりだろうか」まわりを見た。「ここは地方警察の留置場です。州警察にどこに連れていかれるにせよ、ここよりはずっとましだ。彼らが来たら話し合って、あなたが置かれている状況を説明しますよ」

一分後、ドアが表から開錠され、デイヴィソンは州警察に対して精いっぱい如才なくふるまおうとしたが、突然、びっくりして顔を起こした。

はいってきた男は四十代で、メキシコ人らしく、スーツを着てネクタイを締めていた。鬢《びん》のあたりに白髪《しらが》が混じっていたが、男が歯をむき出して笑っていたにもかかわらず、ニコールには恐ろしい相手のように思えた。

デイヴィソンが、男のほうに近づくのを、ニコールは観察していた。デイヴィソンは明らかにまごついていたが、その男と会えたのをよろこんでいるようだった。「オスカル？ 会えてとてもうれしい！」

男が、メキシコのなまりがほとんど感じられない英語でいった。「ロン、こっちに来ていたとは知らなかった。会えてよかった。美しいフィーニクスのようすはどんなふうだ？」

ふたりは温かく抱き合った。

「なにもかも順調だ。家族は元気だ。あなたとは何年も会っていなかった」

「ほんとうに久しぶりだ、友よ」

デイヴィソンが、ニコールのほうを向いて紹介した。「ダフィーさん、こちらはフィーニクスでわたしのボスだったオスカル・カルドーサ管理官です。数年前に昇進して、いまではメキシコシティのわれわれの地方局を運営しています」

「お目にかかれて光栄です、ダフィーさん」

83

午前十一時二十分、情報を求め、危険を冒して出かけていったトニー・クルーズとギャビー・フローレスが、二時間たってから姿を現わした。通りの向かいで荒れた踏み分け道を下り、ガソリンスタンドに戻ってきた。

ガソリンスタンドのタンクが空《から》っぽだとわかってから二時間ずっと、ダフィーはニコールに何度も電話をかけたが、応答がなかった。その短い無駄な試みの合間に、ダフィーはクルーズとフローレスのことが心配になっていた。

ふたりがドアからはいってくると、ダフィーはクルーズの肩を叩き、フローレスをハグして驚かせた。「くそ、ふたりとも。おれたちは心配していたんだぞ」

フローレスは心配そうな顔でダフィーを見ただけで、クルーズはすばやくカウンターに置いてあったAKのところへ行き、薬室に一発送り込まれていることを確認した。

クルーズがやけにきびきびした動きで、なにかようすがおかしかった。

フローレスが答えた。「わたしたち全員の心配をしたほうがいい。黒い騎士がここにいるのよ」

「ここに？　ここって、どこだ？」

「〝悪魔の背骨〟から遠く離れたここまで黒い騎士が来るとは思っていなかった。でも、すぐ北の高速道路に道路阻絶《ロードブロック》を設置しているし、この道路のそう遠くないところにも小規模なものがある。住民はみんなできるだけ遠ざかろうとして、山の上のほうへ逃げた」

「どうやって、そういうことをすべて知ったんだ？」

「山の中腹に住んでいるタラウマラ族のひとりが、わたしたちのほうへおりてきて、どうしてまだここにいるのかときいたのよ。そのひとは、逃げ出した村人から、こういうことすべてを聞いたといった。黒い騎士が午前八時に、広場に全員集合するよう命じて、アメリカ人《グリンゴ》を見たかときいた。だれも見ていないとわかると、黒い騎士はわたしたちの先まわりをして、そこで待つことにしたのよ。ここから北に一・五キロメートルくらいしか離れていない橋を封鎖している」

「ちくしょう」ダフィーはいった。

「どうするんだ、ボス？」スクイーズがきいた。

ダフィーは、カウンターの奥でナスカーが眠っているほうを見た。中腹まで運びあげて森に隠れる手立てがないし、ピックアップはすでにガス欠になっている。それに、ここにある使える電話を、殺し屋《シカーリヨ》に渡すわけにはいかない。

ダフィーは、クルーズとスクイーズに向かっていった。「このガソリンスタンドの護《まも》りを強化する。正面の窓ぎわに箱や木枠を並べ、ドアを塞《ふさ》ぐ。おれたちがはいらせないかぎり、だれもはいれないようにする。了解したか？」

クルーズがいった。「黒い騎士と戦うのか？」

ダフィーは首をふった。「おれたちは、やつらが知らないことを知っている。おれたちを捜しているのは、黒い騎士だけじゃない」

フローレスが、急に気づいた。「ロス・セタス。ロス・セタスが来る。そうしたら、どちらの集団にとっても、わたしたちが最大の問題ではなくなる」

スクイーズがすでに、陳列棚を正面ドアに向けて押していた。クルーズもおなじようにしていた。

ダフィーはいった。「おれは裏口を塞ぐものを探す。ギャビー、ラリーのようすを見てくれ。そのあいだ、電話がかかってこないか聞いていてくれ」

フローレスが、驚いてダフィーのほうを向いた。「電話？　電話があるの？」

84

オスカル・カルドーサ管理官は、ロン・デイヴィソン特別捜査官と向き合って取調室に立っていたが、目はニコール・ダフィーに向けていた。ニコールは怪訝《けげん》に思って見返した。だれも口をきかなかったので、ニコールはいった。「それで……あなたはFBIなの？」

カルドーサが、白い歯をむき出して笑った。「地元の人間に見えるかもしれないが、マーム、わたしは偉大なテキサスで生まれ育ったのだよ」

メキシコの首都のFBI地方局の人間がどうしてここに来たのだろうとデイヴィソンが困惑していることに、ニコールは気づいた。「こんな奥地に来たのはどういうわけですか？　あなたの管轄ではないでしょう」

カルドーサが、笑い声をあげた。「たしかに。信じてもらえるかどうか、わたしはたまたまこの地域にいた。週末に山中で起きた悲劇的事件に関連して拘束されているアメリカ市民を事情聴取するために担当者がここに来ることを、フィーニクス地方局から知らされた。力になれるかどうか、たしかめに来たんだ」

「そう、とんでもないことが起きました」デイヴィソンがいった。「ダフィーさんのご主人は、武装警護員のひとりだったんです」

「いまもそうよ」ニコールはいったが、メキシコシティから来た男がまくしたてた。

「想像を絶する苦しみを味わっておられるのでしょうね、ダフィーさん。行方不明の男たちを見つけるためにあらゆる手を尽くすと約束します」

それを聞いてニコールは顔をあげたが、デイヴィソンが首をかしげた。「行方不明の男たち？　生存者はいなかったと聞いています」

「ちょっと」ニコールは抗議した。

「すみません」デイヴィソンがいい直した。「生存者がいるとはわかっていない、です」

カルドーサに向かっていった。「ちょっと表に出ませんか？」

「いいよ」

デイヴィソンが、こんどはニコールのほうを向いた。「すぐに戻ります」

ニコールは冷たく答えた。「それじゃ、ここで待っているわ」

カルドーサとデイヴィソンがドアの前に行き、ノックして、州司法警察官がドアをあけた。ふたりは廊下のだれもいないところへ行った。口述速記官も出ていって、洗面所を探しにいった。

金属製のドアが閉まり、施錠された。

ふたりきりになると、デイヴィソンはいった。「この件でのあなたの役割を説明してくれませんか、オスカル」

「本部《DC》に調べろといわれた」

「ほんとうですか？　あなたが来ることについて、なにも聞いていませんが」

「爆弾で殺された警護チームのリーダーは、シェーン・レミックといって、元海軍SEALだ。アメリカの民間軍事会社が、国連とメキシコ政府の要人を護《まも》るのに失敗したから、この一件は紛糾するだろうと本部では予想している」

デイヴィソンは、それを聞いてうなずいた。「メキシコシティではどう考えているんですか？　シナロア・カルテルが、和平交渉を阻止するためにやったと？」

「いや、それはありえない。和平案のことをシナロアが知っていたというような屑《くず》情報すらない。黒い騎士《BK》が代表団をおびき寄せて襲撃したと考えるのが道理だろう」

「しかし……どうしてそんなことを？」

「西シエラマドレでの問題に外国が関与することにくそったれというためだ。無法地帯に法を持ち込もうとするのは無駄な行為だ。国連とメキシコ政府は、そのあたりがまったくわかっていなかった」

デイヴィソンはうなずいた。「この手のことについては、あなたのほうがわたしよりもずっと詳しいようですね」取調室のほうを親指で示した。「彼女は、夫のジョシュ・ダフィーがいまも生きているといい張っているんです。衛星携帯電話で最後に話をしたとき、彼は銃撃戦のさなかで、完全に追いつめられていたようです。夫のダフィーは彼女にそういっています。明らかに死んでいるのに、彼女は道理に耳を貸さない」

「彼女の携帯電話に、電話はかかってきたか？」

「前に調べたときには、一本も着信していませんでした」

「いつのことだ？」

「事情聴取の前です」デイヴィソンは腕時計を見た。「二時間前ですね。なんですか？　なにを考えているんですか？　なにか知っているんでしょう？」

「もう一度、その電話を見ようじゃないか」

デイヴィソンは肩をすくめた。「ええ。厳重に保管してあります。看守から鍵をもらい、事情聴取が終わったらもう一度確認します。一時半の飛行機で帰りたいんですよ」

カルドーサがいった。「よければ、いま確認してもらえないか？　証人とちょっと話がしたい」

年下のデイヴィソンは、首をかしげた。「わたしの証人と話がしたいんですか？」

「そうだ」

「ええと、ジルが休憩しているので、もうちょっと待ってもらえれば――」

「いますぐダフィー夫人と話がしたいんだ、ロン」

デイヴィソンは、両手を腰に当てた。「速記官抜きで？　事情聴取のさなかに、速記官抜きで証人をべつの捜査官に渡したことがありますか？」

「あったとはいえないが、友人の管理官に頼まれたことはなかったからね」ほのめかしを一瞬、宙に漂わせてから、カルドーサはつづけた。「わたしはきみに頼んでいるんだ、デイヴィソン特別捜査官」

デイヴィソンはむっとしたが、降参のしるしに両手を挙げた。「わかりました。階級を持ち出す必要はありません。ただ、だいぶ奇妙ですからね。いいですよ。はいってください。わたしは彼女の電話を取りにいきますが、いまいっておきます。亭主は死んだから、電話をかけてくるはずはないです」

「ありがとう、ロン」カルドーサは、ドアの前の見張りに速記官を入れないようにとスペイン語で指示してから、取調室にはいった。テーブルに向かって座っているニコールに近づき、腰をおろし、笑みを浮かべて向き合った。

「ダフィーさん。いくつか質問があります」

「こんな事情聴取をもう一度くりかえすつもりはないわ」

カルドーサは笑みを浮かべた。「きのうの午後、地方局に連絡したところ、国連代表団の警護員ひとりの夫人のことを聞いたんです。その女性はかわいそうな夫を助けるためにここに来たのに、州司法警察に連行され、FBIの事情聴取を受けることになっていると。けさヘリコプターを確保して、急いで来たんです」

「どうして？」

「ご主人を見つけて連れ帰るには、わたしたちが協力する必要があります」

一瞬、期待がふくらんだ。「彼が生きていると、ほんとうに信じているの？」

「信じています。ほとんどそう確信しています」

「デイヴィソンが信じていないのはどうして？」

「彼が知らないことを、わたしはいくつか知っています」

「たとえば？」

「何者かが真夜中過ぎにシナロア・カルテルの殺し屋《シカーリヨ》四人を殺し、彼らの車と武器を奪った」

「ジョシュだったと思っているのね？」

「こう思っています。わたしの同僚があなたの携帯電話を持って戻ってきたら、わたしたちふたりにとっていい報《しら》せが見つかるでしょう。ご主人とその仲間が車を手に入れたとすると、いまごろは西シエラマドレのもっとも荒れ果てたところから脱け出していて、電話が通じている町を見つけたでしょう」

それが合図だったかのように、ドアがガタンと音をたててあき、デイヴィソンがジルといっしょにはいってきた。

カルドーサがいった。「やあ、みんなそろったな」

デイヴィソンは、ひどく驚いているようだった。「たまげたよ、オスカル。この二時間に五回、デル・コブレという町の近くの固定電話から着信している。ロビーの地図で調べた。ここから車で南に二、三時間のところだ」

「ジョシュが電話してきたのね?」ニコールは甲高《かんだか》くいった。「だれかが電話してきた。それしかわからない」

ニコールが手をのばし、鎖が音をたてた。「わたしの電話を返して! 返して!」

カルドーサがいった。「落ち着いて。折り返し電話しよう。いっしょに」

だが、デイヴィソンは携帯電話を渡さなかった。「オスカル……電話がかかっていたのを、どうして知っていた? どうしてここに来て、わたしの捜査に割り込み――」

カルドーサがいった。「わたしたちはみんな、〝悪魔の背骨〟でなにがあったか知る必要がある。そうだろう？　ダフィーさんに——電話をかけてきたのが彼だとして——電話をかけるのは、ここにいる全員のためだ」

ニコールが、また手をのばした。「わたしがかける」

「スピーカーホンにしてかけてくれ」カルドーサが、ディヴィソンがずっと座っていた椅子から立ちあがり、下級の同僚に明け渡した。「ロン……きみの事件だが、それがわたしの提案だ」

微妙なやりかたで階級をふりかざしていると、ニコールは思ったが、ジョシュのことに注意が向いていた。

「ああ、わかりました」ディヴィソンがそういって、テーブルに向かって腰をおろし、何度もかけてきた発信者の番号をダイヤルした。つながるあいだにスピーカーホンに切り換え、テーブルのまんなかに携帯電話を置いた。

呼び出し音が四度鳴り、相手が不意に出た。

雑音が混じり、かすれた声だった。「ニッキ？　きみか？」

ニコールは、声に力をこめた。「わたしよ、ジョシュ。どこにいるの？　どんな——」

ディヴィソンが、愕然《がくぜん》とした表情で、身を乗り出した。「うーむ……ダフィーさん。こちらはFBI特別捜査官のロナルド・デイヴィソンです。生きているとわかってほっとしました。迎えにいきますから、あなたがどこにいるか知る必要があります」

一瞬ためらってから、ダフィーはいった。「小さな村だ。名前はわからない。〝悪魔の背骨〟から離れて、山脈を半分くらい行ったところだ。高速道路の三キロメートルくらい東の道路上だと思う」

デイヴィソンはいった。「デル・コブレですね。あなたが説明したとおりの場所にあります。そうですか？」

「ああ、たぶん。真夜中過ぎにピックアップを徴発したが、ガソリンを入れようとしてここに来た。ガソリンスタンドのポンプが壊れているし、ガソリンはないが。電話機を見つけた」

オスカル・カルドーサが、テーブルのほうへ身を乗り出した。「ほかにだれがいる？」

ダフィーはためらった。「あんたはだれだ？」

「オスカル・カルドーサ管理官、おなじくFBIだ。デイヴィソンやきみの奥さんといっしょにここにいる」

すこしうろたえているような声で、ダフィーがいった。「ガブリエラ・フローレス博士と、チームの三人がいっしょだ。警護班のあとのものは死んだ。ここにいるうちのひとり、エヴァンズは怪我《けが》をしている。両足首の骨折だ。二日間、陸路でロス・セタスに追跡されていた。道路のすぐうしろにいると思う。黒い騎士が一キロ半ほど北で橋を封鎖している。まもなくすさまじい戦闘がはじまることはまちがいないし、それまでにおれたちはここを離れたい」

デイヴィソンがいった。「ちょっと待って、ダフィーさん。保留にします」カルドーサのほうを向いた。「彼のいうことはつじつまが合わない、オスカル。ロス・セタスは、この東が勢力圏だ。もっと東のほうのテキサスとの国境近く、シウダー・ファアレスやヌエボ・ラレドにいるはずだ」

「彼はアメリカ人の警護員だ。気を悪くしないでもらいたいが、彼にロス・セタス、シナロア・カルテル、ロス・カバジェロス・ネグロスのちがいがわかるとは思えない」

ニコールはいった。「ロス・セタスだとわからなかったら、そういうはずがない。フローレス博士がその地域と住民のことをよく知っていると、ジョシュはいっていたし、フローレス博士がそこにいるのよ」

カルドーサがいった。「いまそれはどうでもいい。彼をその村から連れ出し、危険から脱出させなければならない。われわれが乗ってきたブラックホークを使えば、四十五分でそこに行ける」

デイヴィソンはたじろいだ。「麻薬戦争のまっただなかに飛び込むのは無理だ」

「いいえ、無理じゃない！」ニコールが口をはさみ、カルドーサの顔を見た。「お願い！ジョシュのいうことを聞いたでしょう。あなただけが頼みの綱なのよ」

デイヴィソンがいった。「フィーニクス地方局や本部《DC》と話をして、許可を――」

だが、カルドーサはボタンを押して保留を解除した。「わかった、ダフィーさん。ヘリコプターがあるから、一時間以内にそっちに行ける」

ダフィーは、このやりとりに困惑していた。「ヴァージニア州にいるのに、一時間以内に来られるのか？」

「ちがうの、ジョシュ」ニコールはいった。「わたしはこっち、メキシコにいるのよ」

ダフィーが、急に怖気《おじけ》づいたような声を出した。「こっちにいる？　だめだ、だめだ。よく聞け、ニッキ。だれも信用できないんだ。たとえアメリカ人でも。ことにアメリカ人は信用するな。おれたちがだれにはめられたのか、わかっていない。万事が携帯型地対空ミサイルを盗み、知っている人間をすべて殺す企て――」

カルドーサがさえぎった。「きみの奥さんは、FBIが預かっている、ダフィーさん。わたしたちが彼女の世話をするし、ふたりいっしょに国境を越えて帰れるようにする。だが、ひとつ教えてくれ、ほかにだれかに連絡したことはあるか？」

「だれにも連絡していない。だれかが盗聴していないともかぎらないからだ。ニコールに連絡すれば、アメリカ国内で伝手《つて》を見つけてくれるだろうと思ったんだ。彼女がこっちに来ているのは知らなかった」

「正しい決定でしたね。この陰謀はメキシコ政府のかなり上の人間がからんでいる。彼らは地域の電話を監視できるかもしれない。もう電話はかけないで、そこにじっとしていれば、迎えにいきます」

カルドーサは通話を切ったが、デイヴィソンがたちまち食ってかかった。「陰謀？ なんの陰謀ですか？ いったいなにをいっているんですか？ ダフィーの話はどういうことですか？ 携帯型地対空ミサイル？」

カルドーサが、それまでの相談する口調とはがらりと変わって、よそよそしくなった。

「それをきみに説明する権限がわたしにはないんだ、ロン。いまはまだ。必要な証拠を得るために、生存者を連れてくる必要がある」

デイヴィソンは、しぶしぶそれを聞き流してうなずいた。「いいでしょう。しかし、脱出させるには、メキシコの連邦警察との連携が必要――」

カルドーサがいった。「必要ない。チームを連れてきた」

「チーム？ なんのチームですか？」

「州司法警察。私服。潜入捜査官」

「しかし……どうして州の司法警察を使っているんですか？　連邦司法警察ではなく？」

「通常の経路で手配する時間がなかった。いいか、フィーニクスの許可を待っていたら、ダフィーと生存者たちは敵に蹂躙《じゅうりん》される。わたしが責任をとる。きみに責任を負わせはしない。チームとともに行って、四人を脱出させ、一時間半後にここに戻る」

カルドーサは、ニコールに向かっていった。「ご主人は、だれも信用できないといっている。近くに複数の敵がいるから、すばやく、潤滑に進める必要がある。彼らを救出するのに、自主的にいっしょに来てもらえると、非常に助かる。味方の顔を見れば、彼は安心するだろう」

救出任務にくわわるよう誘われたことに、ニコールは驚いたが、すぐさまいった。「もちろん！　もちろん行くわ！」

「よかった」カルドーサは、デイヴィソンのほうを見た。「拘束を解け」

だが、デイヴィソンは動かなかった。「オスカル、いったいどういうことだ？　彼女の身柄はわたしが預かっている。南に連れていってそんな危険にさらすことは――」

「身柄を拘束しているのはＦＢＩではなくチワワ州警だ。本人が行きたいといっている。なんなら、わたしがここの警官に命じて解放させてもいい」カルドーサはくりかえした。

「拘束を解け」

デイヴィソン特別捜査官は、ポケットからゆっくり鍵束を出したが、疑念をあらわにして、目の前の男をずっと見据えていた。

85

ジョシュ・ダフィーは電話を切り、ガソリンスタンドの事務室を出て、窓から外を見た。前日とおなじように、突然、激しい雨が降りはじめた。通りの向かいで、日干し煉瓦《れんが》の小屋が立ち並んでいる斜面に暴風雨が叩きつけるのを見ていると、雨水が奔流《ほんりゅう》となって道路を勢いよく下っていた。

頭上では雷鳴が轟《とどろ》いていた。

ニコールやFBIとの会話を伝えると、明るい雰囲気になったが、やがてスクイーズがいった。「こんななかで、どうやってヘリが着陸するんだ?」

ダフィーは、肩をすくめた。「わからない。視程はまだ一八〇メートルくらいあるが、上空がどうなっているのかわからない」

カウンターの奥からうめき声が聞こえたので、ダフィーはナスカーのようすを見にいった。「気分はどうだ、チャーリー5《ファイヴ》?」

ナスカーがうめくのをやめて、チーム《T》リーダー《L》のほうを見あげた。「モルヒネで助かってるけど、もう切れそうだ」

ダフィーはいった。「最後の一本を打ったんだ。このガソリンスタンドに〈タイレノール〉があるから、それを飲ませる」スクィーズがその鎮痛剤を取りにいくと、ダフィーはつけくわえた。「味方が来る」窓の外を見た。「天候しだいだな。もうじき病院へ連れていく」

スクィーズが、ボトルドウォーターと〈タイレノール〉四錠を持ってきて、しゃがみ、ナスカーにあたえた。それをやりながら、ダフィーのほうを見あげた。「おい、TL、ガソリンスタンドに押し入ったせいでやばいことになると思わねえか？〈トゥインキー〉（スポンジケーキに似ているジャンクフード）みたいなのを食べて、ドクター・ペッパーを飲んじまったから」

ダフィーはいった。「飛行機を撃ち落としたほうが、よっぽどやばいと思わないか？」

「ああ、だけど、あれはとにかくクールだったぜ。メキシコのド田舎《いなか》でぼろっちい〈ペメックス〉のガソリンスタンドに不法侵入《B&E》してスナック菓子を盗むなんて、みみっちすぎる」

フローレスは、窓ぎわで雨を眺めていた。ダフィーはそこへ行った。

「あんたがいっしょに来てくれてよかった、フローレス博士。あんたの国の人間には気の毒なことになったが」

「わたしたちが生き延びれば、一部始終を国際社会に告げることができるわ」

「ああ。でも、真相がわかっているとはいえない」

「レミックがロス・セタスと組んで、車列を掃滅し、ミサイルを盗もうとしたことはわかっている。うまくいけば、それだけで西シエラマドレを戦争から救えるかもしれない」

ダフィーは、首から吊っているAK－47の銃床を握り締めた。「うまくいけば」

86

ニコール・ダフィーは、オスカル・カルドーサに連れ出されて、小雨のなかを歩いた。ふたりとも背中に鮮やかな黄色でFBIの紋章が描かれている、ブルーのレインコートを着ていた。デイヴィソンは、建物内でさきほど地元警察から借りた透明なポンチョを着て、ふたりの二〇メートルほどうしろからついてきた。デイヴィソンは、救出任務にはくわわらない。カルドーサのふるまいは異常だと思っていたが、それでもヘリパッドまで見送った。メキシコ州司法警察のブラックホーク一機が、すでにそこでエンジンを始動していた。

ニコールは、カルドーサの手を借りて乗機し、つづいてカルドーサが乗り込んだ。

ニコールはハーネスを締めて、怪訝《けげん》な顔であたりを見まわした。

ロン・デイヴィソンが、回転しているローターの下で、あいたままのスライド式乗降口に姿を現わした。片手を目の前にかざして雨を防ぎながら、聞こえるように大声でいった。

「この天気では離陸できませんよ！」

だが、カルドーサが答える前に、デイヴィソンはキャビンを覗《のぞ》き込み、顔から手をおろした。デイヴィソンは、ニコール・ダフィーが見ているのとおなじものを見ていた。

ヘリの機内には、武装した男が十人乗っていた。メキシコの警察部隊がたいがいそうしているように、顔の下半分をマスクで隠していた。M4カービンを携帯し、胸に予備弾倉を取り付け、私服で、アメリカ人の男と女をじっと見ていた。

カルドーサがいった。「雲をかいくぐって飛べば行けると、操縦士《パイロット》がいっている。デル・コブレのほうが雨はひどいだろうが、やれると断言している」

デイヴィソンがマスクをかけた男たちをじろじろ眺め、男たちが睨《にら》み返した。

ニコールが口をひらき、聞こえるように大声でいった。「満員じゃないの、カルドーサ。ジョシュとあとの四人をどうやって乗せるの？」

カルドーサが笑みを浮かべた。「窮屈だが、なんとかなる。われわれが行くところでは、味方ができるだけ多いほうがいい」デイヴィソンのほうを向いた。「かならず戻ってくる」

デイヴィソンがいった。「これから本部《DC》に電話をかける」

カルドーサが肩をすくめた。「結構だ。だれにでも電話すればいい」

デイヴィソンがさらに近づき、乗降口のなかに身を乗り出して、カルドーサと顔を突き合わせるようにしていった。「いったいなにをやるつもりだ？」

「嫌ないいかただな、ロン」

デイヴィソンが、決心したというように首をふった。「だめだ。どこにも行かせない。待っていてもらおう」

カルドーサが首をかしげた。「なんだと？」

「オスカル、わたしはメキシコにはめったに来ないが、国境付近で活動している。この連中は州警ではない。こいつらは筋金入りの……くそ麻薬密売人《ナルコ》に見える」

カルドーサが、うんざりしたような笑みを浮かべた。「不幸なことに、ロン、きみはわたしが思っていたよりも、物事を見抜く目が鋭いようだ」

デイヴィソンが、半歩下がった。向きを変え、ニコールのほうを見た。ニコールが恐怖にかられて見返したとき、デイヴィソンがショルダーホルスターに収めていたシグ・ザウアーP226を抜こうとした。だが、ポンチョのせいでスーツのジャケットの内側に手を入れることができず、拳銃を抜けるようにポンチョをめくったとき、カルドーサがひとこと叫んだ。

「ロボ！」

デイヴィソンが、上半身を覆《おお》うビニールのポンチョの下に手を入れると同時に、カルドーサの隣に座っていたメキシコ人のひとりがM４カービンを構えて、距離三メートルからデイヴィソンめがけて一連射を放った。

デイヴィソンが、背中から血飛沫《ちしぶき》を噴き出して、水浸しのコンクリートに仰向《あおむ》けに倒れ、つぎの瞬間にはブラックホークが揺れて離昇した。地元警察と州警察の警官たちが留置場から駆け出してきたときには、ヘリは上昇し、水平飛行で加速していた。


ニコール・ダフィーは、後部隔壁に背中をあずけ、前方のコクピットのほうを向いて座っていた。武装した男たちに囲まれ、カルドーサと向き合っていた。

カルドーサが、ニコールにヘッドセットを渡した。ニコールはふるえる手で受け取った。カルドーサもヘッドセットをかけた。

ヘッドセットをかけると、ニコールは恐怖と戦いながら落ち着いていった。「あなたはFBIじゃないのね？」

カルドーサが笑みを浮かべた。「いや、FBIだよ、マーム。十八年勤務で、それを証明する表彰状もある。それに、アメリカ国籍だ。しかし、さまざまな事業のコンサルタントでもあり、民間ビジネスマンでもある」

「どういうビジネス？」

「あんたの夫が二日前にマイナスの影響をあたえたたぐいのビジネスだ。おかげで数千万ドル失い、わたしは激怒している。彼はわたしの仲間もおおぜい殺し、そのことにも激怒している」薄笑いを浮かべた。「正直いって、金のことほど腹は立っていないが、やはりかなり腹立たしい」

「それが彼を付け狙っている理由？」

「彼を付け狙っているのは、情報を握られているからだ。それが明るみに出たら、わたしは殺される。それに、山地での活動にも失敗し、そのためにも殺される」

「どちらも、そうならないようにできるわ」

カルドーサは、雨に目を向けた。「わたしは仲間といっしょに二日間、彼とその仲間を北に向けて追跡した。あんたの夫と少人数のチームは、真夜中過ぎにピックアップを奪い、それでわれわれは彼らを見失った。だが、西シエラマドレから脱け出すのはぜったいに無理だとわかっていたから、彼らのうちのひとりの女房がこっちに来て、二日前まで何度も夫と電話で話をしていたと主張していると聞いたので、ロス・セタスに連邦警察のヘリコプターを用意させ、ヌエボ・ラレドからやってきて、あんたを捕まえた。あんたのおかげで運が向いてきたんだ、ダフィーさん。あんたの夫が山で生きていることがわかったから、急いであんたに連絡するはずだと思った」ふたたび脅しつけるように、歯をむき出して笑った。「ほかのだれにも彼が電話していなかったというのも、いい報《しら》せだった。ヘリパッドに倒れている哀れなロンとあんたの夫のせいで、わたしの選択肢はひとつになってしまった。彼を殺すしかない」

ニコールは、カルドーサの目を睨みつけた。あまりにも強い視線だったので、カルドーサは一瞬黙り込んだ。ニコールはいった。「いいえ、殺せない。わたしが先にあなたを殺す」

不安が消し飛び、カルドーサは笑い声をあげた。「主婦ふぜいにしては勇ましい言葉だ」

ニコールは、正面の男から目をそむけて、その左肩ごしにまたコクピットを眺めた。

だが、カルドーサはしゃべりつづけた。「われわれはガソリンスタンドに着陸し、あんたの夫とその仲間を始末する。急いでやらなければならない。ロス・カバジェロス・ネグロスが付近にいるという情報をあんたの夫が教えてくれたのは大助かりだが、大きな不安材料でもある。そいつらが関わるのをなんとかして避けたいが、この暴風雨を利用できるだろう。われわれは東から低空で接近する。敵部隊は一キロ離れているから、われわれが射撃を開始するまで、ヘリに気づかないだろう」馬鹿にするように鼻を鳴らし、あいたままのスライド式乗降口から、悪天候を眺めた。「それに、射撃を開始したらすぐに現場から遠ざかる」

ニコールはなおもコクピットをじっと見ていたが、口をひらいた。「これはミサイルと関係があるのね？」

「ある時点まではそうだったが、あんたの夫が商機をぶちこわした。いまでは、わたしが依頼された仕事を西シエラマドレで達成することが肝心になった。陸軍が侵攻したら、わたしは大金持ちになる。メキシコやアメリカ合衆国から離れ、二度とうしろをふりかえらない」

ニコールは、カルドーサに注意を戻した。カルドーサの声は、どことなくおかしな感じだった。ニコールはいった。「それだけではないわね。捨て鉢になっているのが、あなたの声からわかる。よそへ行くしかないんでしょう。これは自分の身を護《まも》るためにやっているんじゃないの？」

ヘリコプターがクレエルの郊外を高速で越えるあいだ、カルドーサは長いあいだニコールの顔を見つめていた。彼女の物事を見抜く鋭さに感心し、世間知らずでおせっかいな馬鹿女がのこのこやってきたのだという自分の判断は、まちがっていたのかもしれないと気づいた。

「数カ月前に、ＦＢＩがわたしについて内部調査を開始した。わたしに気づかれないようにしていたが、わたしは知った。わたしがカルテルに協力しているのではないかという容疑だ」カルドーサは、周囲を手で示した。「いったいどこからそんな馬鹿な考えが浮かんだんだろうね」自分のジョークにくすくす笑ってからいった。「ここ数カ月、本部《DC》から呼び出しがかかるんじゃないかと、ひやひやしていた。いずれそうなるのはわかっていたが、そのとき山にミサイルがあることと、代表団が派遣されることを知った。それに、代表団を護るためにアーマード・セイントが来ることも」

カルドーサが、申しわけなさそうに肩をすくめた。「前にもアーマード・セイントを自分の道具として使ったことがあった。彼らは買収されやすい人間を雇う。わたしはダラスでレミックに会い、ふたりで計画を練りあげて、レミックがそれに基づいて雇い、チームを編成させた」

カルドーサがそれ以上なにもいわなかったので、ニコールはきいた。「そのあとは？」

「そのあとは、親愛なるダフィー夫人、あんたの夫がレミックとミサイル百十六発を吹っ飛ばし、六千万ドルが消え失せた」

ニコールは笑みを浮かべたが、それはほんの一瞬だった。

「その笑みは長つづきしない」カルドーサが、不気味な口調でいった。

カルドーサは、さきほどロボと呼んだ男のほうを見た。「配下に命じて、この女に猿轡《さるぐつわ》をはめろ。手も縛れ」

ニコールは顔をそむけて、バンダナを一枚、口に突っ込まれ、もう一枚で猿轡をされるあいだ、カルドーサの肩ごしにまたコクピットを観察した。

87

トニー・クルーズが、ガソリンスタンドのカウンターの奥で小さなラジオを見つけ、全員で待つあいだ、小さな音でバンデラの曲を流した。その局にしか同調できなかったが、彼らが置かれている窮状から気をまぎらすのに役立った。

しばらくして、スクイーズがいった。「ヘイ、ギャビー。あんた、こいつがほんとうに好きなのか？」

フローレスは、カウンターの奥の床に座り、ナスカーに膝枕《ひざまくら》をしていた。「その音楽？　好きじゃない。ヴィヴァルディやラフマニノフみたいなクラシックのほうがいい」

「だったら、どうして聞いているんだ？」

ナスカーが、すこし目をあけた。「カントリーがかかると思ってるのか？　ケニー・チェズニー（カントリー歌手）をでかい音で聞きたいね」

「このほうがましだ」スクイーズがつぶやいた。

痛みにうめいてから、ナスカーがいった。「担架《たんか》から起きあがれれば、べつの局にするのに」

「あんたが担架から起きあがれるようなら、おれはとっくにフィラデルフィアに帰ってる」

「何日も前に、おれを置いていけといったぞ。いまさら文句を——」

ダフィーが、窓からふりかえった。「やめろ、みんな。おれたちは最初からずっといっしょにやってきた。みんなでこれから脱け出す」雨をじっと見ながらいった。「フレンチーとウルフソンはいないが」

一瞬、全員が沈黙したが、やがてクルーズがいった。「ラジオを消せ」

スクイーズが、やれやれというように笑った。「プエルトリコ人は気にしないだろうと——」

「消せ！　なにか聞こえる」

ダフィーは首をかしげた。「ああ、おれにも聞こえる」

クルーズがきっぱりといった。「ヘリコプターが来る。東から」

ダフィーはいった。「抜け目なく北の黒い騎士を避けて、東からまわってくるんだ」

「黒い騎士もエンジン音を聞きつけるんじゃないの？」フローレスがきいた。

ダフィーは、山の中腹に叩きつけている暴風雨に目を向けた。「それはないだろう。低空飛行しているかぎり、これだけ離れていれば、爆音は嵐の音にかき消されるはずだ」

不意に爆音が大きくなり、ガソリンスタンドの正面のコンクリートに降り注いでいた雨が窓ガラスに激しく叩きつけ、ポンプの二〇メートルほど向こうの砂利道に、ブラックホークが着陸した。

ローターの回転が遅くなって、窓に当たる雨が弱まると、ダフィーはガラスごしに覗《のぞ》き込んだ。「ギャビー、なんと書いてある？」

フローレスが、ダフィーのそばに立った。「州司法警察」

「機首の紋章は？」

「州の紋章だけど、ここから見分けるのは無理ね」

ブラックホークのあいたままのスライド式乗降口から、八人の男がおりてきた。私服でマスクをつけ、土砂《どしゃぶ》降りのなかでヘリコプターの周囲に散開した。肩からM4カービンを吊っていて、四方を警戒していることは明らかだった。

事務室で電話が鳴り、ダフィーはそっちへ走っていった。

「もしもし？」

「カルドーサだ。全員、いっしょに出てこい。武器は持たず、両手を挙げろ。安全のためにボディチェックをしてから乗せる。標準の業務処理手順だから、わかってもらえるはずだ」

カウンターの向こうの窓の外と通りを見て、ダフィーはいった。「ずいぶんおおぜい連れてきたんだな」

カルドーサが、笑い声を漏らした。「おい、あんた。わたしはメキシコの血を引いているが、出身はテキサスだ。この山ではあんたのほうが経験豊富だ。ここは恐ろしい場所だ」

ダフィーはうなずいた。「わかった。これから出ていく。武器は店内に置いていく。担架に乗せている男がいるから、すこし待ってくれ」

「急いでくれ。黒い騎士が近くにいる」

ダフィーは電話を切った。「みんな、武器を置いていけ。クルーズとスクィーズ、ナスカーを運べ。おれが最初に出る。ギャビー、いっしょに来い。両手を挙げろ」

ダフィーはAK-47をおろして、ドアのそばでガラス窓に立てかけてから、グロックをホルスターから抜き、〈ビンボー〉ケーキのディスプレーの段ボール箱の上に置いた。両手を挙げて、腰でガラス戸を押しあけ、ガソリンスタンドの正面の日除けの下に出た。

フローレスが半歩離れてつづき、ナスカーの担架を運んでいるスクィーズとクルーズがそのうしろにいた。

雨のなかで聞こえるように、スクイーズが大声でいった。「あいつらは警官か?」

「このあたりではマスクをするのがふつうだ」ダフィーはいった。「心配ない」

ダフィーは数歩進んだ。五人はガソリンスタンドのドアから五、六メートル離れ、回転しているローターと機外の武装した男たちとの距離は、八メートル弱だった。

フローレスが、ダフィーの肩をつかんだ。

「なんだ?」

「ヘリコプター。ここから紋章が見える。タマウリパス州のヘリコプターよ。ここはタマウリパスからだいぶ離れている」

「それで……カルドーサは、そこから飛んできたんだろう」

うしろでクルーズがいった。「ナスカーは重いな、ボス」

フローレスがいった。「ただ……ヌエボ・ラレドはタマウリパスにある」

「それで?」

「ヌエボ・ラレドは、ロス・セタスの拠点よ」

フローレスがいい終える前に、ダフィーは行動を起こし、さっと向きを変えた。「なかに戻れ!」

ダフィーはフローレスの腕をつかんで、ドアのほうへ押した。担架を運んでいるふたりを追い抜き、ドアをあけて押さえた。フローレスがなかに跳び込んだとき、うしろのヘリコプターのそばから銃撃が湧き起こった。

スクイーズは、担架の前のほうを支えていた。スクイーズが戸口を抜け、ナスカーもなかに運び込まれたが、そのときクルーズが前のめりになって担架を落とし、戸口で倒れた。

クルーズは、背中を撃たれていた。

ダフィーがＡＫ-47を持ちあげて窓のほうを向いたとき、スクイーズとクルーズが床に伏せるのが目にはいった。スクイーズがうつぶせになったとき、銃弾で窓ガラスが砕けはじめた。スクイーズがナスカーの腕をつかみ、戸口から遠い奥のほうへひきずっていった。

ダフィーは、ニーパッドを床につけてしゃがみ、クルーズのほうに手をのばした。クルーズも手をのばし、ふたりの手が合わさったときに、奥へ這《は》っていこうとしたクルーズの左右の肩甲骨《けんこうこつ》のあいだに二発目が当たった。クルーズは顔を床にくっつけて、戸口で死んだ。

「ちくしょう！」ダフィーは甲高《かんだか》く叫び、立ちあがって、ＡＫ-47のセレクターをはじいて連射に入れ、アイアンサイト（光学機器を使わない金属製照準器）で狙いをつけた。いちばん近いマスクをつけた男に向けて放った一連射が胸に命中し、男が仰向《あおむ》けに吹っ飛んで道路に倒れた。

スクイーズもＡＫ‐47を手にし、表の男たちに向けて連射したが、ガソリンスタンドを通り抜ける敵弾があまりにも多かったので、ふたりともひざまずいて、箱やディスプレーでこしらえたバリケードの蔭に隠れた。

ナスカーが、担架からわめいた。「クルーズ！　どうなって――」

「クルーズは死んだ！」ダフィーはどなり、あいたままのドアの反対側にいるナスカーに向けて、ＡＫ‐47一挺を床の上で滑らせた。

仰向けに寝ていたナスカーがそれを受けとめ、セレクターを安全からはずして、戸口に狙いをつけた。

「くそ！」スクイーズがどなった。「どうなってるんだ？」

フローレスも店内の奥のほうで伏せて、涙を流していた。

敵の銃撃が不意に熄《や》んだ。銃声で遠くなった耳にはいるのは、窓からガラスが床に落ちる音だけだった。

そのとき、事務室の電話が鳴りはじめた。

88

スクイーズは、エンジンオイルの箱を二列に積んだバリケードに隙間《すきま》を見つけた。頭を持ちあげなくても、そこからヘリコプター周辺の動きが見られる。通りに倒れてまちがいなく死んでいる敵はひとりだけで、もうひとりが雨のなかで血まみれの手の傷に手当てを受けていた。

スクイーズはいった。「おれが掩護《えんご》する。電話のところへ行ってくれ、ボス」

ダフィーはカウンターをまわって、事務室に行き、受話器を取った。

カルドーサに口をひらく隙をあたえず、ダフィーはいった。「おまえがロス・セタスの縄張りから来たのに、気づかないわけがないだろう」

間があり、カルドーサがいった。「どうしてあんたがアーマード・セイントの仕事を引き受けたのか、まったく理解できない。ふつうの契約警護員よりも、だいぶ優秀だからな。そうだろう？」

スクイーズが、箱の蔭から呼んだ。「ふたりが通りの向かいの電柱のほうにいる。雨のせいで、なにをやってるのか見えない」

ダフィーはその報告を意に介さず、歯を食いしばった。「おれの女房はどこだ?」

不気味な低い笑い声が聞こえた。「ダフィー君。ブラックホークの乗降口が見えるだろう?」

ダフィーのいるところからは見えなかったが、暗澹《あんたん》とした。

そのとき、スクイーズがまた店の正面寄りから叫んだ。「ボス? 手を縛られて、猿轡《さるぐつわ》をかまされた女が、ヘリの乗降口の奥にいる」スクイーズの口調から、ニコールだとダフィーは察した。

「くそ!」ナスカーが床から叫んだ。

「よく聞け、カルドーサ」ダフィーは電話機を事務室から持ち出し、目を凝らして、ヘリコプターのスライド式乗降口のすぐ内側のニコールと、彼女の頭に銃を突きつけている男を見た。「おまえがどうしてロス・セタスと組んでいるのか知らないが、そんなことはどうでもいい。だが、いまおれの女房を解放しなかったら、電話を切ってアメリカの番号にかける。おまえの活動はすべて夜のニュースで報じられるだろう」

「あいにくそれは不可能だ」カルドーサが、自信をこめて答えた。「この通話が終わったとたんに電話線を切るよう、部下に命じてある。これがあんたのかける最後の電話だ。だが、こっちから提案がある。あんたがフローレス博士や生き残りの仲間といっしょに出てくれば、あんたのかわいい奥さんに危害をくわえないと約束する。チェックメイトだ、アミーゴ。いますぐに出てこい。彼女が生き延びられる見込みはそれしかない」

ナスカーが、戸口のそばの床からいった。「ボス、やつがなにか取引を持ちかけてるなら、やつらを撃ちまくったほうがいい。なにをいってるか知らないが、やつは嘘つきだ。おれたちが武器を捨てて降伏するよりも、銃撃戦に持ち込んだほうが、あんたの奥さんが生き延びられる見込みは大きい」

ナスカーのいうとおりだと、ダフィーにはわかっていた。カルドーサとロス・セタスは、ニコールも含め、ダフィーたちを皆殺しにするつもりだ。だが、それを知りながら、ダフィーは電話でいった。「出ていく。仲間と話をするから、ちょっとだけ待ってくれ」

「早くしろ。われわれはだいぶでかい音をたてた。ロス・カバジェロス・ネグロスが、銃声に興味を示すはずだ」

「わかっている」

ダフィーは電話を切ってから数秒待ち、受話器を持ちあげた。そのとき、外から銃声と爆発音が聞こえた。

スクイーズがいった。「やつらが電柱のトランスを撃った」

受話器からダイヤルトーンが聞こえなくなった。ダフィーは受話器を戻した。

ダフィーは、フローレスのほうへ歩いていった。まったく自信のない声だったが、こういった。「ほかに方法はない。おれ、スクイーズ、ナスカーは、やつらと撃ち合う」男ふたりのほうを見ていった。「ヘリコプターは撃つな。ニッキに当たるかもしれない」

ふたりがうなずいた。

ふたたびフローレスに向かって、ダフィーはいった。「事務室にはいれ。おれたちがみんな斃《たお》れたら、ひざまずいて両手を高く挙げろ」

フローレスは首をふった。「やつらに拷問されて殺される。あなたたちがみんな斃れたら。銃を取って、自分の始末をつけるわ」

ダフィーは、グロックを抜いてフローレスに渡した。「あんたが明晰《めいせき》に考えられるのを見てほっとした」まわりを見た。「よし……幸運をものにしよう」

「セニョール・ダフィー？」ダフィーがふりかえると、フローレスがいった。「スペイン語の格言があるの。クレエル・エス・ポデル……信じることは力である、という意味よ」

ダフィーはうなずいた。「いい言葉だ」男たちのほうを向いた。「よし、みんな。三対……九人か十人。今週の戦いでは、最高の勝ち目でも最低の勝ち目でもない。さあ、撃ちまくるぞ」

ナスカーがうつぶせになって、AK‐47の弾倉の端をタイルの床に突っ張り、正面ドアの割れたガラスごしに外の敵を撃てる位置まで、スクイーズがひきずっていった。ダフィーは窓の左端に陣取り、スクイーズが反対の右端に陣取って、三人は五メートル間隔で射撃位置を占めた。

スクイーズがいった。「おっぱじめよう」

ナスカーが答えた。「楽な日だぜ（〝楽な日はきのうだけだった〟というSEALの隊是をもじっている）」

「全員、ターゲットは決めたか？」ダフィーはきいた。

「了解」ナスカーがいった。「コクピットの左側のやつ」

スクイーズがいった。「尾部《テイル》ローターの手前に伏せてるやつ」

ダフィーはうなずいた。「おれは乗降口の尾部寄りのやつを撃つ。ニッキは操縦士《パイロット》と副《コ》操縦士《パイロット》のうしろにいるようだ」

「カウントダウンしてくれ、ボス」スクイーズがいった。

「三……二……」

突然、ブラックホークがエンジン全開になり、たちまち離陸した。周囲の地面にいたロス・セタスの殺し屋《シカーリヨ》たちは、ガソリンスタンドにいたダフィーたちとおなじようにびっくりしたらしく、ヘリのほうを見あげた。

激しい雨のなか、ブラックホークは上昇しはじめた。

通りに残されていた敵は七人。ダフィーはあらたなターゲットを選んだ。「撃て！」

ブラックホークが離昇して地面から五、六メートル離れたとき、だれかが乗降口から落ちるのを、ダフィーは見た。最初はニコールではないかと恐れたが、地面に落ちた人影が這《は》って膝《ひざ》をついたとき、さっきまでニコールの頭に銃を突きつけていた男だとわかった。

カルドーサが、どういうわけかブラックホークから落ちたのだ。

ロボは、白人女の首をつかみ、上昇しているヘリコプターの床面《デッキ》に彼女の顔を叩きつけた。どうして上昇したのかわからなかったが、それは操縦士たちにあとできけばいい。だが、捕虜がブーツをはいた足を両方ともあげて、オスカル・カルドーサを乗降口から地面に突き落としたのを見た瞬間、まず女に対処しなければならないとロボは悟った。

女ともみ合うと、びっくりするくらい手強《てごわ》いとわかった。両手を前で縛られていても、女は獰猛《どうもう》に戦い、ロボともうひとりがM４カービンの銃床で頭を殴らなければならなかった。

眼下では激しい銃撃戦がくりひろげられていた。ブラックホークはまだ高度三〇フィートにも達していなかったが、右に急バンクをかけたので、ロボは一瞬バランスを崩した。体勢を立て直して、ロボは左右の操縦席のあいだによじ登った。うしろで配下が女にまたがり、押さえつけていた。

「どうした？」ロボは操縦士《パイロット》と副操縦士《コパイロット》にきいたが、すぐに答がわかった。正面の砂利道に黒いピックアップ・トラックの長い列が見えた。北から猛スピードで接近してくる。ピックアップの荷台の男たちが、ヘリコプターと通りに残されたロス・セタスに向けて発砲していた。

ロボは叫んだ。「ロス・カバジェロス・ネグロス！」

操縦士《パイロット》が、ロボのほうを向いた。「ここから逃げよう！」

「だめだ！」ロボはまた叫び、操縦士の後頭部にM4カービンの銃口を突きつけた。「カルドーサを残していくわけにはいかないし。秘密をばらすことができるアメリカ人を皆殺しにしないといけない」

ロボは、乗降口の外を見た。「ガソリンスタンドの裏のあの畑に着陸しろ。距離は一〇〇メートルほどだ」

「しかし、ロス・カバジェロス・ネグロスに攻撃されて、全滅するかもしれない」

ロボは、乗降口から身を乗り出して、南のほうを見た。「そうはならない。やつらには、ほかに心配することができた」

白、グレイ、シルヴァー、茶色などまちまちな色のピックアップ・トラックの列が、南からカーブをまわって現われ、ガソリンスタンドに向けて疾走していた。ロボの配下が、ぎりぎりの瞬間に到着したのだ。

89

ダフィーは、通りのロス・セタスに向けて撃ったが、つぎの瞬間には撃つのをやめ、自分とスクイーズとナスカーが交戦していなかった敵が何人も死んで倒れるのを、啞然《あぜん》として見つめた。

ロス・セタスのひとりが北の道路を見やり、M4カービンをそちらに向けたとたんに、その場で立ったまま撃ち殺された。

そのとき、ダフィーは事情を悟った。北から突っ走ってきた黒いピックアップ・トラック二台が視界にはいった。荷台に立った男たちがライフルを構えている。そのうしろにも、ピックアップが何台もつづいていた。

オスカル・カルドーサが立ちあがり、ガソリンのポンプに向けて走ってきた。北から身を隠せるように、カルドーサがポンプの蔭でかがんだ。自分の位置から撃てると、ダフィーは気づいた。

だが、撃たなかった。ヘリコプターがだれかを回収するために戻ってくる可能性は低かったが、カルドーサを回収するためなら、戻ってくるかもしれない。

それに、ヘリコプターにまだニコールが乗っている。

ピックアップがガソリンスタンドの正面に現われたとき、フローレスは事務室からそれを見ていた。ひと目見ただけでいった。「ロス・カバジェロス・ネグロスよ!」

ダフィーは叫んでいた。「ヘリはどこだ? ヘリはどこだ?」

「おれたちのうしろだ」スクイーズがいった。「まだ低空飛行だ。聞こえる!」

ガソリンスタンドの正面で、銃撃がふたたび激しくなった。店内の男三人は、とっさに首をすくめたが、だれも彼らのほうへ撃っていないことが、すぐにはっきりした。

ダフィーはその隙にペプシの空き瓶の箱の上から見て、通りの左からもピックアップの列が近づいていることに気づいた。いまでは距離三、四〇メートルで、ふたつの部隊が交戦していた。

騒音のなかで、フローレスが叫んだ。「ロス・セタスだわ!」

だが、ダフィーは聞いていなかった。ガソリンスタンドの裏手に走っていって、一〇〇メートルほど離れたぬかるんだ畑にヘリコプターが着陸するのを見た。

彼らはカルドーサを捜すにちがいない。見つかるように手を講じようと思った。

ダフィーは、あいたままの正面ドアに駆け戻った。スクイーズのそばを通りながらどなった。「裏口をあけておけ！　もうじきそっちへ行く」答を待たずに、戸口のクルーズの死体を跳び越えて、駆け出した。カルドーサのところへ行くまで、カルテルの部隊が双方とも相手に気をとられていることに賭け、身を低くして、ガソリンポンプを頼りない遮掩《カヴァー》の手段に使った。

カルドーサは地面に伏せて、二〇メートル離れた通りの戦闘を見守っていた。ダフィーは、伏せているカルドーサのうしろへ行き、拳銃を手から蹴り飛ばして、襟首をつかみ、ガソリンスタンドの店に向けて荒々しくひきずっていった。

ダフィーが近づくと、ナスカーが制圧射撃を開始した。ダフィーはカルドーサをクルーズの死体の上からなかの床にほうり投げた。

店内にあと一歩で入る寸前に、ダフィーは右肩に野球のバットで殴られたような衝撃を受けた。よろめいてカルドーサの横で床に倒れ、こぼれた血の上を転がった。

自分の血の上を。

ダフィーは、被弾したときの衝撃をよく知っているので、AK-47の弾丸が肩の上のほうに当たって貫通したのだとすぐに気づいた。

スクイーズがカルドーサの髪をつかんで、奥にひきずっていった。ナスカーが、ダフィーのそばに這《は》ってきた。「くそ、ボス。撃たれてるぞ！」

「だ……だいじょうぶだ。表の戦闘は、どっちが勝ちそうだ？」

ナスカーが転がって正面ドアから外を見て、痛みにうめきながら、また転がって戻ってきた。「どっちもどっちだな」

「よし。裏からヘリに行く」ダフィーは、フローレスを呼んだ。「ギャビー？」

フローレスが、グロックを握ったまま、すぐさま来た。「なに？」

「ナスカーといっしょにいてくれ。おれたちはヘリコプターを確保してから、迎えにくる」

ナスカーがいった。「彼女も連れていけ。必要ない」

ダフィーは首をふった。「おれのやりかたでやる。おれたちは戻ってくる」

フローレスがうなずいた。

ダフィーは、ナスカーの顔に一本指を突きつけた。「死ぬな。これは永続命令だ」

「あんたの期待を裏切ったことがあったか？」

ダフィーは、五、六メートル上から砂利道に落ちたせいでまだ朦朧《もうろう》としているらしいカルドーサの体をつかみ、背中にAK-47の銃口を突きつけて、裏口から雷雨のなかに押し出した。

ニコール・ダフィーは、顔から血を流していた。右目が腫《は》れているのがわかったが、それでも立ちあがった。ブラックホークの機内には男ふたりと、コクピットの操縦士と副操縦士がいるだけだった。見まわすと、ロボと呼ばれた男が、体の前でM4カービンを片手で持ち、電話をかけているのが見えた。

なにをいっているのか、ニコールにはわからなかったが、ガソリンスタンドの向こう側の道路で戦っている自分の部隊と連絡をとっているのだろうと思った。もうひとりのロス・セタスは、二十歳にもなっていないようで、ぬかるんだ畑を近づいてくる男たちに、M4カービンを向けていた。

ロボもその男たちに気づき、すぐさま電話をしまって、彼らに発砲しないように若い部下の銃を押しのけた。ニコールの体をつかんで、ブラックホークからひきずり出してひざまずかせ、銃口を後頭部に押しつけた。

90

カルドーサは、両手を高く挙げて、ぬかるんだ畑を足早に歩いていた。AK-47の銃口を背中のまんなかに突きつけられているので、ダフィーの指示に逆らうことができなかった。黒人——十代の悪ガキのようにしか見えない——が横を歩いていたが、そちらはライフルを高く肩付けして、すでに前方のヘリコプターに狙いをつけていた。

女の頭にライフルの銃口を突きつけているロボが見えた。もうひとりのロス・セタスが、その横でブラックホークの乗降口の前に立っていた。

三人が近づくと、ブラックホークのローターの回転があがった。カルドーサは、うしろの男に話しかけた。「あんたの背中の傷は、だいぶひどいみたいだな、アミーゴ」

「もっとひどく撃たれたこともある」

「ほんとうか？　すごいな。まあ、あんたの女房がおれの配下に頭を吹っ飛ばされたら、もっとひどいことになる」

ダフィーの横で、スクイーズがいった。「あんたのかみさんを狙ってるやつには、おれが狙いをつけてる。合図してくれれば、いつでも斃《たお》せる」

「だめだ」ダフィーはいった。「それでもそいつは彼女を撃てるかもしれない。もうひとりを狙え」

スクイーズは歩きながら銃の狙いをすこし右にずらした。「狙ってる。どうする？」

「クレエル・エス・ポデル」ダフィーはいった。

カルドーサが驚いてダフィーの顔を見たが、AK-47の銃口で腹を突かれた。

「歩け、くそ野郎」

背後でライフルの銃声が弱まることなくつづいていた。どちらかの部隊が相手を圧倒するのは時間の問題だし、戦闘に勝ったほうがヘリコプターのエンジン音を目指して近づいてくるはずだと、ダフィーは思った。背後の道路に味方がいるカルドーサとはちがい、応援がいないダフィーの勝算はかなり薄かった。

三人はじきにヘリコプターの前に着いた。ロボは依然としてニコールを泥の地面でひざまずかせていたが、カルドーサに視線を据え、指示を待っていた。

スクイーズがいい放った。「やあ、みんな、どうやらまさにメキシカン・スタンドオフ（こちらが撃てば、相手がこちらを撃つ。かといって武器を捨てれば撃たれる。行き詰まりの状態のこと。映画などでよくある場面）——」

ダフィーはさえぎった。「それをいうな」

スクイーズが黙り込んだ。

つぎに、カルドーサが口をひらいた。「ダフィー君、あんたに勝ち目はない。黒い騎士かロス・セタスがまもなくここに来る。黒い騎士が先だったら、わたしたちはみんな死ぬ。ロス・セタスだったら、あんたたちが死ぬ。あそこにいるわたしの仲間には、あんたの女房と黒人の友人とあんたを殺すことが――」

正面でロス・セタスのふたりが一瞬、視線をそらして、近づいていた三人のうしろを見たので、カルドーサは不意に言葉を切った。

ダフィーもそれに気づいた。さらに重要なのは、ふたりがあらたな脅威のほうへM４カービンの銃口を向けたことだった。

ガソリンスタンドの裏の畑を黒い騎士が進んでいるのだろうと、ダフィーは推定した。数秒後に自分たちは薙《な》ぎ倒されているかもしれないが、ふりむいてそれを確認することはしなかった。ダフィーはカルドーサを脇に押しのけ、一瞬前までニコールにM４カービンを突きつけていた男に狙いを移し、スクイーズに大声で命じた。「いまだ！」

アメリカ人ふたりが発砲し、ダフィーはロボの鼻梁《びりょう》を撃ち抜いた。ロボがのけぞって、ヘリコプターの機体にぶつかった。死体がタイヤのそばでくずおれた。

スクイーズが放った一発は、若いロス・セタスの額に命中し、その男もブラックホークの機体側面にぶつかり、顔から泥の上に倒れた。

カルドーサは雨のなかで、すぐそばの地面に落ちていたロボのM4カービンのほうへ這《は》っていこうとした。ダフィーはカルドーサの右太腿《ふともも》のうしろを撃ち、そのときニコールがM4のほうへ身を躍らせて拾いあげ、そばのぬかるみに倒れていたカルドーサに向けた。

そこでようやくダフィーは、ロボとロス・セタスのひとりが注意を惹《ひ》かれた方角を向いた。てっきり黒い騎士が襲ってくるものと思っていたが、ギャビー・フローレスが、シナロア・カルテルから真夜中過ぎに奪った濃紺のダッジ・ラムのハンドルを握り、ナスカーが荷台で上半身を起こして座り、両手でAK－47を構えてヘリコプターを狙っているのが目にはいった。

ピックアップは畑を半分横切り、猛スピードで近づいていた。

銃声よりひときわ高く、ニコールが叫んだ。「ヘリが離陸する！」

ダフィーがふりかえると、ブラックホークが上昇しかけていた。片手でAK－47を持ったスクイーズが、ロボと若い配下の上を跳び越し、ニコールのそばを駆け抜けて、地面から六〇センチしか離れていなかったブラックホークのキャビンに跳び乗った。

ダフィーとあとの三人が下から見ていると、ヘリコプターは五、六メートルほど上で、数秒間ホヴァリングした。

そして、ふたたび降下して着陸した。

泥の地面で痛みにのたうっていたカルドーサ以外は、すこしさがった。ブラックホークの大きな尾輪が、カルドーサの頭から五〇センチくらいしか離れていないところで接地した。

ブラックホークが着陸すると、地上にいたものたちにキャビン内が見えた。スクイーズがAK-47で操縦士の頭を狙い、拳銃を副操縦士の頭に突きつけていた。

ダッジ・ラムが横滑りしてとまると、ダフィーはナスカーが荷台からおりるのに手を貸した。背負おうとしたが、右肩を撃たれているせいでダフィーは悲鳴をあげた。

ダフィーはぬかるんだ地面に膝《ひざ》をついた。失血の影響がはじめて感じられた。

ニコールがヘリコプターに乗り込み、スクイーズのAK-47と拳銃を受け取って、ダフィーに手を貸すようスクイーズにいった。ニコールが操縦士と副操縦士にAK-47と拳銃を突きつけているあいだに、スクイーズが跳びおりて、ナスカーを背負い、フローレスとともにダフィーを立たせて、四人ともヘリコプターのほうへ行った。

ニコールは、操縦士と副操縦士を見張りながら、ガソリンスタンドのほうをちらりと見た。

「ああ、くそ」ニコールは低くつぶやいた。

ピックアップの列が、狭い駐車場を通っていた。すべてブラックホークめがけて走ってくる。

ニコールは四人に急げと叫ぼうとした。だが、そのとき、操縦士と副操縦士が目配せを交わし、ニコールの注意がそれた隙《すき》に、それぞれショルダーホルスターから九ミリ口径の拳銃を抜き、ふりかえって撃とうとした。

ニコールはその動きを見て、さっとふりむき、AK-47と拳銃の引き金を引いた。

ニコールが操縦士と副操縦士を撃ち殺したとき、ピックアップ十数台が、ヘリコプターに接近していた。

91

ジョシュ・ダフィーは、ナスカーとスクイーズのそばでキャビンの床面《デッキ》に転げ込んだ。フローレスがすぐうしろから乗り込んだ。スクイーズはすでに、死んだロス・セタスが持っていたM4カービンをニコールから受け取り、接近するピックアップの群れに向けて撃っていた。銃撃の音はすさまじく、熱した空薬莢《からやっきょう》が、うつぶせになっていたダフィーの体の上で跳ねた。

ナスカーも上半身を起こして戦闘にくわわり、どんどん近づいていた敵車両に、弾倉一本分の弾丸をばら撒《ま》いていた。

だが、ダフィーは戦っていなかった。まわりを見て、ニコールを探し、キャビンにいないことを知って、コクピットのほうを見た。

ダフィーのところから、左の座席の男が前のめりになり、その正面の風防に血が飛び散っているのが見えた。ダフィーが横たわっていたところからは、右の座席が見えなかったが、ニコールの名前を呼ぼうとしたとき、ピックアップからの銃撃がキャビンを襲いはじめた。視線を戻すと、黒いピックアップ・トラックがさらに何台もガソリンスタンドを通り過ぎて、こちらに向かっていた。それなのに、ニコールがどこにいるのか、ダフィーにはわからなかった。

突然、ブラックホークのローターのピッチが変わり、空に向けて上昇した。ニコールが置き去りにされたのかと思い、ダフィーはわめいた。

「ニッキ！　ニッキ！」起きあがる力はなかったので、横になったまま叫んだ。

ギャビー・フローレスが、床面《デッキ》をダフィーのほうへ這《は》ってきた。「あなたの奥さんが……ヘリコプターを操縦しているのよ」

「えっ――なんだって？」

ブラックホークが戦いの場から飛び去ると同時に、スクイーズが最後の弾倉を乗降口から撃ち尽くして、ヘリの前部に目を向けた。ダフィーをちらりと見おろしてからいった。

「彼女がちゃんと飛ばせるって、いってくれよ！」

ダフィーには答えられなかった。ダフィーの知るかぎりでは、ニコールは一生に一度もブラックホークを操縦したことがないはずだし、五年以上、どんなヘリコプターも飛ばしたことがない。

だが、ブラックホークは空を飛び、雲にはいっていて、キャビンに飛び込む銃弾の音も熄《や》んでいた。

州司法警察のヘリコプターの機内で、スクイーズが救急キットを見つけて、ダフィーのそばに這ってきた。「ひでえな、ボス。肩のうしろだ。肉がすこしちぎれてる。当分、フィリーズでピッチャーをやるのは無理だけど、出血はとめられるよ」

スクイーズが肩の傷をしっかり包帯でくるんでから、ダフィーを膝《ひざ》立ちにさせた。ダフィーが正副操縦士席のうしろでキャビンを這うのに、スクイーズが手を貸した。

そこまで行くと、ダフィーは左腕をのばして、ニコールの肩に手を置いた。ニコールの顔に血がついていて、腫《は》れた右目がほとんど閉じているのがわかったが、重要なことをやるときに見せる揺るぎない決意が顔に浮かんでいるのもわかった。いま、ニコールは操縦に全神経を集中している。

騒音のなかで聞こえるように、ダフィーは叫ばなければならなかった。「おれたちを連れて帰れるのか?」

計器と風防に目を向けたままで、ニコールがいった。「あそこから〝遠ざかる〟だけでいいんじゃないの?」

「ぜったいにそれでいい」

「よかった。山にぶつからないかぎり、期待を裏切らないわ」

ダフィーがきく前に、ニコールはいった。「クレエルからここまで来るあいだずっと、操縦士と副操縦士を観察していたの。だいたいのことはわかった」小さく肩をすくめた。「と思う」

ニコールは、ダフィーのほうを一瞬見た。「たいへん。出血している」

「だいじょうぶだ」

「もう撃たれるのはいいかげんにしてほしいわ」

「おれもそう思う」ダフィーは、急に首をかしげた。「子供の面倒はだれがみているんだ？ まさかこっちに連れてきたわけじゃないだろう」

ニコールは首をふった。「ディナに預けてある。それはそうと、あなたは百年間、フィルの芝生を刈らないといけなくなった」

それを聞いて、ダフィーは笑った。「つぎの土曜日からはじめるよ」

操縦に集中したままで、ニコールがいった。「肩を撃たれたんだから、いくらフィルとディナでも、あなたを一週間休ませてくれるでしょう」

ダフィーは笑みを浮かべた。「愛している」

ニコールが笑みを返し、操縦装置を操りながら、その言葉を口でこしらえた。

だが、うしろの床面《デッキ》で横になっていたナスカーが叫ぶのが、ダフィーの耳に届いた。

「おれも愛してるぜ、ボス」

ブラックホークが林冠のすぐ上を飛びつづけ、山を下って、ソノラ州の平地に向かううちに、雨が弱まりはじめた。


逃げていくヘリコプターの五キロメートルほど後方で、種を蒔《ま》いたばかりの小麦畑の泥のなかを、ひとりの男が両手と膝で這っていた。数センチ進むたびに、苦痛のせいでうなり、うめいていた。太腿《ふともも》の銃創の痛みが激しく、脚に体重をかけることができないので、立ちあがって走るのはとうてい無理だった。

銃声やヘリコプターが離陸する音が聞こえ、うしろでピックアップが何台もとまって、男たちが悪態をつきながらおりてくるのがわかった。だが、男は這いつづけた。二〇メートル、五〇メートル。顔と胸と腕と脚が、粘りけのある泥に完全に覆《おお》われた。

林の際までわずか一〇メートルというところで、不意に脚のうしろ側、銃創の真上を押されるのがわかった。痛みと恐怖のために男は悲鳴をあげ、肩ごしにうしろを見た。

ロス・カバジェロス・ネグロスの男が五人、そこに立っていた。ライフルを両手で持っている。黒いシルクのシャツ、口髭《くちひげ》、顔にはすさまじい悪意。男たちは泥のなかから中年の男をひきずりあげて、男を乗せるためにとまっていたピックアップの荷台にほうり込んだ。何人かがいっしょに乗り、道路に向けてひきかえすときに、ひとりが太腿を撃たれた男のほうへ身を乗り出した。

「おれたちに殺されたら、おまえは地獄へ行くが、おれたちに感謝するはずだ。おれたちが用意していることよりも、地獄のほうがずっとましだからだよ、アミーゴ」

オスカル・ヘスース・カルドーサ・オルテガ管理官は、目を閉じて、タヒチ島近くの美しい島を思い描こうとしたが、〝悪魔の背骨〟の先にはなにも見えなかった。

エピローグ

熱い湯が男の体を流れ落ちた。石鹸《せっけん》がすこし目にはいったが、まばたきして出し、排水溝に流れ込ませた。

ジョシュ・ダフィーは、右脚で立ち、左手で体を支えてシャワーを浴びてから、湯をとめた。

すぐにシャワーカーテンの向こうに手をのばして、化粧台に置いておいた義足とゴムの鞘《さや》を手探りしたが、そこになかったので大声でいった。

「ニッキ！　おれの脚はどこだ？」

「マンディーが持っていくわ」

ダフィーがタオルを巻いてシャワーカーテンをあけると、義足を持った娘が狭い廊下を走ってくるのが見えた。

「ママが、臭いって。きれいにしたのよ」

ダフィーは、愛らしい五歳の娘に向けて、にやりと笑った。「おまえたちは、ほんとうに世話好きだね」

マンディーが笑い、義足を渡して、スキップでバスルームから出ていった。

バスルームで独りになったダフィーの顔には、満面の笑みが浮かんだままだった。

十五分後、ダフィーはジャケットを着てネクタイを締め、肩の二度目の切開手術の傷がまだ治っていないので、注意しながら髪に櫛《くし》を通して、リビングへ行った。

子供ふたりをテレビの前に座らせ、ニコールがソファに腰かけていた。ダフィーを見て、テレビのほうを手で示した。「早く。見逃しちゃうわよ」

ニュースが流れていた。ダフィーがわずか四週間前に渦中にあったメキシコでの事件についての続報だった。報道が徐々に正確になっていることに、ダフィーは気づいた。派手な取りあげかたではなくなった分、情報が豊富になっていた。

画面は突兀《とっこつ》とした西シエラマドレのストック画像から、ニューヨーク市の国連本部に切り替わった。ガブリエラ・フローレス博士の姿を見て、ダフィーは頬を緩《ゆる》めた――ブルーのワンピースを着て、デザイナーブランドの眼鏡《めがね》をかけ、髪をおろしてセットし、見ちがえるようだった。フローレスが、国際機関の委員会で発言しているところだった。

〝ギャビー〟の変身ぶりに驚きながら腰をおろしたダフィーは、数秒後には彼女の言葉に聞き入っていた。

「きょうあなたがたとお話しする機会をあたえられたことに、わたし個人として、心の底から感謝いたします。山地の安全を確保する平和維持軍の派遣を承認してくださったことに、わたしの国が深く感謝していることも申し添えたいと思います。その活動は、たいへんな難題になるでしょう――もちろんそれは最初から承知しております――ですが、あなたがたの介入によって計り知れない数の人命が救われることでしょう」

ニコールがハリーの上から手をのばし、ダフィーの手を握った。ダフィーはその手を握り返し、ニコールの顔を見た。右目のまわりの薄い痣《あざ》がすっかり消えて、一〇〇パーセント治癒《ちゆ》したようだった。

ダフィーの体はまだそうとはいえなかった。肩はこわばり、ひりひり傷《いた》んだ。手術は二度とも成功したが、仕事に戻るまでまだ日にちがかかる。

ダフィーがニコールを見たとき、ニコールが見返していった。「ベイビー、つぎのインタビューの前に、新しいスーツを買わないといけない。気を悪くしないでほしいけど、きのうのＣＮＮでは、あなたはモールの警備員そのものだった」

ダフィーは笑った。「打ち明けたくなかったんだけど、おれはモールの警備員なんだ」

ニコールは首をふった。「ちがう。いまのあなたはセレブよ」

こんどはダフィーが首をふり、明るい表情が消えた。ニコールがそれに気づいていった。

「なんなの?」

ダフィーは、痛くない左肩だけをすくめた。「おれはCNN、FOX、きょうはNBCに呼ばれている。連中はおれをヒーローかなにかみたいに扱う」

「パパはヒーローよ」マンディーがいった。

ダフィーは、マンディーに笑みを向けてから、ニコールに視線を戻した。「トニー・クルーズ、ジャン・フランソワ・アラール、スコット・ウルフソンの三人を、死なせずに連れ帰ることができなかった。おれはヒーローじゃない」

ニコールは、おやつを食べてもいいといって、子供たちをキッチンに追い払った。それから、ダフィーに寄り添うようにしていった。「でも、三人連れて帰った。あなたがいなかったら、三人とも生き延びられなかった。それに、真実をつかんで脱出した。そのおかげで、おおぜいのひとたちの命が救われる」

ダフィーの気分は、たいして明るくならなかった。ニコールがキスしてからいった。

「けさ、ラリーからメールが来た」

こんどは、ダフィーが明るい顔になった。「元気にしているのかな?」

「あのしぶといひと、もう歩いているのよ。ヒューストンの理学療法士たちがカンカンに怒っているのに、今週、退院するといい張っている」

「すごいな。会いにいかないといけない」

「その必要はないわ。ラリーとダーネルは、ラリーが恢復《かいふく》したらすぐにDCに来るのよ。司法省の検察官に宣誓供述書を取られるの」

「ダーネルってだれだ?」

ニコールは、大声で笑った。「ダーネル・ブロッキントン」また笑った。「スクイーズよ」

こんどはダフィーもくすくす笑った。あの元海兵隊員に名前があるとは、思いもよらなかった。

「それに」ニコールはなおもいった。「アーマード・セイントは終わりね。政府があの会社を訴追する前に訴訟を起こしておいてよかった」

「不思議だ」ダフィーはいった。「おれは金のためにこれ全体に巻き込まれたのに、いまは金なんかどうでもよくなっている」

ニコールはうなずいた。「そうよ。わたしたちにはおたがいがいる。子供たちがいる。

ほしいものはすべてあるのよ」

ふたりで長いあいだ抱き合ってから、ニコールがいった。「それに、八千三百三十ドルある」

ダフィーは、驚いて身を引いた。「そうなのか？　どうして？」

「アーマード・セイントが、小切手を送ってきた。きょう届いたの。たった五日分の報酬よ」あきれて目を剝《む》いた。「なんてひどいやつらなの」

ダフィーは肩をすくめた。「ほかの連中に電話して、ちゃんと払ってもらったか、たしかめる」小さな溜息をついた。「訴訟は勝ち目があるかどうかわからない、ベイビー。それはわかっているね。何年もかかるかもしれない」

ニコールはうなずいた。「ええ、たぶんそうでしょうね」

ダフィーはいった。「仕事が見つかるかどうか、心配なんだ、ニッキ。現実を見つめよう。近ごろ、片脚が義足のボディガードの需要はあまり多くない」

ニコールは、ダフィーの両手を握って向き合った。「健康を取り戻すことだけ考えていればいいのよ。あとのことは、わたしが考える。アーマード・セイントが払ったお金で、家賃を払い、家族の食べ物を買うことができる。あそこで起きたことを考えれば、いまはそれだけでもありがたいと思わなければならない」

ダフィーがうなずき、ふたりはまた抱き合ってから、テレビに視線を戻した。ギャビー・フローレスが発言を締めくくるところだった。山地で生き延びるのを手助けしてくれたアメリカ人契約警護員六人に、フローレスは感謝の言葉を述べていた。おかげで国際社会に真相を語ることができたのだと。最初に死んだ三人の名前を挙げ、つづいて生き残った三人の名前を、ジョシュ・ダフィーを最後にして告げた。

盛大な拍手が沸き起こり、フローレスは出席者たちに礼をいってから、演壇をおりた。カメラの前を通るときに、ちらりとレンズを見て、にっこり笑った。

謝辞

アリソン・グリーニー、トレイ・グリーニー、クリスティン・グリーニー、ジョシュア・フッド（JoshuaHoodBooks.com）、リップ・ローリングズ（RipRawlings.com）、スティーヴ・フェルドバーグ、ジャック・ステュワート（JackStewartBooks.com）、ドン・ベントレー（DonBentleyBooks.com）、ブラッド・テイラー（BradTaylorBooks.com）、J・T・パットン（JTPattenBooks.com）に感謝したい。デイヴ・マリス、マイク・コーワン、ジョン・ハーヴィー、バーバラ・ピーターズ、ミステリー・マイク・バーソーにも感謝している。

ジェイムズ・イェーガー、ジェイ・ギブソン、タクティカル・レスポンス社（TacticalResponse.com）のすばらしいひとびと全員には、格別に深く感謝している。

わたしのエージェントであるトライデント・メディアのスコット・ミラーとCAAのジ

ョン・カシア、編集者のトム・コルガン、ペンギン・ランダムハウス社のそのほかのすばらしいひとびと、サリーア・ケイダー、ジン・ユー、ローレン・ジャガーズ、ブリジット・オトゥール、クレイグ・バーク、ジーン＝マリー・ハドソン、クリスティン・ボール、クレア・ザイオン、アイヴァン・ヘルドに、もっとも熱烈な感謝を捧げたい。

訳者あとがき

民間軍事会社《PMC》や民間警備会社《PSC》などと呼ばれる企業は、イラクなどの危険地帯で要人警護や物資輸送の警備を正規軍に代わって請け負うことで、飛躍的に成長した。しかし、PMCの契約警護員――実質的に傭兵――は、軍隊のような厳しい規律や交戦規則に縛られていないため、非道な行為にはしることも多かった。『戦場の掟』（スティーヴ・ファイナル著、拙訳、ハヤカワ・ノンフィクション文庫）は、この実態に鋭く切り込んでいる。高い報酬を得て過酷な仕事をこなす契約警護員は、兵士とは異なり、重傷を負って働けなくなったときになんの支援も受けられない場合が多い。悪質な民間軍事会社は、戦闘不能になった契約警護員を容赦《ようしゃ》なく切り捨てる。

本書『アーマード　生還不能』*Armored*（2022）の主人公ジョシュ・ダフィーも、レバノンのベイルートで要人警護に携わっていた際に重傷を負い、それがもとで左脚を失ったうえに治療費ももらえず失業し、いまはショッピングモールのしがない警備員として働いている。ダフィーの給料では、生活費をまかなうのもやっとなので、元陸軍将校の妻ニコールが小さな清掃会社を立ちあげ、家計を支えている。

そんなダフィーがモールを巡回していたとき、かつていっしょに働いていた民間軍事会社のチームリーダー、マイク・ゴードンとばったり出遭う。ゴードンは、契約警護員の需要が細るなかで、高額の報酬が得られる仕事につくことができそうだといった。一日の報酬は千二百ドルで、期間は約三週間。それにチームリーダーの手当てが一万ドル加算されるという。合計で約三万五千ドル。ダフィーにとっては喉《のど》から手が出るほど欲しい金だった。

ダフィーはゴードンに懇願し、元ＳＥＡＬで統率官のシェーン・レミックとの面接を取り付ける。ちょうど空きができたところだったので、レミックはダフィーにチームリーダーの地位を提示する。自分が雇われることになる民間軍事会社アーマード・セイントの評判が悪いのは承知のうえで、ダフィーは仕事を引き受けた。自分にも左脚が義足だという負い目があった。

今回の警護対象は、黒い騎士《ロス・カバジェロス・ネグロス》というメキシコの麻薬カルテルとの和平交渉を行なう予定の国連とメキシコ政府の代表団だった。黒い騎士は、西シエラマドレ山脈の〝悪魔の背骨〟と呼ばれる地域を支配していた。代表団は、そこまで赴いて、黒い騎士の頭目ラファエル・アルチュレタと会談し、国連平和維持軍の駐留とひきかえに、カルテルの抗争を終わらせ、メキシコ陸軍の西シエラマドレ攻略を未然に阻止するという提案をもくろんでいた。陸軍とカルテルが戦えば激しい内戦になり、多くの犠牲者が出ることは必至だった。それを避けたいというのが、国連側の願いだった。

しかし、西シエラマドレ山脈は、無差別射撃地帯《フリー・ファイア・ゾーン》とも呼ばれる無法地帯で、いまは黒い騎士の勢力が強いとはいえ、さまざまなカルテルがその縄張りを虎視眈々《こしたんたん》と狙って争っていた。そこへ赴くアーマード・セイントの武装警護員は、レミックも含めてわずか二十二人だった。重武装の頑丈な装甲人員輸送車で乗り込むとはいえ、かなり危険であることはまちがいなかった。

しかも、国連の任務のことを知っている自称コンサルタントのオスカル・カルドーサという人物が、ひそかに策謀をめぐらしていた。カルドーサはさまざまなカルテルに顔がきく仲介人として知られていた。だが、今回、カルドーサは、これまでの活動とはまったく異なるもくろみに着手していた。

レミックのA《アルファ》チーム八人、ゴードンのB《ブラヴォー》チーム八人、ダフィーのC《チャーリー》チーム六人は、それぞれの役割を指定され、軽機関銃や擲弾発射器《グレネード・ランチャー》を備えたインターナショナル・A《ア》

ーマード・グループ・ガーディアン《G》装甲人員輸送車五台で、西シエラマドレ山脈を目指した。だが、アーマード・セイントの車列は、〝悪魔の背骨〟の黒い騎士の本拠地に到達する前に、何度も激しい襲撃を受ける。敵の正体はわからず、どうして国連の任務が知られたのかもわからない。車列はひたすら応戦するが、人的損耗《そんもう》は徐々に大きくなる。車列は目的地にたどり着けるのか？　たとえたどり着けたとしても、無事に生還することはできるのか？

　本書には、これまでのグレイマン・シリーズとは大きく異なる特徴がある。それは、チームプレイであることだ。ダフィーのチームには、ひとくせありそうな人物が揃っている。ＳＥＡＬチーム３出身のウルフソンはスナイパーとしての技倆《ぎりょう》が高い。フレンチーことジャン・フランソワ・アラールは、元フランスの特殊部隊〝海軍コマンドウ〟の将校で、フランス外人部隊に十五年勤務したベテランだった。今回は衛生担当をつとめる。トニー・クルーズは、アメリカ陸軍特殊部隊第５群（グリーンベレー）に属していたことがあり、プエルトリコ系でスペイン語が話せる。運転手のラリー・エヴァンズは、〝ナスカー〟の綽名《あだな》があり、元ＳＷＡＴ隊員で、ストックカーレーサーだった。パイロットのライセンスを持っている。最年少のアフリカ系アメリカ人スクイーズは、第５海兵第３大隊出身で、軽機関銃や擲弾発射器《グレネード・ランチャー》の扱いに長《た》けている。

これらのメンバーを、チームリーダーの経験のないダフィーがハンディキャップのある身でどうまとめていくのかが読みどころのひとつになる。

本書では、実在と架空のカルテルを巧みに織り交ぜ、それぞれの縄張りや特色を克明に描写して、物語が構築されている。登場人物のキャラクターもみごとに描き分けられている。展開もスピーディで波乱に富み、伏線や謎解きもからませていて、あらゆる面で冒険小説の醍醐味《だいごみ》を味わうことができるページターナーだといえる。

グレイマン・シリーズで冒険小説の名手という評価を確立したマーク・グリーニーは、二〇一九年に、H・リプリー・ローリングス四世との共著、『レッド・メタル作戦発動』（ハヤカワ文庫NV）を上梓《じょうし》した。ローリングスは、海兵隊大隊長として活躍したあと、海兵隊大学指揮幕僚カレッジの副学長をつとめた人物で、彼とともに小説をつくりあげた経験をグリーニーはこの作品に生かしている。

『レッド・メタル作戦発動』は、NATO・アメリカ軍対ロシアの機甲戦が中心に描かれている。昨今、ウクライナへの供与が問題とされたドイツの主力戦車レオパルト、ロシアの最新鋭戦車T-14などが登場し、戦車キラーのA-10サンダーボルトII近接航空支援機も活躍する。

ロシアによる二〇一四年のクリミア併合や二〇二二年のウクライナ侵攻のような現実の

戦争とは舞台が異なるが、戦車の戦いがどのように展開されるかを垣間見ることができる。戦車ウクライナでは、アメリカ製のジャヴェリン対戦車ミサイルが大きな戦果を挙げた。戦車は爆発反応装甲などによって横からの攻撃に備えているが、ジャヴェリンは比較的装甲が薄い車体上部に襲いかかる。もちろん、現在ではこれに対抗する手段も開発されている。〝レッド・メタル〟は続篇が予定されているようだが、こういった新しい軍事技術がどう取り込まれるか、たいへん興味深い。

まだその内容は明らかではないが、本書はシリーズ化され、次作が二〇二三年七月に刊行される予定らしい。グリーニーは健筆だから、グレイマン・シリーズと〝レッド・メタル〟にくわえ、このシリーズもこれからおおいに楽しめそうだ。

二〇二三年五月

訳者略歴　1951年生，早稲田大学商学部卒，英米文学翻訳家　訳書『暗殺者の回想』グリーニー，『レッド・プラトーン』ロメシャ，『無人の兵団』シャーレ（以上早川書房刊）他多数

HM=Hayakawa Mystery
SF=Science Fiction
JA=Japanese Author
NV=Novel
NF=Nonfiction
FT=Fantasy

アーマード　生還《せいかん》不能《ふのう》
〔下〕

〈NV1513〉

二〇二三年六月 二十 日　印刷
二〇二三年六月二十五日　発行
（定価はカバーに表示してあります）

著者　マーク・グリーニー
訳者　伏《ふし》見《み》威《い》蕃《わん》
発行者　早川　浩
発行所　株式会社　早川書房

郵便番号　一〇一 - 〇〇四六
東京都千代田区神田多町二ノ二
電話　〇三 - 三二五二 - 三一一一
振替　〇〇一六〇 - 三 - 四七七九九
https://www.hayakawa-online.co.jp

乱丁・落丁本は小社制作部宛お送り下さい。
送料小社負担にてお取りかえいたします。

印刷・精文堂印刷株式会社　製本・株式会社明光社
Printed and bound in Japan
ISBN978-4-15-041513-6 C0197

本書は活字が大きく読みやすい〈トールサイズ〉です。